mtb

Zum Buch:

Nichts befriedigt den Milliardär Jack Demont mehr, als Harley Jacob einen Strich durch die Rechnung zu machen. Nicht nur, weil ihre Familien seit Jahren verfeindet sind, sondern auch weil sie seine Jugendliebe war und ihn damals unsanft abserviert hat. Wäre da bloß nicht dieses sinnliche Prickeln zwischen ihnen … Auf Dauer kann Jack der verführerischen Harley einfach nicht widerstehen. Aber niemand darf es wissen, deshalb müssen sie sich streng an die Regel Nr. 1 für geheime Affären halten: Stillschweigend genießen! Und etwas so heißes im Verborgenen zu tun, macht alles noch viel heißer – aber auch gefährlicher.

»Die Leserin wird in eine Welt von Lust und Leidenschaft entführt.«

Dailymail

Zur Autorin:

JC Harroway beschreibt sich selbst als „liebesromansüchtig“. Für ihre Autorinnenkarriere gab sie sogar ihren Job im medizinischen Bereich auf. Und sie hat es nie bereut. Sie ist geradezu besessen von Happy Ends und dem Endorphinrausch, den sie verursachen. Die Autorin lebt und schreibt in Neuseeland.

Lieferbare Titel:

Bisher bei MIRA »Club« erschienen:
Clare Connelly »Off Limits – Du bist tabu«
Nicola Marsh »Dirty Hearts – Liebe ohne Regeln«
Stefanie London »Unmasked – Jetzt gehörst du mir«

JC Harroway

Dreams & Secrets – Rivalen aus Leidenschaft

Roman

Aus dem Englischen von
Johannes Heitmann

mtb

MIRA® TASCHENBUCH

1. Auflage: Januar 2020
Neuausgabe

Originaltitel: »Her Dirty Little Secret«

Published by arrangement with
HARLEQUIN ENTERPRISES II B.V./SARL

Umschlaggestaltung: zero-media.net, München
Umschlagabbildung: Satyrenko / Shutterstock
Satz: GGP Media GmbH, Pößneck
Printed in Germany
Dieses Buch wurde auf FSC®-zertifiziertem Papier gedruckt.
ISBN 978-3-7457-0052-7

www.mira-taschenbuch.de

1. Kapitel

Zahllose Kabel schlängelten sich über den nackten Beton, und mit einem der zehn Zentimeter hohen Absätze ihrer handgefärbten Schuhe blieb sie an einem davon hängen. Fluchend stolperte sie, knickte um, und der Schmerz jagte ihr sofort die Tränen in die Augen.

Harley Jacob rang nach Luft und wartete, bis der Schmerz wieder nachließ. Sie runzelte die Stirn beim Anblick des Kratzers auf ihrem petrolfarbenen Schuh, der farblich perfekt zu ihrem Kaschmirkleid passte, welches das Kernstück der Herbstkollektion ihres Modelabels war.

Seufzend verdrängte sie den Frust mit purer Entschlossenheit. Ihr heutiger Plan war wichtiger als hundert Paare dieser handgefärbten Schuhe.

Um sich nicht noch einmal zu verletzen, bahnte sie sich nun äußerst vorsichtig ihren Weg durch den weitläufigen Raum und achtete jetzt bei jedem Schritt darauf, nicht auf das Wirrwarr aus Kunststoffrohren, gefährlich aussehenden Elektrowerkzeugen und aufgestapeltem, staubigem Baumaterial zu treten.

Dieser saudumme Bauunternehmer!

Wer immer auch das Sagen bei *Demont Designs Architecture and Property Development* haben mochte, er hetzte nicht nur von Termin zu Termin, sondern hatte auch vollkommen unerwartet Harleys Ankauf des Morris-Buildings zum Stillstand gebracht. Dieser Kauf sollte bereits in wenigen Tagen abgeschlossen werden, und jetzt lag der ganze Deal plötzlich ohne jede Erklärung auf Eis.

Am Ende des Raums stand eine Gruppe von Männern eng zusammen. Harley versuchte, nicht daran zu denken, wie albern sie mit dem Helm und der gelben Warnweste aussah. Für einen Menschen mit ihrem modischen Geschmack war so ein Aufzug die reinste Demütigung.

Sie straffte die Schultern, strich in Gedanken jedes Fältchen ihres makellosen Outfits glatt und zog den Kopf ein, um nicht gegen das Kabelbündel zu stoßen, das vor ihr wie herausquellendes Gedärm aus der Decke hing.

Mit jedem Schritt wuchs ihre Entschlossenheit, diesen Deal endlich zum Abschluss zu bringen. Es ging ihr dabei aber nicht um den Ruf ihrer Familie, die hier in New York zum elitären Immobilienadel gehörte, vielmehr war sie zu buchstäblich allem bereit, um ihrem Modelabel und ihren wohltätigen Unternehmungen zum Erfolg zu verhelfen.

Dieser Deal war für sie etwas Persönliches. Sie durfte auf keinen Fall schon wieder versagen.

Als sie sich der Gruppe von Männern näherte, die genau wie sie Schutzausrüstung und Warnwesten trugen, wurden das ohrenbetäubende, metallische Kreischen und das unaufhörliche Hämmern leiser.

Seufzend atmete sie durch. Jetzt würde sie Mr. Demonts Ausreden wenigstens verstehen können. Hoffentlich waren aber auch ein paar Zusicherungen und Entschuldigungen mit dabei. Außerdem schuldete er ihr jetzt noch ein Paar handgefärbter Schuhe; doch seine Unterschrift unter dem Kaufvertrag würde Harley schon genügen.

Anscheinend hatten die Männer das Klacken ihrer Absätze gehört, denn sie drehten sich allesamt zu ihr um, und die Unterhaltung erstarb augenblicklich.

Perfektes Timing, dachte Harley, als auch der Baulärm einen Moment lang vollends verstummte. Zehn Augenpaare waren nun auf sie gerichtet. Einige der Männer wirkten neugierig, andere überrascht, und manche rissen einfach nur die Augen auf, als sie Harleys unpassende Schuhe und ihr elegantes Wollkleid bemerkten.

Sie hob selbstbewusst das Kinn. Schließlich war sie nicht hier, um irgendeine Wand zu fliesen oder Wasserleitungen im Bad zu verlegen. Sie würde sich nicht abwimmeln lassen. Sie hatte schließlich genug Erfahrung darin, sich in Männerdomänen durchzusetzen.

Genau wie ihre beiden Geschwister hatte auch sie in den Schulferien immer im Familienunternehmen gearbeitet. Aber während ihr Bruder und ihre Schwester Akten sortiert und Anrufe entgegengenommen hatten, hatte Harley wegen ihrer Dyslexie immer nur Papierkörbe ausgeleert und Kaffee für die ihrem Vater unterstellten Manager gekocht.

»Ich suche Mr. Demont.«

Die Gruppe teilte sich vor ihr. Belustigt und neugierig sahen die Männer zu dem Mann hinüber, der sich mitten in der Gruppe über einen aufgeklappten Laptop gebeugt hatte und sich jetzt langsam aufrichtete. Der Blick, mit dem er Harley musterte, war durchdringend.

»Ich bin Jack Demont.«

Harley rang nach Luft. Ihr wurde kochend heiß, als die Erkenntnis sie durchrieselte. *Nein, das konnte einfach nicht wahr sein!* Sie presste die Knie zusammen und umklammerte die Akte in ihrer Hand. *Jack? Jacques? Jacques Lane?*

Fassungslos musterte sie ihn. *Der Mann, den sie hier treffen wollte, war Jacques Lane?* Die sexy Aura weltgewandter Macht umgab ihn wie ein edler Maßanzug. Heute war er ein erwachsener Mann, damals war er ein junger Kerl gewesen, den sie angehimmelt und zu lieben geglaubt hatte.

»Kann ich Ihnen helfen?«

Auch wenn er sie nicht zu erkennen schien, bestand für Harley kein Zweifel. Immer noch besaß er einen Hauch von dem französischen Akzent, bei dem sie einst vor Lust die Zehen in ihren Designerschuhen angespannt hatte.

Er sah sie aus seinen meeresblauen Augen einen Moment lang so eindringlich an, als habe sie ihr Kaschmirkleid abgestreift und würde vollkommen nackt vor ihm stehen.

Harley glaubte zu spüren, wie die Hormone heiß durch ihre Adern strömten. *Warum war sie hergekommen?* Ihr Verstand war plötzlich wie benebelt.

Er wandte den Blick nicht von ihr ab, doch seine Pupillen weiteten sich fast unmerklich. Entweder nervte es ihn, dass sie so verwirrt und sprachlos vor ihm stand, oder in seinem Kopf herrschte durch die sexuelle Spannung ebenfalls ein Wirrwarr an Gedanken, ganz ähnlich wie all die Kabel auf dem Betonboden.

Harley presste die Schenkel fest aneinander. *Seltsam, wie rasend schnell sich Ärger und Frust in brennende Erregung verwandeln konnten, und das alles nur wegen dieses Mannes, den sie gar nicht mehr kannte!* Er war Teil ihrer Vergangenheit, und jetzt war er es offenbar, der den Deal ohne ersichtlichen Grund zum Stillstand gebracht hatte.

Wieso war sie überhaupt hier? Harley zermarterte sich den Kopf. *Richtig! Das Morris-Building.*

Mit seinem Blick schien er sie durchbohren zu wollen.

Entschlossen schob sie das Kinn vor und gab sich so herablassend wie nur möglich. »Könnten Sie mir einen Moment Ihrer wertvollen Zeit schenken?«

Verdammt! Sogar ihre Stimmbänder verkrampften sich beim Anblick des erwachsenen Jacks. Ihre Stimme klang irgendwie leicht heiser und atemlos.

Schnell räusperte sie sich. Es war an der Zeit, hier die Oberhand zu gewinnen.

Wollte Jack wirklich so tun, als würde er sie nicht kennen und wisse nicht, wieso sie ihn hier aufsuchte? Dann würde sie sein Spiel eben mitspielen. Es war egal, dass ihre erogenen Zonen unter seiner Musterung aufglühten wie Funken unter einem Schweißbrenner. Harley würde nicht klein beigeben. *Es ist belanglos, dass wir uns vor neun Jahren so intim gekannt haben*, sagte sie sich.

Sie war sich der übrigen Männer gar nicht mehr bewusst, die jetzt die Blicke auf ihre Sicherheitsschuhe senkten, als würden sie die Anspannung ebenfalls spüren.

Harley trat einen Schritt vor und legte die Akte und ihre Handtasche auf die Baupläne auf dem Tisch.

Wenn Jack Demont glaubte, er könne sie in diesem Männerumfeld einschüchtern oder dadurch, dass ihre Familien vor neun Jahren im Streit jeden Kontakt miteinander abgebrochen hatten, dann hatte er anscheinend den Ruf ihres knallharten und rücksichtslosen Vaters vergessen, der Harley erzogen hatte, indem er sie entweder mit Geringschätzung behandelt oder sie auf ihre Misserfolge aufmerksam gemacht hatte. Er hatte nie verbergen können, wie enttäuscht er von ihr war.

Jacks Lippen zuckten kurz, als er den Blick abwandte und seinen Laptop zuklappte. »Gentlemen, entschuldigen Sie uns bitte. Für weitere Fragen steht Ihnen jetzt der Vorarbeiter zur Verfügung.«

Bei seinem beißenden Tonfall und seinem kalten Blick fiel Harley trotz ihres lustverklärten Verstands wieder ein, wieso sie eigentlich hier war. *Richtig. Der Vertrag. Die Unterschrift.*

Die Männer zogen sich nun einer nach dem anderen

zurück, bis zwischen Harley und dem Mann, der jetzt unter einem anderen Namen lebte, nichts mehr war als viel gemeinsame Vergangenheit und eine prickelnde erotische Spannung, die die Luft wie das Surren von Maschinen erfüllte.

Harleys hauchdünne Schutzschicht an Selbstbewusstsein bekam immer mehr Risse. Vergangenheit und Gegenwart verschmolzen langsam miteinander.

Ja, ein paar aufregende Monate lang hatte sie geglaubt, den Teenager Jack zu lieben, denn in ihrer damaligen Naivität hatte sie noch an Liebe und Romantik geglaubt.

Aber vielleicht empfand ja auch nur sie diese überwältigende Anziehungskraft, vielleicht erkannte Jack sie tatsächlich nicht. Möglicherweise hatte es ihm überhaupt nichts ausgemacht, dass sie damals ohne jede Erklärung mit ihm Schluss gemacht hatte. *Hatte er sie schon in dem Augenblick vergessen, als er mit seiner Familie nach Frankreich zurückgekehrt war? Waren Harleys Gewissensbisse und der Liebeskummer vielleicht vollkommen unnötig gewesen?*

Sie nutzte die Zeit, in der sie sich mit Blicken bekämpften, um den Mann zu mustern, den sie als Teenager angehimmelt hatte. Damals hatte sie von dem perfekten Mann geträumt, doch heute wusste sie, dass es diesen perfekten Mann gar nicht gab.

Im Laufe der Jahre hatte Jack sich verändert, doch das stand ihm sehr gut. Das dunkelblonde Haar trug er jetzt kürzer, anstatt der jugendlich-wilden Mähne war das Haar jetzt an den Seiten und hinten kurz geschnitten, nur das Deckhaar war noch ein bisschen zerzaust. Unwillkürlich malte Harley sich aus, mit den Fingern hindurchzustreichen.

Der jungenhafte Charme war ebenfalls aus seinem gut aussehenden Gesicht verschwunden. Die Kieferknochen wirkten ausgeprägter, und Harley wusste, dass ihr Finger perfekt in die Mulde des kleinen Grübchens an seinem Kinn passen würde. Wie gern sie das Kribbeln seiner Bartstoppeln auf der Haut spüren würde, und diesen sexy Mund würde sie küssen, bis auch der letzte abfällige Ausdruck von seinen Lippen verschwunden war.

Eines war allerdings sehr offensichtlich: Den Jungen, an den sie sich aus ihrer Jugend erinnerte, gab es nicht mehr. Vor ihr stand ein Mann mit hochgekrempelten Ärmeln und gebräunten, muskulösen Unterarmen. Seine Hose wirkte maßgeschneidert. Die Männlichkeit schien ihm aus jeder Pore zu strömen.

Schon sein Blick bewies Harley, wer hier das Sagen hatte. Er strahlte Macht aus mit seiner stolzen breiten Brust, seiner Körpergröße und seiner unnachgiebigen Haltung.

Harley holte tief Luft. »Ich …«

»Was kann ich für Sie tun?«

Sie hatten gleichzeitig gesprochen.

Beide verstummten und sahen sich erneut durchdringend an.

Harley schluckte und sammelte ihre Entschlossenheit

und versuchte, sich nicht von den lustvollen Erinnerungen ablenken zu lassen. Endlich traf sie den Mann, der als ihr Verhandlungspartner den Ankauf des Gebäudes aufhielt, und sie würde nicht wieder gehen, ehe er sie nicht angehört hatte.

Sie richtete sich noch etwas mehr auf. Sie würde sich seine Unterschrift unter dem Vertrag holen, und dann würden sie sich niemals wiedersehen.

Durch die Feindschaft zwischen den Lanes und den Jacobs war sie im Vorteil. Sie kannte ihre Feinde nämlich. Das hier war *ihr* Schlachtfeld, und es war *ihr* Traum, der auf dem Spiel stand. Auch wenn sie den Ansprüchen ihres Vaters nicht genügte, so war sie immer noch eine Jacob.

Jacques Lane, beziehungsweise Jack Demont, hielt ihren Traum momentan in seinen kraftvollen sexy Händen, die ihr verräterischer Körper liebend gern wieder spüren würde. *Er* war die letzte Hürde auf dem Weg zum Erfolg.

Mit seiner Abfälligkeit hatte ihr Vater ihr über Jahre hinweg harte Lektionen erteilt. Jeder Tag war für sie ein Kampf mit den Erwartungen anderer und mit ihren persönlichen Grenzen, die ihr durch ihre Dyslexie gesetzt wurden, gewesen. Es brauchte deshalb mehr als Jacks erotische Ausstrahlung, um sie vom Kurs abzubringen.

Immer noch blickte er sie durchdringend und sinnlich an, als sei er in Gedanken bereits dabei, ihr das Kaschmirkleid vom Körper abzustreifen, aber es wirkte dennoch nicht so, als würde er sie wiedererkennen.

Harleys Entschlossenheit geriet plötzlich ins Wanken. Nach außen hin blieb sie beherrscht, doch die tief in ihr verankerten Selbstzweifel und die Unsicherheit stiegen jetzt wieder in ihr auf. Allerdings konnte Jacks Ahnungslosigkeit auch ein Vorteil für sie sein. Jetzt würde sie es nämlich sein, die ihn aus dem Gleichgewicht brachte. *Warum sollte sie hier als Einzige verunsichert sein?* »Erinnerst du dich nicht mehr an mich?«

»Oh, ich erinnere mich sehr gut an dich, Harley.« Eindringlich musterte er sie von Kopf bis Fuß. Sein Lächeln reichte allerdings nicht bis zu den Augen.

Harley kam es so vor, als habe er sie an eines der herumliegenden Stromkabel angeschlossen. Sie spürte seine Blicke wie ein Kribbeln überall am Körper.

Erst jetzt registrierte sie, was er gesagt hatte. Die lustvolle Glut in ihr erstarb, und ihr wurde kalt.

Jack hatte also genau gewusst, wer das Gebäude kaufen wollte! Dann hatte er den Verkauf ganz bewusst gestoppt. Welche Erklärung konnte es sonst dafür geben? Versuchte er, sich mit dieser Verzögerung für den Streit zwischen ihren Familien zu rächen? Oder ging es ihm bei dieser Rache ausschließlich um Harley?

Sie schob eine Hüfte vor und stützte sich mit einer Faust darauf. Wenn es ihm bei der Verzögerungstaktik nur um den Familienkrieg ging, dann ließ sich das leicht ausbügeln. »Wirklich?« Sie verlagerte das Gewicht und achtete nicht darauf, dass ihr unter seinem Blick die Knie weich wurden.

Mit Abfälligkeit oder Ärger hatte sie gerechnet, denn schließlich hatte sie ihn vor Jahren urplötzlich fallen lassen, aber diese prickelnde, faszinierende Anziehungskraft kam vollkommen überraschend. Am liebsten wollte sie ihm das Hemd und die Hose vom Leib reißen. *Wie hatte sein fantastischer, jugendlich schlanker Körper sich wohl im Laufe der Jahre verändert?*

Doch sie sah, wie er die Zähne zusammenbiss. Anscheinend erinnerte er sich nicht nur an sie, sondern auch an den verbitterten Streit zwischen ihren Familien.

»Selbstverständlich.«

Ihr wurde wieder heiß, dieses Mal jedoch aus einem anderen Grund. In jenem Sommer hatte sie nicht nur gelernt, wie man jemandem das Herz brach, sie hatte auch viele Lügen durchschaut und den Betrug erkannt, der sich vor aller Augen abgespielt hatte, und sie hatte erkannt, wie viel die Liebe wert gewesen war, die sie damals zu empfinden geglaubt hatte.

Energisch riss sie sich aus den Erinnerungen an die Zeit, als sie noch naiv für den jungen Jack geschwärmt hatte. Er kam jetzt so dicht auf sie zu, dass sie den Kopf heben musste, um ihm weiterhin in die Augen sehen zu können.

Sie spürte seine Körperwärme, und ihr wurde daraufhin so heiß, dass sie es noch mehr bereute, das Kaschmirkleid angezogen zu haben.

»Ich erinnere mich bestens an dich.« Sein Blick wanderte zu ihrem Mund, und unwillkürlich leckte Harley sich die Lippen.

Obwohl er so abweisend wirkte, empfand sie den Klang seiner Worte wie eine Liebkosung … wie feinste Seide auf nackter Haut. Er sprach sehr leise, und sie spürte den Klang seiner tiefen Stimme wie ein Vibrieren zwischen ihren Schenkeln.

Genauso war es auch schon mit siebzehn gewesen. Wann immer er in ihrer Nähe gewesen war, hatte ihr Körper auf ihn reagiert. Jetzt war sie erwachsen, und ihr Verlangen wuchs in Jacks Nähe noch um ein Vielfaches.

Harley fühlte sich hin- und hergerissen. Sie war eine erfolgreiche Unternehmerin, die unbedingt einen Deal zum Abschluss bringen wollte, und gleichzeitig war sie wieder das unsichere, verliebte Schulmädchen, das sich in der eigenen Familie einsam fühlte und den selbstbewussten Jacques mit dem exotischen Akzent und dem aufreizenden Lächeln vergötterte.

Nein!

Sie biss sich auf die Lippe, um die in ihr aufsteigende Erregung niederzukämpfen.

Er und ich, das ist Vergangenheit!

Die Vorfälle jenes schicksalhaften Familienurlaubs mit Jacks Familie hatten sie damals innerlich zerstört. Ihr war von jetzt auf gleich das Fundament entrissen worden, auf dem sie ihre Überzeugungen aufgebaut hatte. In ihrer Verwirrung, Enttäuschung und Angst hatte sie unvermittelt mit Jack Schluss gemacht, obwohl sie eigentlich bis über beide Ohren in ihn verliebt gewesen war.

Anscheinend hatte ihr Körper immer noch eine Schwäche für diesen Mann. Allerdings hatte sich ihre Einstellung zu Beziehungen im Laufe der Zeit nicht geändert. Jack wäre der letzte Mann auf Erden, der für sie infrage käme, sollte sie jemals wieder versuchen, diese Haltung zu ändern.

Wie in Zeitlupe packte er seine Sicherheitsweste vorn an der Brust, ohne den Blick von Harley abzuwenden. Er riss die Klettverschlüsse auf und entblößte das saubere blaue Hemd darunter. Die obersten Knöpfe standen offen, und der Ausschnitt offenbarte ihr den Ansatz seines blonden Brusthaars.

Hmm … Mach ruhig so weiter …

Wie kam sie denn jetzt auf solche Gedanken? Sie war hier wegen des Deals! Wegen dieses Gebäudes! Hastig hob sie den Blick wieder zu seinen Augen und sah noch ganz kurz den Anflug von Triumph in seinem Blick. *Er hatte sie ertappt! Wie ein Kind mit der Hand in der Keksdose.*

»Bist du nur hergekommen, um mich anzustarren?« Fragend zog er eine Braue hoch und kam näher. »Oder gefällt es dir einfach nur schmutzig?« Sein Blick glitt an ihr hinunter.

Sie folgte seinem Blick zu den Spitzen ihrer Pumps, die vom Zement ganz grau waren.

Eingebildeter Dreckskerl.

Aber so wie er das Wort *schmutzig* mit seinem leichten, sinnlichen Akzent aussprach, wollte Harley sich am liebsten im Klang dieses Wortes wälzen, sich darin von Kopf bis Fuß suhlen und sich wirklich vollkommen schmutzig machen.

Hastig riss sie sich wieder zusammen, als er die Sicherheitsweste auf den Tisch warf und sich langsam die Ärmel herunterkrempelte, ohne dabei den belustigten Blick von Harley abzuwenden.

»Ich bin hier, um diese Verträge unterschreiben zu lassen.« *Nicht, um von den sexuellen Fähigkeiten zu träumen, die er sich im Laufe der Jahre angeeignet haben könnte. Fähigkeiten, die sie nicht mehr hatte auskosten können.*

»Dafür habe ich Leute in den Büros.« Er schob die Hände in die Taschen seiner Hose und zog den Stoff über seiner Männlichkeit straff. »Vielleicht solltest du dir dort einen Termin geben lassen. Bestimmt verträgt sich die Umgebung dort … besser mit deiner Garderobe.«

Arrogantes, eingebildetes Arschloch! Wieso sehe ich ihm denn dann auch noch auf den Schoß?

»Ich habe schon mehrmals versucht, mich mit dir in deinem Büro zu treffen, das weißt du sicher.« Vor Wut wurde ihr ganz heiß.

Er zuckte nur mit den Schultern und senkte ganz leicht den Kopf.

Ihr kribbelte es in den Fingern. Sie wollte diesen Kopf mit beiden Händen packen und zu einem Kuss zu sich ziehen … sie wollte Jack erregen und ihm die Selbstbeherrschung rauben, die er wie einen Schutzschild um sich trug. Diese Machtspielchen würde sie sich nicht einfach so gefallen lassen.

Harley nahm sich vor, ganz ruhig und leise zu sprechen. Auf keinen Fall würde es ihr jetzt etwas nützen, wenn Jack merkte, wie sehr er sie aus ihrer professionellen Rolle geworfen hatte und wie stark ihr Interesse an ihm war.

»Ich will herausfinden, wieso unser Deal nicht zum Abschluss kommt.« Bis gerade eben hatte sie nicht geahnt, dass dieses heruntergekommene Firmengebäude, das sie aufkaufen wollte, etwas mit dem Sohn von Joe Lane zu tun hatte. *Hätte sie von einem Kauf abgesehen, wenn sie es gewusst hätte? Hatte er wirklich gewusst, dass er bei diesem Deal mit der Tochter von Hal Jacob zu tun hatte?* Bislang gab es nichts, was Harleys Theorie stützte.

»Hoffentlich sagst du mir jetzt nicht, dass du nur wegen dieser alten Familienfehde nicht auf den Deal eingehst.« Ihr reichte ein Blick in seine eiskalten Augen, um die Antwort zu erfahren.

»Meine Anwälte haben mir geraten, die Verträge bis aufs letzte Komma durchzugehen. In meinem Job kann man gar nicht vorsichtig genug sein.« Seine sexy Lippen verzogen sich zu einem spröden Lächeln, und sein Blick wurde noch eindringlicher. »Und sie haben tatsächlich einen Fehler in den Verträgen entdeckt.«

»Einen Fehler?« *Nein!*

Auf einmal kam es Harley so vor, als würde ihr das Kleid am Körper kleben. Drei Mal hatte sie das Vertragswerk geprüft, bevor sie es an ihre Anwälte übergeben hatte, die von ihr üppige Bonuszahlungen erhalten hatten, um Harleys *Schwächen* auszugleichen. Die Schwächen, unter denen sie zeit ihres Lebens gelitten hatte.

»Dann hat es nichts damit zu tun, dass ausgerechnet ich die Käuferin bin? Ich bin es nämlich nicht, die ihren Namen geändert hat.« Sie trat näher, und von dem dezenten, männlichen Duft, der ihn umgab, wurde ihr leicht schwindlig.

»Ich muss zugeben, dass mir dein Name bekannt vorkam, als ich mich an die *Give Foundation* gewendet habe, um über die Unstimmigkeiten in den Unterlagen zu sprechen.« Wieder lächelte Jack sie abfällig an. »Aber ich kann Ihnen versichern, Miss Jacob, ich habe keinerlei Hintergedanken. Ich bin einfach nur ein geradliniger Geschäftsmann ohne hinterlistige Pläne.« Er zuckte mit den Schultern. »Bei mir bekommst du, was du siehst. Mit Handschlag, natürlich.«

Harley beugte sich vor. Ihre Füße fühlten sich an wie angewurzelt. Falls er glaubte, er könne sie einschüchtern, dann hatte er sich die falsche Geschäftspartnerin ausgesucht. Sie war es leider gewohnt, einen Schritt zurückzuliegen und kritisiert zu werden. Normalerweise reagierte sie darauf mit boshaften Kommentaren. Auch das hatte sie von ihrem Vater gelernt. »Ich kann Ihnen versichern, Mr. Demont, dass jedweder Fehler lediglich ein Versehen ist und leicht richtiggestellt werden kann.«

Hoffentlich ließ es sich tatsächlich so leicht korrigieren! Wenn dieser Deal platzte, würde ihr Vater unweigerlich davon erfahren. Er hielt ohnehin nichts von diesem Kauf. Im Grunde war er gegen alles, was seine jüngste Tochter unternahm.

»Es gibt keinen Grund für eine weitere Verzögerung. Dieser Vertrag ist grundsolide.« Sie hob das Kinn. Auch wenn sie sich nicht sicher war, wollte sie zumindest so tun.

Doch in ihrem Inneren spürte sie die altbekannte, eiskalte Panik. Ihr ganzes Leben lang hatte die Dyslexie ihr bei jedem ehrgeizigen Plan im Weg gestanden. Aber dieses Mal hatte der Fehler eine zehn Mal schlimmere Auswirkung. Sie wollte das Morris-Building unbedingt haben. Es passte perfekt zu ihren Vorstellungen, und es befand sich in bester Lage.

Jetzt hatte sie alles ruiniert. Wieder einmal. In Gedanken konnte sie schon die ausdruckslose, enttäuschte Stimme ihres Vaters hören. Das unausgesprochene *Ich hab's dir ja gesagt*, das sie schon seit der zweiten Klasse zu hören bekommen hatte. Auf keinen Fall wollte sie ihren Vater Hal oder – schlimmer noch – sich selbst ein weiteres Mal enttäuschen.

Sie zwang sich dazu, langsam und ruhig durchzuatmen. Innerlich folgte sie dem Beruhigungsritual, das sie im Laufe der Jahre immer durchging, wenn sie in Panik geriet. In New York gab es viele Immobilien, das wusste sie besser als die meisten. Hal hieß ihren Plan zwar nicht gut, aber er hatte ihr dennoch alternativ auch noch ein anderes Gebäude angeboten, das bereits im Familienbesitz war.

Wenn Harley nicht so fest entschlossen gewesen wäre, ihren Plan allein zu verwirklichen, hätte sie an diesem Punkt bestimmt kapituliert. Andererseits müsste sie ihrem Vater dann eingestehen, dass sie ihr Projekt, das Hal ohnehin für Zeitvergeudung hielt, selbst sabotiert hatte, indem sie irgendwo einen Schreibfehler gemacht hatte, den wahrscheinlich selbst Fünfjährige leicht finden würden.

Nein, das kam für Harley überhaupt nicht infrage.

»Ein grundsolider Vertrag?« Zweifelnd schnaubte er. »In der Vergangenheit habe ich das Vorgehen von Jacob Holdings eher als rücksichtslos empfunden, und das … schreckt mich ehrlich gesagt ab.«

War das tatsächlich ein abfälliger Blick, mit dem er sie an seiner geraden Nase hinab musterte? Kaum merklich ließ Harley die Schultern sinken. Ihr ganzes Leben lang erduldete sie jetzt schon Herablassung und Geringschätzung. Zeit ihres Lebens machte es sie verlegen, sich dumm und wertlos zu fühlen, doch Jacks Worte trafen sie mit chirurgischer Präzision genau an ihrer empfindlichsten Stelle.

»Ich verhandele lieber mit … angenehmeren Parteien.« Er hob seine Sachen vom Tisch und steckte sich das Handy in die Hosentasche. »Bis die Vertragsunterlagen korrigiert sind …« Wieder zuckte er mit den Schultern.

Harley spürte ihren Pulsschlag im ganzen Körper. Ihr Instinkt hatte sie nicht getäuscht. Jack hegte immer noch den alten Groll, der zwischen den Lanes und den Jacobs herrschte, der nicht nur das Ende der Geschäfte ihrer Väter bedeutet hatte, sondern auch das Ende der Freundschaft ihrer Familien.

»Ich bin aber nicht Jacob Holdings!« Sie zwang sich, die Finger zu lockern. »Dieser Deal hat nichts mit meiner Familie zu tun.« Wenn sie doch bloß nicht beim Aufsetzen der Verträge versagt hätte! Dann hätten ihre Worte jetzt mehr Nachdruck.

Jack musterte sie vollkommen unbeeindruckt. Seine Entscheidung stand offenbar fest, und anscheinend konnte ihn nichts und niemand umstimmen.

»Wir werden ja sehen.« Teilnahmslos lächelte er sie an und ging durch den weitläufigen Raum zu den Fahrstühlen hinüber.

Für den Bruchteil einer Sekunde bewunderte Harley seinen Hintern, der sich muskulös unter dem edlen Anzugstoff abzeichnete, doch dann lief sie ihm hinterher, so schnell das in ihrem eng sitzenden Kleid möglich war.

Verdammte Dyslexie! Würde die Auswirkung, die diese Schwäche auf alles hatte, was Harley anfing, jemals nachlassen? Offenbar hatte sie Jack selbst die Munition in die Hand gegeben, um ihr den Traum vom Morris-Building zu zerstören. Wieder ein Traum von ihr, der letzten Endes in der Schublade *Harley-hat-es-versucht-aber …* landete.

Zum Teil überraschte sie das nicht, denn schon als kleines Mädchen hatte sie sich danach gesehnt, dass ihre Erfolge mit demselben Stolz honoriert wurden wie die ihrer Geschwister. Aber deren Erfolge hatten nun einmal in Schulabschlüssen an richtigen Schulen bestanden.

Wie konnte Jack ihr nur unterstellen, dass die Firma, die sie gegen den Willen ihres Vaters und trotz ihrer Dyslexie aufgebaut hatte, etwas mit Jacob Holdings zu tun hatte, dem Unternehmen, das nach wie vor unter der Führung ihres Vaters stand? Harley hatte schließlich lange dafür gekämpft, ihren eigenen Weg zu gehen, der nicht durch den Nachnamen ihrer Familie vorbelastet war.

Ihre Geschwister waren allesamt direkt nach ihrem Harvard-Abschluss bei Jacob Holdings eingestiegen. Harleys Schullaufbahn war hingegen von Misserfolgen geprägt gewesen, und deshalb hatte sie sich fest entschlossen etwas Eigenes aufgebaut, ohne auf die Macht ihres Familiennamens zu setzen, der ihr in Manhattan bestimmt eine Menge Türen geöffnet hätte.

Ganz bewusst hatte sie ihre Firma *Give* genannt, um anonym zu bleiben, obwohl sie sich natürlich nicht vollkommen von dem Ruf der New Yorker Unternehmenserbin lösen konnte. Immer wieder hatte sie sich nicht nur gegen ihre Familie auflehnen müssen, die sie unbedingt wieder vereinnahmen wollte, sondern auch die wenigen Männer in ihrer Vergangenheit hatten einfach nicht begreifen können, wieso sie ein so sorgenfreies, privilegiertes Leben aufgab, um sich ihren Weg allein zu erkämpfen.

Verdammt, wieso war Jack bloß so groß, und warum waren seine Beine so lang? »Warte!«

Die Fahrstuhltüren öffneten sich. Jack betrat die Kabine, und Harley musste die letzten Schritte laufen, um ihn einholen zu können.

Wenn er glaubte, sie würde jetzt den Schwanz einziehen und widerspruchslos hinnehmen, dass der Deal geplatzt war, dann unterschätzte er sie aber gewaltig.

Okay, sie hatte einen Fehler gemacht, aber damit konnte sie umgehen. So etwas ließ sich korrigieren. Das hier waren ihr Deal und ihr Traum!

Harley wollte nämlich eine Schule speziell für Kinder mit Dyslexie gründen, die mit den modernsten Geräten ausgestattet war und die sich trotzdem alle leisten konnten, und nichts würde sie davon abhalten, sich diesen Traum zu erfüllen. Weder Hal, noch die neu erwachte Faszination, die der Mann auf sie ausübte, der ihr den Vertrag in kindischer Rache unerreichbar hoch über ihrem Kopf hinhielt. Das arrogante Arschloch, zu dem Jacques Lane sich entwickelt hatte, würde sie nicht davon abhalten! Wie der heutige Tag gezeigt hatte, gab es nur eines, was Harley bei der Erfüllung ihrer Träume im Weg stand: sie selbst.

Sie hatte die Fahrstuhltüren fast erreicht, als sie mit dem Absatz an einer Abdeckfolie hängen blieb und nach vorn gerissen wurde. Sie ruderte wild mit den Armen durch die Luft, aber es gab nichts, was ihren Sturz auf den Betonboden hätte aufhalten können.

Ihre Unterlagen und ihre Handtasche fielen zu Boden. Harley dagegen prallte gegen eine feste Brust.

Ihr blieb die Luft weg, als Jack sie auffing, hochzog, und sie von den Schultern bis zum Schenkel an kraftvolle Männermuskeln gepresst wurde.

Eben noch war sie außer sich vor Wut auf ihn gewesen, jetzt spürte sie ihn erregend an ihrem ganzen Körper.

Jeder Muskel in ihr erstarrte.

Ihr Verstand war nicht einmal mehr zu den einfachsten Gedanken fähig.

Die ruhigen und überzeugenden Argumente erstarben auf ihren Lippen.

Jacks Duft überwältigte sie. Er roch vage vertraut und dennoch verlockend fremd. Sauber und maskulin herb. Erinnerungen und Emotionen schlugen über ihr zusammen, glutvolle Lust stieg in ihr auf. Durch das erdrückende Kaschmirkleid und die grellgelbe Sicherheitsweste hindurch spürte sie seine Körperwärme. Mit jedem durchtrainierten Muskel, der sich an sie drückte, lähmte er ihren Widerstand.

Sie sah zu ihm hoch, und er blickte ihr in die Augen.

Ihre Gesichter und ihre Münder waren nur noch Zentimeter voneinander entfernt.

Die vergangenen neun Jahre schienen sich plötzlich in Luft aufzulösen. Harley kam sich wieder wie siebzehn vor. Sie war dem gut aussehenden, achtzehnjährigen Jungen aus Frankreich vollkommen verfallen gewesen. Beim letzten gemeinsamen Familienausflug in Aspen hatte sie ihn angefleht, sich mehr als nur einen Kuss von ihr zu holen, doch der junge Jack hatte sich ihren Wünschen nicht gefügt. Seine Skrupel, Integrität und Willenskraft hatten für sie beide gereicht.

Doch geküsst hatte er sie, so als sei es der letzte Kuss vor ihrem Tod, und ihren ersten Orgasmus verdankte sie ihm ebenfalls, selbst wenn er sich dabei ständig gegen ihre beharrlichen Versuche gewehrt hatte, ihm die Kleider vom Leib zu zerren und alles stärker zu beschleunigen, als er es zulassen wollte.

Was war mit dem Jack von heute?

Hart spürte sie seine Erektion an ihrem Bauch. Seine Nasenflügel blähten sich, als versuche auch er gerade, die Nuancen ihres ureigenen Dufts neu kennenzulernen. Sein Blick wirkte auf Harley, als würde er sich an die heimlichen, ekstatischen Momente während der Familienferien erinnern.

Während ihre Väter sich über Geschäftliches unterhalten und ihre Mütter sich in der Sonne gebräunt hatten, hatte Harley sich ausgemalt, wie es sein würde, Jack zu lieben.

Doch dann war sie urplötzlich aus ihren Fantasien gerissen worden und hatte eine bittere Lektion über Beziehungen lernen müssen, wodurch ihr gesamtes Weltbild sich für immer verändert hatte. Diese spezielle Lektion von Hal Jacob war noch härter und grausamer gewesen als alle anderen zuvor.

Jack verzog die Lippen zu einem Lächeln, und sein Atem strich über ihre leicht geöffneten Lippen. Doch anstatt sie beide an die Leidenschaft und Hitze der Küsse zu erinnern, die sie sich einst so innig ersehnt hatte, stellte er Harley vorsichtig wieder auf die Füße.

»Vorsicht, Prinzessin, sonst brichst du dir noch einen Fingernagel ab.«

Mistkerl!

Sie drängte die Lust zurück, die in ihr tobte, und strich sich das Kleid glatt, das ihr während des Stolperns bis halb über die Schenkel hochgerutscht war. Sie zog sich die entsetzliche Leuchtweste aus, und da Jack seinen Helm abgesetzt hatte, nahm sie auch ihren vom Kopf.

Er glaubte also, sie würde verwöhnt von ihrem Treuhandfonds leben und sich nebenbei ein bisschen mit Immobilien beschäftigen. Offenbar kannte er sie genauso wenig wie sie ihn.

Was spielte es denn für eine Rolle, dass ihr Körper noch an der Vergangenheit hing und dass Jack ihre Lust noch heißer als damals anfachen konnte? Das hatte überhaupt nichts zu bedeuten. Harley hatte einen Fehler begangen, und diesen Fehler würde sie jetzt sofort ausbügeln.

»Mr. Demont, ich lasse mich nicht einfach so abschieben. Geben Sie mir die Zusage, dass mein Kauf des Morris-Buildings nicht noch länger unnötig verzögert wird. Mein Bauunternehmer wartet nur auf das Startsignal, und ich darf auch die Deadline für die Eröffnung nicht außer Acht lassen.« Sie hob ihre Unterlagen und die Handtasche vom Boden auf und achtete dabei weder auf die eindrucksvolle Wölbung vorn in Jacks Hose noch auf den durchdringenden Blick, den er ihr zuwarf, als die Fahrstuhltüren sich schlossen. In diesem Blick lag eine erregende Hitze, die Harley sich nicht eingestehen wollte.

Er drückte einen Knopf an der Konsole, doch anstatt sich in Bewegung zu setzen, verharrte der Fahrstuhl. Es rührte sich nichts, genau wie bei ihren Vertragsverhandlungen.

Lange sah er sie an, die Füße leicht gespreizt, die Hände lässig in die Hosentaschen eingehakt, als wolle er seine bemerkenswerte Männlichkeit für ihre begehrlichen Blicke noch betonen.

Sieh mal, was dir alles entgangen ist.

Harley riss sich von seinem Anblick los. Ihr brannte die Kehle. Ihr ganzer Körper schien auf einmal in Flammen zu stehen. Aus der Nähe betrachtet, fielen ihr an Jacks männlichem Körper die Vorteile gegenüber dem jungen Jack auf, an den sie sich von damals noch gut erinnerte. Sie hatte ihn früher nie wirklich nackt gesehen. Im Moment wollte sie allerdings, dass nicht nur sein überheblicher Gesichtsausdruck, sondern auch seine Kleidung verschwand.

Aber sie war keine ungeduldige Jungfrau mehr, die sich naiv von Spielchen und Lügen beeinflussen ließ. Also schön, sie fand ihn attraktiv. Das war keine große Sache.

Das würde sie nicht davon abhalten, sich zu holen, was sie wollte. In den Jahren, seit sie Jack das letzte Mal gesehen hatte, hatte sie gelernt, dass Sex absolut überbewertet wurde. Wer sich auf andere verließ, egal ob zum Vergnügen oder im Beruf, der wurde grundsätzlich irgendwann zutiefst enttäuscht.

Er lehnte sich an die Kabinenwand, und unter seinem musternden Blick wurde ihr an den unpassendsten Stellen warm, oder vielleicht auch an den passenden, je nachdem, wie man es sah.

»Du bist es gewohnt, dass du bekommst, was du willst, richtig?«

»Nein.« Ganz im Gegenteil. Sie hob den Kopf. »Dieses Gebäude ist mir extrem wichtig. Wie bekommen wir die Verkaufsverhandlungen wieder in Gang?« Sie lehnte sich an die gegenüberliegende Wand, wodurch sie ein bisschen mehr Abstand zu Jack bekam, doch das linderte das wilde Pochen zwischen ihren Schenkeln oder das rasende Klopfen ihres Herzens kein bisschen.

Er musterte sie jetzt noch eindringlicher.

»Willst du, dass wir die Sorgfaltspflicht vernachlässigen?« Er kam dichter zu ihr, und sie glaubte, kaum noch atmen zu können, als er sie von Kopf bis Fuß mit Blicken zu verschlingen schien.

Sie lehnte sich bewusst nach hinten an den Handlauf und gewann dadurch in der kleinen Fahrstuhlkabine wenigstens ein paar Millimeter Abstand zu Jacks einschüchternder Präsenz. Sie verdrehte die Augen und kämpfte angestrengt, um ihre Hormone zu zügeln und sich nur auf das Geschäftliche zu konzentrieren. »Natürlich nicht.«

»Glaubst du, nur weil du eine Jacob bist, kannst du andere dazu drängen, unsaubere Verträge zu unterzeichnen? Wirst du jetzt vielleicht ein paar Beziehungen spielen lassen?«

Wieder drang er in ihre persönliche Distanzzone ein. Harley nahm jede seiner Bewegungen überdeutlich wahr.

»Ich habe es dir doch bereits erklärt.« Seine Nähe machte ihr jeden Atemzug schwer. »Das hier hat nichts mit meiner Familie zu tun. Die *Give Foundation* ist eine Stiftung, die ganz allein mir gehört.«

Die Luft war jetzt erfüllt von seinem Duft und seiner Wärme. Harley kam es so vor, als würden ihre Lungen sich mit Sirup füllen.

Sein Blick glitt hinab zu ihren Lippen und wieder zurück zu ihren Augen. Langsam ließ er die Zungenspitze über seine sinnliche Unterlippe gleiten, bevor sein Atem Harleys Gesicht streifte. Seine Stimme sank zu einem heiseren Flüstern.

»Meinst du, die Vergangenheit und das, was zwischen uns passiert ist, würde mich beeinflussen?«

Ihr zitterten die Knie. Angestrengt umklammerte sie den Handlauf. Liebend gern würde sie mit dem Jack von heute die Intimität von damals wiederholen und noch viel mehr! Sie biss sich auf die Lippe, um nicht mit einer Antwort herauszuplatzen, oder, schlimmer noch, dem brennenden Wunsch nachzugeben, ihn mit einem Kuss zum Schweigen zu bringen.

»Glaubst du, du kannst hier einfach aufkreuzen, mich mit diesem Outfit blenden, das aussieht, als kämst du direkt vom Laufsteg, und dann gebe ich dir alles, was du willst?«

Heiß wie Feuer strömte das Blut jetzt durch ihre Adern, und sie wurde rot. Sie konnte nicht sagen, was stärker war: die prickelnde Erregung zwischen ihren Schenkeln, die er durch seine Nähe, seinen durchdringenden Blick und die Erinnerungen an ihr erstes sexuelles Erwachen in ihr auslöste, oder die maßlose Wut, die mit jeder seiner abfälligen Bemerkungen weiter in ihr wuchs.

Sie schluckte, um die Erregung zu verdrängen, und zwang sich zu einer Feststellung, an die sie im Moment selbst nicht glaubte: »Ich bin eine fähige Geschäftsfrau, Mr. Demont.« *Abgesehen von den Fehlern, mit denen ich meine eigenen Abschlüsse gefährde.* »Wir hatten einen Vertrag, eine Zusage, einen Verkauf und eine Kaufabsicht. Nicht mehr und nicht weniger.«

Fest entschlossen beugte sie sich vor, um ihren Standpunkt mit allen Mitteln zu verteidigen.

»Ist das etwa deine Art von Rache?« Sie verengte die Augen und ignorierte die Lust, die er in ihr auslöste. Sie sollte außer sich sein vor Wut, aber jeder Ärger wurde von dem sehnsüchtigen Wunsch überschattet, seinen Kopf zu sich zu ziehen, und die Lippen auf seine zu pressen.

Mit seinem stählernen Blick hielt er sie lange, quälende Sekunden in seinem Bann. Ihr stockte der Atem, und der Puls hämmerte ihr in den Ohren.

Unwillkürlich krümmte sie die Zehen in den Pumps, wodurch sie noch ein paar Millimeter dichter an seine Lippen gelangte.

Ihr Atem vermischte sich nun mit seinem.

Die Luft zwischen ihnen schien vor erotischer Spannung geradezu zu flirren.

Seine Augen waren jetzt ganz dicht vor ihrem Gesicht, und tief in seinem Blick erkannte sie das vertraute Aufblitzen von Lust.

Er atmete tief durch und schien offenbar zu einem Entschluss zu gelangen.

»Machen Sie einen Termin mit meinem Büro aus, Miss Jacob.« Er trat zurück und drückte auf den Knopf vom Erdgeschoss.

Anscheinend hatte die sexuelle Anspannung auf ihn keinerlei Wirkung.

Harley hingegen glaubte, jeden Moment vor Lust explodieren zu müssen. Offenbar hatte sie seinen lustvollen Blick falsch gedeutet. Das kam vielleicht daher, dass sie glaubte, ihr Slip sei vor Verlangen siedend heiß. Natürlich hatte sie geglaubt, er würde ähnlich empfinden.

Immer noch umklammerte sie den Handlauf in ihrem Rücken. Sie wusste nicht, ob ihre zittrigen Knie ihr noch Halt gaben. Sie biss sich auf die Innenseite ihrer Wange, bis sie Blut schmeckte. Nach dieser Abfuhr wollte sie sich am liebsten irgendwo verkriechen und sich die Wunden lecken, die sie sich letzten Endes selbst zugefügt hatte.

»Ich habe schon so oft versucht, einen Termin zu bekommen, dass dein Assistent Trent und ich fast schon befreundet sind. Vielleicht solltest du mehr Leute einstellen oder deine Arbeitszeit professioneller organisieren, wenn du so überlastet bist.«

Er zog sein Handy aus der Tasche und gab eine Nummer ein, während er Harley spöttisch zulächelte. »Versuche es doch einmal in meinen Niederlassungen in London oder Paris. Dort bin ich sehr häufig, vielleicht hast du da mehr Glück. Entschuldige mich jetzt, ich muss diesen Anruf bis spätestens elf Uhr erledigt haben.«

Er hob das Handy an das Ohr und sprach auf Französisch, während der Fahrstuhl im Erdgeschoss anhielt und sich die Türen öffneten.

Tief in das Gespräch vertieft, ging er zum Empfangstresen, wo ihm ein aufmerksamer Angestellter das maßgeschneiderte Jackett reichte, das perfekt zu seiner Hose passte. Zum Dank nickte Jack kurz und legte Helm und Weste auf den Tresen, ehe er sich das Jackett salopp über die Schulter hängte.

Harley stand in der gefliesten Eingangshalle und blickte ihm hinterher, als er das Gebäude verließ und in einen wartenden Mercedes einstieg.

Man hatte sie auch früher schon zurückgewiesen, sich über sie lustig gemacht und sie abgeschoben, und sie hatte sich niemals daran gewöhnen können. Bei Jack Demont hätte sie aber darauf gefasst sein müssen, schließlich hatte sie ihn damals auch ohne jeden Kommentar abgeschoben.

Es ist alles meine Schuld, dachte sie. *Vielleicht hatte ihr Vater doch recht, und sie vergeudete ihre Zeit nur mit … Hobbys.*

Langsam folgte sie Jack nach draußen und schickte ihrem Fahrer eine Textnachricht.

Ihre Väter mochten den Krieg zwischen den Lanes und den Jacobs begonnen haben, und vielleicht hatte Harley ihren taktischen Vorteil gerade eben verspielt, aber sie würde sich in dieser Schlacht mit Jack nicht einfach geschlagen geben, ohne bis zum Letzten gekämpft zu haben.

2. Kapitel

Jack beendete das Telefonat und warf das Handy achtlos auf den Sitz neben sich. »Nach Hause, bitte, Will.« Er presste die Lippen zusammen und unterdrückte einen Fluch. Normalerweise schnauzte er seinen Fahrer nicht so barsch an, aber der alte Chauffeur nickte nur verständnisvoll und fädelte sich kommentarlos in den dichten Verkehr von Manhattan ein.

Jack biss die Zähne zusammen und sog die Luft ein, während er gegen die Erregung ankämpfte. Er hatte gar nichts dagegen tun können, dass er schon beim ersten Anblick von Harley einen Ständer bekommen hatte. Unter dem albernen orangefarbenen Helm hatte er ihr weißblondes Haar gesehen, und auch die klobige Sicherheitsweste hatte ihre weiblichen Kurven kaum verbergen können. Das elegante Kaschmirkleid hatte ihr bis an die Knie gereicht, und in ihrem makellosen Gesicht hatte er Verwirrung und Erstaunen gesehen, und dann erst das Feuer, das er mit jeder bissigen Bemerkung weiter angefacht hatte.

Irgendwann hatte er sie berührt. Das war nicht einmal absichtlich passiert. Anfangs hatte er die Hände bewusst bei sich behalten und dagegen angekämpft, die Arme nach ihr auszustrecken und zu testen, ob ihre Haut sich noch immer so weich und zart anfühlte wie in seiner Erinnerung, aber dann war sie ihm in die Arme gestolpert, und ihr Körper hatte sich perfekt an seinen geschmiegt.

Ihren süßen Duft fand er erregender als jedes Aphrodisiakum, und mit den Blicken ihrer grünen Augen schien sie ihn förmlich anzuflehen, sie wieder zu schmecken. Genau so hatte sie ihn auch damals mit siebzehn angefleht.

Jack spreizte die Beine etwas, um den Druck seiner Erregung zu lindern.

In Gedanken verfluchte er seine eigene Ehrenhaftigkeit. Damals hatte er sich bewusst zurückgehalten und Harleys Körper nie so erkundet, wie er es eigentlich gewollt hatte. Er hatte deshalb niemals erfahren, ob er die Leidenschaft, die er aus ihrem Blick gelesen hatte, zu einem richtigen Inferno hätte anfachen können, und dann hatte sie ihm plötzlich ganz unvermittelt den Laufpass gegeben. Kein Brief, keinerlei Erklärung, kein Bedauern.

Im Anschluss daran war in seinem Leben alles nur noch bergab gegangen.

Jack rieb sich über das Gesicht und schluckte, um die Verbitterung loszuwerden.

Was für ein Idiot er gewesen war! In mehr als nur einer Hinsicht. Vollkommen naiv hatte er geglaubt, er habe alle Zeit der Welt, um die aufkeimende Beziehung zu Harley zu vertiefen. Wie dumm er gewesen war, zu glauben, ihr würde etwas an ihm liegen! Anscheinend hatte er nicht im Geringsten begriffen, wie kompliziert Beziehungen sein konnten.

Er schloss die Augen. Schon bei der Erinnerung daran bekam er unweigerlich einen bitteren Geschmack im Mund. Mühsam atmete er tief durch und zwang sich zur Selbstbeherrschung. Aber ohne die Bilder seiner Umgebung ließen sich die Erinnerungen noch schwerer verdrängen.

Im Fahrstuhl hatte er ihren Körper gespürt, denn ihre sinnlichen Kurven hatten sich an ihn geschmiegt. Es hatte sich angefühlt, als würde ihn neues Leben durchströmen. Ihm war es vorgekommen, als sei er all die Jahre über tot gewesen und jetzt von Harley mit vierzigtausend Volt wiedererweckt worden. Ihre aufgerichteten Nippel hatten sich unter dem Kleid abgezeichnet, und immer wieder hatte sie mit ihrer süßen Zunge über ihre sinnliche Unterlippe geleckt, während sich ihre makellosen hellen Wangen gerötet hatten. War das Erregung gewesen oder nur Wut?

Schluss damit!

Er fuhr sich durch das Haar. Wenn er so weitermachte, würde er im Auto warten müssen, bis seine Erektion sich wieder gelegt hatte, bevor er in sein Apartment gehen und eiskalt duschen konnte.

Natürlich hatte er gewusst, dass sie irgendwann auftauchen würde. Das hatte er in dem Moment geahnt, als er erfahren hatte, wer die Geschäftsführerin von *Give* war … dass die Frau, die das heruntergekommene Gebäude in der Bronx kaufen wollte, ausgerechnet die Frau war, die ihm in seiner Jugend das Herz gebrochen hatte.

Aber wie ein kompletter Idiot hatte er ihre Wirkung unterschätzt, wenn sie in Fleisch und Blut vor ihm stand. Selbst mit Helm, unpraktischem Schuhwerk und wutentbranntem Blick war sie inmitten des Zementstaubs so unfassbar schön gewesen wie damals mit siebzehn.

Eigentlich sogar noch schöner, denn sie hatte sich zu einer eleganten – und soweit er es heute erlebt hatte – klugen und entschlossenen Frau entwickelt. Alles an ihr, von den erregenden Kurven bis hin zu ihrem zierlichen Gesicht, hatte seine tiefsten Triebe geweckt und ihn zugleich an die bitteren Erfahrungen seiner naiven Jugend erinnert.

Er war kein schwärmerischer Teenager mehr. Durch Harley hatte er seine erste Lektion in Sachen Beziehungen gelernt. Liebe verschwand offenbar so schnell wieder, wie sie entstand, und sie war vollkommen bedeutungslos.

Seine zweite Lektion hatte er durch die Scheidung seiner Eltern gelernt. Das war kurz nach dem geplatzten Geschäftsdeal zwischen seinem und Harleys Vater passiert, und das Leben, wie er es bis dahin gekannt hatte, war danach vollkommen außer Kontrolle geraten und hatte sich für immer verändert.

Er fluchte und versuchte, nicht an diese Zeit zurückzudenken, doch Harley hatte leider nicht nur seine Lust geweckt.

Sein Vater hatte sich nie wirklich von dem geplatzten Geschäftszusammenschluss mit Hal Jacob und dem tragischen Ende seiner Ehe erholt. Damals hatte sich Jack geschworen, niemals so verletzlich zu werden, dass er sich so ausgeliefert fühlen musste.

Erst mit Mitte zwanzig hatte er es geschafft, sich aus den Ruinen seines ehemals so glücklichen Familienlebens zu kämpfen, seinen eigenen Karriereweg zu gehen und sich von dem scheiternden Unternehmen seines Vaters abzugrenzen.

Jeden Schritt auf diesem schweren Weg hatte er nur geschafft, indem er die Kontrolle über sein eigenes Leben ergriff, Entscheidungen traf und jede zwecklose Sentimentalität beiseiteschob.

Er rieb sich die Lippen, die noch immer kribbelten. Er hatte kurz davorgestanden, Harley zu küssen! Der Neandertaler in ihm hatte gefordert, dass er ihr mit einem Kuss demonstrierte, was sie alles versäumt hatte.

Verdammt, am liebsten hätte er ihr das enge Wollkleid hochgeschoben und es gleich im Fahrstuhl des Gebäudes, das er gerade renovierte, mit ihr getrieben.

Er ließ die Finger knacken und hätte fast gegen die Holztäfelung der Limousine geschlagen. Früher war er ein dummer Junge gewesen, ein Träumer. Auf keinen Fall würde er zulassen, dass diese unsinnige sexuelle Anziehungskraft zu Harley ihn jetzt von seinem Weg abbrachte, selbst wenn er sehr genau gemerkt hatte, dass Harley es genauso spürte wie er.

Harley hatte es nicht verbergen können, dass ihr Atem schneller gegangen war oder dass ihr die Ader am Hals pulsierte. Das war so unverkennbar gewesen wie sein Ständer in der Hose.

Das Knistern zwischen ihnen hatte sie beide heißgemacht. Vielleicht wollte sie ja mehr von ihm als nur das Morris-Building. Vielleicht sehnte sie sich nach einer kleinen Kostprobe dessen, was sie damals achtlos weggeworfen hatte.

Jack schnaubte, denn ihm kam eine Idee, die durchaus ihren Reiz hatte.

Ein Spiel!

Ein für beide Seiten befriedigendes Intermezzo, mit dem er gleich zwei Ziele auf einmal erreichen konnte. Er würde Harley zeigen, was sie damals hätte haben können, und gleichzeitig würde er diese prickelnde Gier stillen können, die zwischen ihnen beiden herrschte.

Aber dieses Mal würde er die Zügel fest in der Hand behalten, wie er es seit damals immer getan hatte. Alles würde ausschließlich nach seinen Spielregeln ablaufen.

Die Limousine quälte sich durch den dichten Verkehr, und Jack fühlte sich eingesperrt. Dass er Harley nicht aus dem Kopf bekam, raubte ihm seine sonst so unendliche Geduld, aber auch das könnte er für seine Zwecke nutzen. Er zog sein Handy hervor und rief seinen Assistenten an.

Ohne eine höfliche Begrüßung kam er sofort auf den Punkt. Er würde sich bei ihm entschuldigen, wenn sich seine Laune gebessert hatte und er endlich wieder an etwas anderes als an Harley denken konnte. »Finden Sie bitte heraus, ob *Give* in irgendeiner Form mit Jacob Holdings verbunden ist.« Seit damals hatte er sich geschworen, niemals wieder Geschäfte mit Hal Jacob zu machen, weil dieser seinen Vater beruflich aufs Kreuz gelegt und ihm so das nötige Selbstbewusstsein geraubt hatte, um weiterhin richtige Geschäftsentscheidungen treffen zu können.

An diesen Schwur würde Jack sich halten, auch wenn sein Körper noch so stark auf Harley reagierte.

»Ja, Sir. Aber diese Überprüfung haben wir bereits abgeschlossen«, rief Trent ihm in Erinnerung.

»Überprüfen Sie es ein zweites Mal.« Er würde nicht denselben Fehler wie sein Vater begehen. Wenn Harleys Stiftung in irgendeiner Weise mit Hal Jacob verknüpft war, würde Jack dafür sorgen, dass es niemals zum Verkauf des Morris-Buildings kam.

Er hatte nicht gelogen. Es gab tatsächlich Fehler in dem Vertrag, die korrigiert werden mussten. Diese Unstimmigkeiten waren ihm wie ein Geschenk vorgekommen, das er rücksichtslos ausnutzen würde, wenn er merkte, dass sie genauso unaufrichtig wie ihr Vater war.

»Beauftragen Sie bitte einen Profi damit. Ich will hundertprozentige Sicherheit haben.« Als Kopf seines eigenen multinationalen Bauunternehmens konnte er sich den beneidenswerten Luxus gönnen, nur mit den Partnern und Kunden Geschäfte zu machen, die ihm auch zusagten. Durch diesen Luxus behielt er zugleich die absolute Kontrolle.

Ich habe zu hart für meinen Erfolg gearbeitet, um jetzt schwanzgesteuert Fehler zu machen!

Verdammt, vielleicht musste er wirklich mal wieder eine Frau flachlegen! Schon seit Monaten hatte er seine Bedürfnisse ignoriert und tagaus, tagein sein New Yorker Netzwerk ausgebaut, Büroflächen angemietet, sich ein Apartment gesucht und es so renoviert, dass er es seinen an Architektur interessierten Kunden als Glanzstück vorführen konnte.

Die vergangenen neun Jahre hatte er bestimmt nicht wie ein Mönch gelebt. Er führte ein erfülltes Leben, mit dem er privat und beruflich zufrieden war. Er hatte sich die Versprechen erfüllt, die er sich einst selbst gegeben hatte. Sein Unternehmen gedieh, und die Frauen in seinem Leben befriedigten ihn, hielten sich jedoch stets im Hintergrund und blieben nie auf Dauer.

»Mr. Demont«, unterbrach ihn Trent plötzlich. »Mr. Lancaster ist in der Stadt. Er hat Karten für eine Veranstaltung heute Abend geschickt und möchte, dass Sie ihn und Miss Noble begleiten.«

Perfekt. Genau, was er jetzt brauchte! Ein Abend mit seinem Cousin und dessen Verlobter bei irgendeinem glamourösen Event, wo er sich mit vielen, tollen Frauen ablenken konnte. Mit Frauen, die schön genug waren, um ihn vergessen zu lassen, wie Harleys fantastische Brüste sich an seine Brust gedrückt hatten, sodass er Harleys Herzschlag gespürt hatte.

»Lassen Sie mir die Karte zukommen, Trent, und sagen

Sie Mr. Lancaster und seiner Verlobten, dass ich gern kommen werde.« Ihn interessierte überhaupt nicht, was das für ein Event war, er brauchte nur eine Ablenkung, und zwar dringend. Es war schon Monate her, seit er das letzte Mal eine Frau in seinem Bett gehabt hatte. Viel zu lang.

Beim Gedanken an Sex überschwemmten ihn sofort wieder Bilder von Harley. Er sah sie vor sich, wie ihr blondes Haar wie ein Fächer auf seinem Kopfkissen ausgebreitet war, den nackten Körper nur in ein Handtuch geschlungen, und ihr wunderbarer Duft würde noch in seinem Bettzeug hängen, wenn sie schon längst wieder fort war …

Wenn das so weiterging, würde er sich wohl selbst befriedigen müssen, bevor er heute Abend ausging. Entnervt fuhr er sich über das Gesicht. *Wieso hatte ihn Harleys Anblick so unvorbereitet getroffen?* Er hätte sich doch denken können, dass sie es nicht einfach hinnehmen würde, wenn er die Verkaufsverhandlungen in dem Moment abbrach, in dem sein Team kurz vor Abschluss einen Fehler entdeckte, und diesen Fehler hatte noch dazu offensichtlich Harley selbst zu verantworten.

Typisch Harley. Sie hatte den Fehler heruntergespielt. Ihrer Familie gehörte ja bereits halb Manhattan. Natürlich kreuzte sie unangekündigt bei ihm auf und verlangte einfach zu bekommen, was ihr ihrer Meinung nach zustand.

Ganz bestimmt würde er dieser verwöhnten Prinzessin nicht einfach nachgeben. Er traute ihrem Vater so wenig, dass er ihn nicht einmal nach der Uhrzeit fragen würde, und ganz bestimmt würde er nicht dieselben Fehler wie sein Vater begehen und sich auf einen Deal mit Jacob Holdings einlassen.

Die fatalen Folgen der Entscheidung seines Vaters hatte er schließlich hautnah miterleben müssen. Sein Vater hatte all sein Selbstvertrauen verloren, und all seine nachfolgenden unternehmerischen Entscheidungen und sogar seine Ehe waren gescheitert. Letzten Endes wegen dieses einen, gigantischen Fehlers.

Jack war überzeugt davon, dass er seinen eigenen Erfolg nur der Tatsache verdankte, dass er aus dem Schatten seines Vaters herausgetreten war. Er hatte sogar den Namen seines Vaters abgelegt und den Mädchennamen seiner Mutter angenommen, nur um sich von dem Unternehmen seines Vaters abzugrenzen, dessen Ruf durch die Verbindung mit Hal Jacob für immer beschmutzt war.

Auf keinen Fall wollte er wieder schwanzgesteuert in dieser Schlangengrube landen. Er würde dafür sorgen, dass Harley Jacob dortblieb, wo er sie haben wollte … vertraglich gebunden oder direkt unter ihm … falls sie Lust auf eine Kostprobe dessen hatte, was ihr all die Jahre entgangen war.

Die Limousine hielt jetzt vor seinem Apartmenthaus in der City. Jack stieg aus und betrat das Gebäude. Er konnte es kaum erwarten, unter die Dusche zu kommen, um sich Harleys Duft und jede Erinnerung an sie abzuspülen.

Als er im obersten Stockwerk aus seinem privaten

Fahrstuhl stieg, blieb er abrupt stehen, und das Herz hämmerte ihm in der Brust.

Harley!

Wie hatte sie ihn überholen können? Sie saß auf dem Sofa neben dem Eingang seines Penthouses und sah zum Fahrstuhl hinüber.

Es dauerte keine zwei Sekunden, und er war wieder aufs Äußerste erregt.

»Woher hast du gewusst, wo ich wohne?«

Sie stand auf und schenkte ihm mit ihren langen Wimpern einen Augenaufschlag.

»Man könnte das auch als Stalking bezeichnen.« *Wieso bloß fand er ihre Hartnäckigkeit interessant? Wollte sie etwa mehr von ihm als nur das Gebäude?*

»Ich habe deine Adresse recherchiert, und dann habe ich den Portier bestochen.« Sie zuckte mit den Schultern.

Anscheinend war sie tatsächlich ganz die Tochter ihres Vaters. Moral bedeutete ihr offenbar nichts, wenn sie ihren persönlichen Wünschen im Weg stand.

Aber verdammt, sie hatte sich wirklich fantastisch entwickelt! Jack wollte sie am liebsten in sein Apartment zerren und ihr eine ausgiebige Tour geben, die auf jeden Fall im Schlafzimmer anfangen würde. *Nein*, sagte er sich, *vergiss das Schlafzimmer*. Er würde sie aus diesem edlen Wollkleid schälen und sie gleich hier im Foyer auf den eleganten Schiefertisch drücken, den er aus Frankreich importiert hatte, und dort würde er dann über sie herfallen, bis sie keuchend seinen Namen ausstieß und ihren eigenen vergaß. Das würde sie dann nicht mehr achtlos abtun können.

»Mach's bitte kurz, ich muss gleich wieder los.« Er zog die Schlüsselkarte durch den Schlitz, öffnete die Tür und ließ Harley den Vortritt. Egal, was in der Vergangenheit geschehen war, die guten Manieren waren dennoch tief in ihm verankert.

Im Eingang blieb sie kurz stehen und sah sich interessiert um, so als sei sie hierher eingeladen worden und habe daher jedes Recht, sich Jacks Zuhause ausgiebig mit ihren schönen, aufmerksamen Augen anzusehen.

Er nutzte die Gelegenheit, indem er ihre Kurven betrachtete. Sein Blick verharrte auf ihrem sinnlichen Po, der unter dem Kleid durchtrainiert und knackig wirkte.

Innerlich stöhnte er auf, und sein Glied zuckte voller Vorfreude.

Mit einer flüchtigen Handbewegung strich sie sich das seidige silberblonde Haar über die Schultern zurück und hob fragend eine Braue.

Jack riss sich mühsam aus seinen Gedanken, in denen sie nackt auf allen vieren vor ihm kniete. Er ging voraus ins Wohnzimmer und schleuderte das Jackett über die Sofalehne.

Ihm war klar, dass sie direkt hinter ihm stand. Bestimmt beurteilte sie gerade jede Farbwahl der Einrichtung und die Aussicht.

Jack spannte unwillkürlich die Schultern an, denn er war stolz auf sein Zuhause. Das über fünfhundert

Quadratmeter große Apartment stammte noch aus der Vorkriegszeit, doch er hatte es modern eingerichtet, ohne den ursprünglichen Charakter zu verfälschen. Von seinem immer größeren Kundenkreis hatte er bislang nichts als Komplimente dafür bekommen.

»Ein Drink?« *Wieso war sie hier? Glaubte sie etwa, er habe seine Meinung so schnell geändert und würde einfach einen fehlerhaften Vertrag unterzeichnen, nur weil sie die Tochter eines reichen Immobilienmoguls war?* Aber vielleicht dachte sie auch, er sei immer noch der schwärmerische Idiot von damals, der bereit war, ihr alles zu geben, was sie sich ersehnte.

»Nein, danke.«

Er holte sich eine Flasche Wasser aus dem Kühlschrank, schraubte den Verschluss ab und trank sie in drei Zügen leer. Einen Moment lang wünschte er sich, es sei Scotch, doch in Harleys Nähe musste er unbedingt bei klarem Verstand bleiben, sonst verlor er noch seine Hemmungen und zeigte ihr, was sie all die Jahre von ihm hätte bekommen können.

Ihrem Blick nach zu urteilen, sehnte sie sich allerdings nach dieser Lektion, und das machte es ihm noch schwerer, den lustvollen Ansturm zu bekämpften, der ihm gerade durch die Adern jagte. *War Harley nicht verlobt gewesen?* Jack meinte, sich daran zu erinnern, etwas darüber gelesen zu haben. Bestimmt hatte sie irgendeinen Ja-Sager zum Amüsieren gefunden, mit dem der alte Jacob einverstanden war.

Das Wasser lag ihm schwer im Magen, und noch immer hatte er einen bitteren Geschmack in der Kehle. Prüfend sah er zu ihrer Hand. Kein Ring. Schnell schaute er wieder weg. Es konnte ihm doch egal sein, ob sie wegen des Sex hier war oder nicht. Ihr Lebensweg kümmerte ihn nicht.

»Du hast deinen Namen geändert.«

Sie hatte sich nicht von der Tür wegbewegt und stand noch immer mit dem Rücken dicht an der Wand, während sie Jack misstrauisch musterte. Schließlich waren sie trotz allem mittlerweile Fremde.

Vor neun Jahren hatte sie ihn ohne jede Rücksicht fallen gelassen und nicht einmal versucht, weiterhin mit ihm befreundet zu sein oder in Kontakt zu bleiben. Ihren rücksichtslosen Vater hatte er verabscheut, und dem Zerfall seiner Familie hatte er ohnmächtig zusehen müssen. Daraus hatte er die Entschlossenheit für seinen eigenen Weg zum Erfolg gezogen. Die turbulenten Jahre mit den Jacobs hatte er mit aller Macht verdrängt, und auch Harley hatte er vergessen.

Er zuckte mit den Schultern und musterte ihre makellose Erscheinung. *Wie würde die Erbin dieses Imperiums wohl aussehen, wenn sie entspannt, zerzaust und befriedigt vor ihm lag?* »Ich war in England auf der Uni, dort hat mich niemand Jacques genannt, deshalb habe ich die englische Form irgendwann übernommen.«

»Und wieso Demont?« Sie leckte sich die Lippen.

Mit den Blicken folgte er der Spur ihrer Zunge, und

sofort schoss ihm das Blut wieder in den Schoß. Wenn sie nicht bald von hier verschwand, würde er sie noch dazu bringen, dass sie ihren Mund zu etwas ganz anderem benutzte, als anzuzweifeln, dass er ein besserer Mann als sein Vater zu sein versuchte. »Das ist der Mädchenname meiner Mutter. Die Entscheidung war rein geschäftlich.«

Nachdenklich nickte sie, dann drückte sie die Schultern zurück und kam auf den Punkt. »Du sollst wissen, dass ich vorhabe, in dem Morris-Building eine ganz besondere Schule zu eröffnen.«

Ihre Wangen wurden rot, und das machte sie in seinen Augen nur noch attraktiver. *Würde sie auch so rot werden, wenn sie kam? Schämte sie sich vielleicht, weil sie hergekommen war, um ihn anzuflehen? Oder fiel ihr die Bitte nur deshalb so schwer, weil er in ihren Augen so unbedeutend war?*

Doch das alles spielte keine Rolle. Verdammt, er wollte sie weiter reizen! Er wollte sie wieder wütend machen und sehen, wie das Feuer in ihrem Blick sich in glutvolle Wärme verwandelte, wenn er sie so küsste, wie sie es sich im Fahrstuhl mit Blicken von ihm ersehnt hatte. *Gestörter Bastard!*

»Mich anzuschreien hat nichts gebracht, deshalb versuchst du es jetzt mit Schuldgefühlen?« Er kam näher und glaubte, ihre Blicke wie leichte elektrische Schläge spüren zu können. »Und wenn ich mich deinen Wünschen lange genug widersetze, was geschieht dann? Nutzt du dann Charme und Sex als Waffen?« Dagegen hätte er allerdings gar nichts einzuwenden. Er wäre bereit für eine kleine ... Aufmunterung, falls das ihre Art war, ihren Willen durchzusetzen.

Falls er sich tatsächlich entschloss, ein bisschen mit ihr zu spielen, würde ihm diese Taktik von Harley sogar sehr entgegenkommen. Vielleicht war ein bisschen Rachesex ja genau das, was er brauchte. Natürlich würde er dafür sorgen, dass es ihr auch gefiel. Möglicherweise verliebte sie sich sogar in ihn, dann könnte er sie am Ende wortlos verlassen, genau wie sie es einst mit ihm gemacht hatte.

Wie sehr sie es hassen musste, ausgerechnet zu ihm kommen zu müssen! Ganz offensichtlich war sie so erregt, dass sie den Blick gar nicht von seinem Schoß abwenden konnte.

Sie ballte die Fäuste, und fast rechnete Jack mit einer Ohrfeige.

»Du hast dich tatsächlich in das größte Arschloch der Welt verwandelt!« Eisig sah sie ihm in die Augen und hob das Kinn.

Ungerührt zuckte er mit den Schultern. Schlimmer als das, was sie ihm vor neun Jahren angetan hatte, konnte nichts mehr sein. Ohne irgendeine Erklärung war sie verschwunden und hatte es ihm überlassen, sich den Grund dafür zusammenzureimen, während er nur tatenlos dabei hatte zusehen können, wie sein vertrautes Leben um ihn herum zusammengebrochen war.

Im Grunde hatte sie ihm damit allerdings einen Gefallen getan, denn ihre Zurückweisung hatte ihn gestählt.

Er hatte daraufhin seine Prioritäten erkannt und ein paar Grundsätze zu seinem zukünftigen Umgang mit Frauen gefasst. Seitdem verlief alles in seinem Leben nur noch zu seinen Bedingungen.

»Es geht dich zwar überhaupt nichts an, aber ich habe vor, eine Dyslexie-Schule zu gründen. Für Menschen mit Lese- und Schreibschwäche.« Einen Moment lang wirkte sie unsicher, aber dann schob sie erneut das Kinn vor und sah Jack durchdringend aus ihren grünen Augen an.

War das etwa Verletzlichkeit, die er da gerade bei ihr spürte, oder versuchte sie nur, ihn zu manipulieren? Warum gerade eine Dyslexie-Schule? Doch interessierte ihn das überhaupt?

»Solche Schulen gibt es bereits.« Instinktiv ahnte er, dass ihr das Morris-Building viel bedeutete, das musste sehr persönliche Gründe haben.

Dieses Wiedersehen mit ihr wurde ja immer besser!

»Aber nicht in der Bronx.« Sie wich seinem Blick aus.

Es juckte ihn in den Fingerspitzen, ihr Kinn anzuheben. *Wieso glaubte sie, sich ihm gegenüber verteidigen zu müssen?* Seine innere Unruhe wurde nun übermächtig, so als habe er sich schon viel zu lange nicht mehr bewegt. Länger konnte er der Versuchung einfach nicht widerstehen. Er ging langsam zu ihr.

Aus großen Augen sah sie ihn an. Sie öffnete den Mund, und ihr Atem kam stoßweise. Bei jedem Zug hoben und senkten sich ihre runden Brüste.

»Wieso bist du hier, Harley?« Wenn sie erwartete, dass er nach ihrer Pfeife tanzte, würde er sie einfach rauswerfen. Verdammt, er sollte sie ohnehin rauswerfen, denn mit jeder Sekunde, die sie länger blieb, fiel es ihm schwerer, zu verbergen, dass er merkte, wie begehrlich sie ihn mit ihren Blicken auszog.

Ein Machtgefühl durchströmte ihn. Jetzt musste er handeln.

»Ich …« Der Pulsschlag an ihrem Hals raste. Unwillkürlich senkte sie die langen Wimpern.

Jack stand wie unter Hochspannung. Ihre Nähe machte ihn rasend vor Lust. Wie gefesselt hing sein Blick an ihren vollen Lippen. Jeder ihrer Atemzüge ließ seine Erektion noch weiter anschwellen.

»Bist du hier, weil du eine Kostprobe von dem willst, was du verpasst hast?«

Er kam noch einen Schritt näher.

In dem Blick ihrer sinnlichen Augen hätte er versinken können, doch er würde garantiert niemals wieder seinen klaren Verstand verlieren. Aus der Nähe konnte er sehen, wie geweitet ihre Pupillen waren. *Bildete er sich das nur ein, oder schien sie die Vergangenheit wirklich zu bedauern?* Dieser Ausdruck war in jedem Fall nicht so offensichtlich wie die Lust, die aus jedem ihrer Blicke sprach.

Würde sie ihm jetzt endlich erklären, wieso sie damals Schluss gemacht hatte? Darauf konnte er gern verzichten.

Er wollte sich bereits abwenden und diesen gedanklichen Trip in die Vergangenheit beenden, denn seit damals hatte er sich weiterentwickelt, und diese zugeknöpfte, kultivierte und erfolgreiche Erbin eines Imperiums war für ihn eine Fremde.

»Ich muss los. Was immer du auch von mir willst, du wirst es nicht bekommen.« *Es sei denn, sie wollte nur eine schnelle Nummer der guten alten Zeiten zuliebe.*

Sie packte ihn am Arm, kam noch näher und ließ die Handtasche auf den Boden fallen. Der Aufprall klang so dumpf wie Jacks Pulsschlag, den er noch lauter in seinen Ohren hörte, als Harley dicht vor ihm stand und das Gesicht hob.

Er war bis in die Zehen angespannt und reagierte ganz instinktiv. Es war wie eine innere Erlösung von all dem Frust, als er Harley in seine Arme schloss.

»Ja«, stieß sie tonlos aus, kurz bevor Jack die Lippen auf ihre presste. Leise stöhnte sie auf.

Er presste sich an sie und fachte das Feuer, das vorhin im Fahrstuhl bereits zwischen ihnen aufgeflackert war, wieder an.

Sie vergrub die Finger in seinem Haar, öffnete den Mund noch weiter, und Jack drang verlangend mit der Zunge vor.

Die Vergangenheit versank für ihn wie in einem Nebel. Er brauchte ihr nicht zu vertrauen, um ihren Körper in seinen Händen genießen zu können. Sie war hier bei ihm und gab sich ganz der Chemie hin, die zwischen ihnen knisterte. Sie passte zu ihm wie Sahne zum Kaffee.

Ihr leises Stöhnen spürte er bis in den Magen hinein. Seine Hoden fühlten sich schwer und prall an. Sie packte sein Haar und drückte sich so eng an ihn wie kurz zuvor im Fahrstuhl, aber dieses Mal wand sie sich aufreizend dabei, als würde auch sie versuchen, dieses unersättliche Feuer in sich zu stillen.

Vielleicht war es für sie genauso lange her wie für ihn.

Er packte ihren Po und zog ihren Schoß an seine harte Erektion. Immer enger drückte er sie an sich, und ihr keuchender Atem bewies ihm, wie sehr sie es genoss. Er glaubte, fast zu spüren, wie sie unter all der Kleidung feucht wurde.

Sie wollte ihn offenbar genauso sehr wie er sie. Warum also warten? Warum sich zurückhalten? Wieso es nicht einfach auskosten und diesem Bedürfnis nachgeben? Es wäre schließlich mit keinerlei Verpflichtung verbunden.

Er griff nach dem Saum ihres Kleides und strich ihren nackten Schenkel hinauf. Ihre Haut war so verführerisch seidig, dass er mit der Hand unwillkürlich immer höher glitt, immer näher zum Ziel seiner Sehnsucht.

Harley spreizte die Schenkel etwas weiter und gewährte ihm, was er begehrte und wonach auch sie sich so brennend sehnte.

Durch den zarten Spitzenslip hindurch berührten seine Finger ihre weichen Lippen, und Harley stöhnte auf. Sie unterbrach den Kuss und sah ihm tief in die Augen, während er immer fester mit den Fingerspitzen über die vor Lust geschwollenen Lippen strich.

Ohne jeden Zweifel war sie genauso erregt wie er. Er hatte sie kaum berührt, aber ihr Slip war bereits feucht und ihr Blick vor Lust verklärt. Noch fordernder drückte er sich an ihre Hüfte, um ihr ganz deutlich zu machen, was ihm gerade durch den Kopf ging.

»Erinnerst du dich noch an deinen ersten Orgasmus?« Mit der flachen Hand glitt er tiefer zwischen ihre Schenkel und schob den Zeigefinger an ihrem zarten Slip vorbei, zwischen die feuchten Lippen. Sie war offenkundig mehr als bereit für ihn.

Harley nickte und leckte sich mit der Zungenspitze über die geschwungene Kontur ihrer Oberlippe.

»Erzähle es mir.« *Es war ein Test. Erinnerte sie sich wirklich noch daran? Hatte es ihr so viel bedeutet wie ihm, oder sehnte sie sich einfach nur verzweifelt danach, wieder zu kommen?*

Seufzend schloss sie die Augen und ließ den Kopf nach hinten sinken. Jack berührte ihre Klitoris, und ihr Atem ging immer schneller. An allen Nervenenden der kleinen Knospe spürte sie seine Fingerspitze. Die Feuchtigkeit ihrer Lust benetzte seinen Finger.

Mit dem Knie drückte er ihr die Schenkel noch weiter auseinander. Er wollte noch dichter zum Zentrum ihrer Lust vordringen.

Er erreichte nun das Ziel seiner Begierde. Mit zwei Fingern drang er in die feuchte Wärme ein, und mit dem Daumen reizte er weiterhin ihre Klitoris.

Harley riss die Augen auf. Flehend sah sie Jack an.

»Sag mir, dass du dich erinnerst, Harley.« Sie würde von ihm erst bekommen, was sie sich wünschte, wenn sie ihm gab, was er sich ersehnte. Er brauchte die Bestätigung, dass er ihr etwas bedeutet hatte, auch wenn es nur für kurze Zeit gewesen war.

Aber sie war so verdammt hingebungsvoll! Ihr zitterten die Knie. Ihre Schenkel drückten sich gegen seine Hand, als sei sie nur noch Sekunden davon entfernt, durch sein Streicheln zu kommen. Genauso hatte er sie das erste Mal zum Höhepunkt gebracht. Damals hatte sie den Mund an seine Schulter gepresst, um ihre Lustschreie zu dämpfen.

Sie konnte jetzt kaum noch sprechen, ihr heiserer Atem wurde von kurzen Seufzern unterbrochen, die sie im Rhythmus seiner Bewegungen ausstieß.

»Wir … wir waren in der Lodge in Aspen. Du … hast gesagt, dass es beim nächsten Mal noch besser wird. Oh.«

Der Triumph durchströmte ihn. Noch schneller umkreiste er die Knospe mit seinem Daumen.

Harley stockte der Atem, und sie ließ den Kopf nach vorn sinken. Mit beiden Händen klammerte sie sich an ihn.

Er spürte ihre Fingernägel an den Armen. Ihre ungehemmte Sexualität war wie ein wahr gewordener Lusttraum für ihn.

Sein eigenes Verlangen pochte jetzt so stark, dass er hastig überlegte, wo er ein Kondom finden konnte. Er wollte in sie eindringen, aber er wollte nicht weit von ihr wegmüssen.

Jeder Muskel in seinem Körper war bis zum Zerreißen angespannt. Er drückte sich noch enger an sie und rieb seine Erektion zwischen ihren sich windenden Körpern.

»Damals war ich noch fast ein Kind.« Er kippte das Handgelenk und drang mit den Fingern tiefer in sie ein. Aufreizend massierte er ihren Lustkanal. »Das bin ich nun nicht mehr.«

Damals war er stolz darauf gewesen, sie zum ersten Orgasmus gebracht zu haben, aber seitdem hatte er seine Fähigkeiten noch verfeinert, und bisher hatte er keine Klagen zu hören bekommen. Wenn Harley es wollte, würde er ihr alles zeigen, was sie damals einfach so aufgegeben hatte.

Ohne tiefe Emotionen, ohne jede Verpflichtung, und genau wie sie damals, würde er danach gehen, ohne etwas zu bereuen.

»Sieh mich an, Harley. Sieh mich an, und dann sorge ich dafür, dass dies hier noch besser wird.«

Sie hob den Kopf. Es fiel ihr schwer, die Augen offen zu halten. Ihr Blick war unstet vor Lust.

Mit der freien Hand umfasste er ihre Brust und rieb mit dem Daumen durch das störende Wollkleid hindurch ihren aufgerichteten Nippel.

Er biss die Zähne zusammen. Das hier reichte ihm nicht. Er wollte Harley nackt vor sich haben und jede Stelle ihres sexy Körpers berühren … mit den Händen, den Lippen und der Zunge. Er wollte sie lecken und küssen, bis die Lust sich in ihr wie eine Feuerwerksrakete entlud und sie seinen Namen schrie. Er sehnte sich so unbändig danach, in sie einzudringen, dass er sich auf die Innenseite seiner Wange beißen musste, um sich daran zu erinnern, dass er nichts über diese Frau wusste, außer, wie er sie zum Kommen bringen konnte.

Er kniff jetzt in die erregte Knospe und rollte sie zwischen seinen Fingern.

»Ja«, stieß Harley tonlos hervor.

Jack fühlte sich wie im Rausch. Sie war ganz kurz davor … jeden Moment würde sie kommen, nur für ihn. Genau wie beim ersten Mal. Mit seinem Blick hielt er ihren gefangen. Er hörte nur noch den dröhnenden Pulsschlag seines eigenen Blutes im Kopf und Harleys leise Seufzer, die sich immer weiter steigerten, je stärker er sie streichelte.

Er spürte, dass er bald einen Krampf in der Hand bekommen würde, aber nichts konnte ihn jetzt noch aufhalten. Ureigener männlicher Stolz zwang ihn dazu, Harley zum Orgasmus zu bringen und ihr zu zeigen, zu was für einem Mann er sich entwickelt hatte.

»Küss mich.« Er erkannte seine eigene Stimme gar nicht mehr wieder. Er klang rau und befehlend. Aber er bekam, was er wollte.

Sie schrie jetzt leise auf, umfasste seinen Hals und zog seinen Kopf ungestüm zu sich herab, um seine begehrlichen Lippen zu berühren. Mit der Zunge hieß sie seine willkommen. Jedes Vordringen und Zurückziehen erwiderte sie. Sie umspielte ihn so perfekt wie auch schon damals bei ihrem allerersten Kuss, als der Reiz des Neuen noch jede Befangenheit übertroffen hatte.

Jetzt war allerdings keiner von ihnen mehr befangen. Jack war kein unsicherer Teenager mehr, und Harley war eine erwachsene Frau, die sich gerade am Rande des Orgasmus vor Lust wand.

Sie löste den Mund von seinem und hob den Kopf. »Jacques … ich …«

Als er seinen französischen Namen aus ihrem Mund hörte, stöhnte er unwillkürlich auf. Die Erinnerungen, die sie damit in ihm weckte, waren bitter und süß zugleich. Er wollte ihr als Jack Demont seinen Stempel aufdrücken und nicht als Jacques Lane, den sie damals so achtlos weggeworfen hatte.

Ihre Küsse wurden heißer, aber dann riss sie ihren Kopf plötzlich zurück. Von der Wucht ihres Orgasmus wurde sie an die Wand geschleudert, als sie laut aufschrie und Jack aus verklärten Augen ansah. Die zitternden Wellen durchströmten sie, und unaufhörlich rieb sie sich weiter an Jacks Hand.

Verdammt, das war einfach nur perfekt!

Er massierte sie weiter, wurde aber langsamer, doch er zog die Hand nicht zwischen ihren Schenkeln weg, und reizte unablässig ihren erregten Nippel.

Immer noch spannte sie sich um seine Finger an. Dann lehnte sie sich entspannt an ihn, und ihr Atem beruhigte sich.

Schließlich schob sie seine Hand weg, und Jack ließ sie los.

Ihre Wangen waren gerötet, und ihr Blick war verhangen. Ein leises und zufriedenes Lächeln lag auf ihren roten, geschwollenen Lippen.

Sie lehnte die Stirn an seine Brust.

Diese Geste war so vertraut, dass tief in Jack etwas vor der Intimität zurückschreckte. Unwillkürlich schob er sich wieder enger und fordernder an sie. *Es ist nur Sex*, sagte er sich.

»Ich stehe zu meinem Wort, Harley.« Ganz bestimmt würde sie nicht leugnen, wie sehr sie es genossen hatte, und sobald er in sie eindrang, würde er sie erneut zum Höhepunkt führen.

Leise seufzte sie auf. »Das werden wir ja sehen«, entgegnete sie dicht an seinem Hemd.

Jack erstarrte, und ihm wurde eiskalt. *Hatte er sich gerade verhört?*

Er trat einen Schritt zurück und stützte Harley, bis sie wieder aus eigener Kraft stehen konnte. »Was hast du gesagt?«

Ihre Wangen waren im Nachglühen des Sex immer noch gerötet, doch sie hob selbstbewusst das Kinn. »Ich sagte, das werden wir ja sehen. Beim Verkauf des Morris-Buildings hast du nämlich nicht zu deinem Wort gestanden.«

Seine Lust erstarb so schnell, als habe sie ihm ein Knie zwischen die Beine gerammt. Es kam ihm so vor, als würde sich ein roter Schleier über alles legen. Bisher hatte er immer geglaubt, es sei übertrieben, wenn jemand sagte, er würde rot sehen, aber jetzt merkte er, dass es tatsächlich stimmte. Er sah nicht nur rot, er hörte auch rot. Verdammt, er fühlte sogar rot!

Sie zweifelte also an seiner Aufrichtigkeit. *Gab sie ihm etwa immer noch die Schuld für die verzögerten Verhandlungen, obwohl sie doch selbst diese Vertragsfehler gemacht hatte?*

Langsam schüttelte er den Kopf. Was war er nur für ein Idiot! Er trat zurück und zog sich die Hose über seiner abklingenden Erektion zurecht.

»Ich bin jetzt mein eigener Boss. *Ich* gebe die Richtung vor, und *ich* entscheide, mit wem ich Geschäfte mache. Die Fehler in den Morris-Verträgen kommen aus deinem Büro, und nicht aus meinem.« Er biss die Zähne aufeinander, bis sie schmerzten.

Harley strich sich das Kleid glatt und sah ihn wutentbrannt an. »Wie ich dir bereits gesagt habe, steht *Give* in keinerlei Beziehung zu Jacob Holdings. Ich bin ebenfalls mein eigener Boss.« Trotz ihrer Wut merkte sie, dass ihre Wangen immer noch gerötet waren, und sie wandte rasch den Blick ab. »Also schön, ich habe in den Verträgen vielleicht Fehler gemacht, aber so gegensätzlich sind wir zwei gar nicht, du und ich.« Sie hob ihre Handtasche vom Boden auf und sah Jack wieder verärgert an. »Du versuchst immerhin so verzweifelt, dich von deinem Vater abzugrenzen und von dem Chaos, in das er sein Unternehmen gestürzt hat, dass du sogar deinen Namen geändert hast.« Sie presste die Lippen aufeinander und atmete angestrengt durch die Nase.

Vielleicht bildete er es sich nur ein, dass sie bedauernd wirkte, doch in jedem Fall war er mit ihr fertig. Was immer auch zwischen ihnen gewesen war, jetzt war es vorüber.

Er wandte sich ab und sammelte all die Entschlossenheit, die ihm noch geblieben war. Er ballte die Hände zu Fäusten und konnte seine eigene Dummheit kaum fassen. *Wie hatte er sich nur derart blenden lassen können?* Harley war eine Jacob. Sie wusste über ihn genauso viel, wie er über sie, und jetzt hatte sie ihn ganz dem Beispiel ihres Vaters folgend behandelt. Sie hatte ihn benutzt, um zum Höhepunkt zu kommen, und anschließend beleidigte sie ihn. Offensichtlich hielt sie nicht mehr von ihm als vor neun Jahren.

Wenigstens wirkte das gegenseitige Misstrauen sich noch rechtzeitig heilsam auf seine Erregung aus.

Nach außen hin ließ er sich keinerlei Emotion anmerken, als er sich wieder zu ihr umdrehte. *Niemals Schwäche zeigen*, das war der wichtigste Ratschlag, den sein Vater ihm jemals gegeben hatte. In beruflicher Hinsicht fühlte Jack sich auch nicht schwach. *Schwach werde ich nur, wenn Harley Jacob in die Nähe meines Schwanzes kommt!*

»Tja, ich schätze mal, wir haben beide etwas zu beweisen.«

Er brauchte diesen Deal so dringend wie ein Loch im Kopf. Er war bereits drauf und dran gewesen, das Morris-Building selbst zu renovieren. So lange die offenen Punkte noch nicht geklärt waren und er nicht mit absoluter Sicherheit wusste, dass Hal Jacob seine Finger nicht mit im Spiel hatte, lag dieser Deal erst einmal auf Eis.

»Du wirst von meinen Anwälten hören, wenn alle Punkte zu meiner Zufriedenheit geklärt sind.« Er lockerte seine Krawatte. »Wenn du so unter Zeitdruck stehst, hättest du vielleicht etwas sorgfältiger sein sollen, um diese Fehler zu vermeiden.«

Wutentbrannt folgte sie den Bewegungen seiner Finger, als er sich das Hemd aufknöpfte.

»Ich werde jetzt duschen gehen. Du findest bestimmt allein hinaus.« Selbst, wenn er jetzt eiskalt duschte, würde er ihren Duft nicht loswerden, der an ihm hing, als habe er darin gebadet, und genauso wenig würde er Harleys verletzten Blick vergessen können, als er sich von ihr abwandte, weil die reiche Erbin sich zusammenreißen und das Penthouse verlassen sollte.

3. Kapitel

Das Loft 333 in Chelsea war eine schick renovierte Werkshalle im Herzen des Garment Distrikts. Es war die perfekte Location für die exklusive Modenschau von ein paar der aufregendsten neuen Modeschöpfer aus New York.

Harley verließ den provisorisch ausgestatteten Backstage-Bereich und blickte sich in dem weitläufigen Raum um. Zum hämmernden Technobeat zogen die Lichtstrahlen wie ein Kaleidoskop über die strahlend weißen Wände.

In ihren Schläfen hämmerte es ebenfalls. *Kopfschmerzen waren der passende Abschluss dieses beschissenen Tages!*

Und all das war nur Jacks Schuld.

Erst hatte er sich stur geweigert, einem Meeting mit ihr zuzustimmen, dann hatte sie ihre Lieblingsschuhe im Renovierungsstaub dieser Baustelle ruiniert, und zu guter Letzt hatte Jack sie auch noch sang- und klanglos aus seinem Penthouse geworfen.

Harley konnte ihm schlecht die Schuld dafür geben, dass sie der starken sexuellen Anziehungskraft, die er auf sie ausübte, erlegen war. Schließlich hatte er sie nicht dazu gezwungen, ihm zu seinem Apartment zu folgen, ihn mit den Augen auszuziehen und anschließend auf seiner Hand zum Orgasmus zu reiten.

Ja, das war ganz allein ihre eigene Schuld.

Sie zwang sich, nicht mehr an Jacks fordernde heiße Küsse zu denken oder daran, wozu er mit seinen Händen fähig war. Kritisch betrachtete sie den Veranstaltungssaal. Sie kannte schließlich die hohen Erwartungen der Besucher. Mit ihrem geschulten Blick fürs Detail musterte sie die dichten Stuhlreihen, die elegant gekleideten Servicekräfte und das riesige Display.

Schade, dass sie in ihrer Gründlichkeit beim Morris-Deal versagt hatte. Seufzend zog sie sich in den Schatten zurück.

Ihr früheres Ich stand ihr bei ihrem eigenen Erfolg leider immer wieder im Weg. Obwohl sie ein privilegiertes Leben geführt hatte, war sie auf ihr Team angewiesen. Ohne ihre pflichtbewussten Assistenten, ihre kompetenten Store-Manager und ihre Geschwister scheiterte sie durch ihre Dyslexie schon an ganz grundlegenden Aufgaben.

Für Außenstehende besaß sie alles, was man sich nur wünschen konnte, doch schon die Planung für diese Show heute Abend mit all den Listen, der Reihenfolge, in der die Models auftraten, und den Tabellen, welches Model welches Outfit von welchem Designer trug, hatte sie an ihre Grenzen geführt.

Jack hatte recht, nur sie allein trug die Verantwortung, wenn der Morris-Deal scheiterte. Sie hatte versagt.

Wieder einmal hatte sie sich selbst Steine in den Weg gelegt.

Harley lehnte sich an eine Wand und hielt sich im Hintergrund. Auf ihren Shows ließ sie sich nur selten selbst blicken. Ihr Modelabel war der einzige Aspekt ihres Lebens, der sie zufrieden machte, und es bedeutete ihr alles. Trotzdem hatte sie von Anfang an beschlossen, dass sie den Familiennamen Jacob nicht nutzen wollte, um öffentliches Interesse auf sich zu ziehen und sich den Aufstieg zu erleichtern. Wenn sie es in der hart umkämpften und unbeständigen Modebranche schaffen sollte, dann nur ganz allein und aus eigener Kraft.

In erster Linie war es der kreative Prozess, der sie stolz machte, angefangen vom Zeichnen eines neuen Entwurfs über das Nähen des ersten Designstücks bis hin zum Styling eines kompletten Outfits. Wenigstens gab es eine Sache auf der Welt, in der sie gut war.

Doch sie war heute nicht hier, um zuzusehen, wie ihre eigenen Designs vorgeführt wurden.

Harley nahm sich ein Glas Champagner von einem Tisch voller edler Kristallgläser und zog sich in eine dunkle Ecke zurück, um von dort aus der Show zuzusehen. Den Großteil der ersten Hälfte hatte sie bereits verpasst, weil sie backstage den anderen Designern geholfen hatte, ihre Models auszustatten.

Seit Monaten hatte das junge Team von aufstrebenden Modeschöpfern, das sie betreute, unermüdlich daran gearbeitet, diese Show auf die Beine zu stellen, und auch jetzt war Harley zur Unterstützung hier. Sie wusste aus eigener Erfahrung, wie entscheidend es war, auf der Erfolgsleiter die erste Sprosse zu erklimmen. Die Modewelt war so gnadenlos wie die Deals ihres Vaters, aber Erfolge sprachen sich schnell herum.

Leicht verächtlich schnaubte sie. Sie hatte viel vom Meister gelernt, obwohl ihr Vater sich nie die Zeit genommen hatte, ihr selbst etwas zu erklären. Stattdessen hatte er immer nur mit viel Geld versucht, die Schwierigkeiten seiner Problemtochter zu lösen.

Schon früh hatte sie erkannt, dass sie anders war als ihre Geschwister, doch ihr Problem war erst diagnostiziert worden, als sie mit zwölf Jahren nicht mehr hatte verheimlichen können, wie schwer ihr alles fiel. Ein aufmerksamer Lehrer hatte daraufhin ihren Eltern empfohlen, Harley testen zu lassen.

Hal hatte die Diagnose nicht akzeptieren wollen und einfach eine Reihe von Nachhilfelehrern eingestellt, die seiner *unmotivierten* Tochter auf die Sprünge helfen sollten.

Dyslexie äußerte sich bei den Betroffenen sehr unterschiedlich, doch Harley litt unter allen Symptomen. Nur weil sie sich im Laufe der Jahre Taktiken angeeignet hatte, um ihre Schwächen zu überdecken, war es ihr gelungen, ihre Schwierigkeiten beim Lesen und Schreiben bis in die sechste Klasse hinein zu verheimlichen.

Zu diesem Zeitpunkt war sie bereits das schwarze Schaf der Familie, abgegrenzt von ihren stets ach so erfolgreichen Geschwistern und eine ständige Enttäuschung für ihren Vater Hal.

Harley trank einen Schluck Champagner und verdrängte die Gedanken an die Demütigungen von damals. Sie tippte mit der Schuhspitze auf den Parkettboden, während sie sich innerlich dafür verfluchte, beim Vertrag für das Morris-Building so unaufmerksam gewesen zu sein.

Immer wieder hatte sie den Vertrag durchgelesen, bis ihr die Augen gebrannt hatten und sie vor Kopfschmerzen kaum noch hatte denken können. Dann hatte sie noch einmal alles von ihrer Assistentin durchsehen lassen. Aber sie gab Alice nicht die Schuld, der Fehler lag ganz allein bei ihr. *Dass sie bei den einfachsten Dingen Fehler machte, war für sie nichts Neues, aber wieso ausgerechnet bei diesem Deal? Ausgerechnet bei ihm?*

Vielleicht erklärte das auch, wieso sie Jack gegenüber so unhöflich gewesen war. Beim Gedanken daran, wie verschlossen er ihren Blick erwidert hatte, als sie seine Integrität infrage gestellt hatte, wurde sie vor Verlegenheit ganz rot. Anscheinend hatte sie auch die Bosheit von ihrem Vater geerbt.

Sie strich sich die feuchten Hände an dem eng anliegenden, schlichten schwarzen Schlauchkleid ab. Ihre Zwillingsschwester Hannah würde dieses zeitlose elegante Kleid als langweilig bezeichnen, doch Harley zog es nun einmal vor, sich unauffällig zu kleiden. Sie stand nicht gern im Mittelpunkt.

Zweihundert Zuschauer waren zur Show gekommen.

Harley trank noch mehr von dem Champagner, um die innere Unsicherheit zu verdrängen, die unter der eleganten Fassade in ihr aufkeimte. Während sie die Menge betrachtete, ließ sie ihren Gedanken freien Lauf und dachte unweigerlich an Jack.

Ihr anfänglicher Schock, ihn zu sehen, war schnell abgeebbt. Immer noch war sie wütend auf ihn, weil er den Verkauf des Morris-Buildings verzögerte, und was war mit den heimlichen Momenten heute Nachmittag in seinem Apartment?

Das Erlebnis lief wie in einer Endlosschleife in ihrem Kopf ab … jeden intensiven erotischen Moment durchlebte sie immer und immer wieder.

Hörte dieser ständige Strom weiblicher Hormone denn nicht irgendwann einmal auf? Unwillkürlich verlagerte sie das Gewicht, presste die Schenkel aneinander und stützte sich mit dem Rücken an der Wand ab, damit sie nicht vor Lust zu Boden sank.

Genau wie beim ersten Mal, als er sie so intim berührt hatte, hatte Jack irgendwie die Kontrolle über ihren gesamten Körper übernommen, ihre ganze Welt auf den Kopf gestellt und sie so hart zu einem absolut überwältigenden Orgasmus gebracht, dass sie buchstäblich Sterne gesehen hatte.

So etwas hatte sie noch nie erlebt, weder bei ihrem Ex-Verlobten noch jemals zuvor seit diesem ersten Höhepunkt, den sie ebenfalls Jacks Händen verdankte. Was für talentierte Hände das doch waren!

Sie schluckte und wurde unwillkürlich rot. Natürlich hatte es seit Jack den einen oder anderen Mann gegeben. Viele waren es allerdings nicht gewesen, denn die Probleme ihrer Teenagerzeit hatten sie auch in ihre frühen Zwanziger begleitet. In einem Alter, in dem die meisten Frauen in sexueller Hinsicht die Flügel ausbreiteten, hatte Harley damit gekämpft, ihre Dyslexie zu überwinden, ihrem Vater zu beweisen, dass er sich irrte, und ihren Collegeabschluss in einem Fach zu machen, das ihr Vater Hal eher als ein Hobby betrachtete, nämlich Modedesign.

Sie war sogar drauf und dran gewesen zu heiraten, aber auch das hatte sie eigentlich nur tun wollen, um ihr Ansehen bei ihrem Vater aufzubessern. Wenn sie schon keine Führungskraft bei Jacob Holdings sein konnte, dann wollte sie zumindest einen dieser Männer heiraten. Aber diesen Fehler hatte sie zum Glück schnell erkannt. Hal hielt zwar sehr viel von Phil, doch Phil und sie waren letzten Endes viel zu verschieden, und sie wollte auf keinen Fall eine von Hals Marionetten werden. Hal und Phil waren aus demselben Holz geschnitzt und teilten deshalb auch ihre Meinung über Harleys Karriere, die in ihren Augen überhaupt keine war.

Sekunden, bevor der warme Atem über ihre Haut streifte, richteten sich ihr die Nackenhärchen auf. Sie erstarrte. Entweder war das ein Instinkt, oder ihr Körper war schon so auf den einzigen Mann ausgerichtet, mit dem sie diese überwältigende Lust erlebt hatte, dass er sie jetzt schon vor Jack warnte.

»Wie ich sehe, stalkst du mich immer noch.«

Der Klang seiner tiefen Stimme war wie ein Vibrieren auf ihrer Haut. Das Prickeln lief ihr bis in die Zehen hinunter, und ihre Klitoris kribbelte. Anscheinend kannten ihre Hormone kein Limit, wenn es um Jack ging.

Sie fuhr so schnell herum, dass ihr der Champagner aus dem Glas schwappte und Jack über den Handrücken lief. Ein paar Tropfen landeten auch vorn auf ihrem Kleid.

Jack stützte sie an den Ellbogen und betrachtete sie amüsiert. Das Licht der roten und grünen Strahler, die über die weiß getünchten Wände des Lofts zuckten, spiegelte sich in seinen Augen.

Unter seinem Blick konnte sie sich einfach nicht mehr rühren. Sie sah, wie seine Lippen belustigt zuckten. Offensichtlich genoss er es, sie erschreckt zu haben.

Er griff in seine Brusttasche und zog ein makelloses weißes Taschentuch hervor. Schweigend drückte er es Harley in die Hand, und sie wischte sich die Tropfen vom Kleid.

»Was tust du denn hier?« Ihr Blick ging zur Menschenmenge hinter ihm. *War er mit einem Date hier?* Im Publikum befanden sich schließlich viele umwerfend schöne Frauen, und Jack war mit Abstand der bestaussehende und eleganteste Mann, was bei all den männlichen Models kein geringes Lob war.

Harley spürte ihren Puls in der Kehle und zwischen den Schenkeln, während sie mit dem Taschentuch herumtupfte und Jacks Blicken auswich.

Heute Nachmittag hatte sie sich in seinem luxuriösen Wohnzimmer an die Wand gepresst, sich gewunden und an seiner Hand gerieben. Wie eine Nymphomanin auf Sexentzug war sie unter seinen Fingern gekommen! Das Problem bestand darin, dass sie tatsächlich unter Sexmangel litt, zumindest gab es in ihrem Leben nicht gerade den überwältigenden Sex, der für diesen Mann bestimmt selbstverständlich war. Dabei war es bei ihr und Jack nicht einmal zum Letzten gekommen. Weder vor neun Jahren, und ganz bestimmt nicht jetzt.

»Ich habe ein Ticket.« Er klopfte sich an die Brusttasche, und unwillkürlich registrierte Harley sein perfekt geschnittenes stahlblaues Jackett.

Anscheinend hatte Jack einen erstklassigen Schneider, allerdings war er auch für jeden Designer ein Traummodel. Er war groß, athletisch und muskulös, aber nicht aufgepumpt. Von Kopf bis Fuß war er perfekt und teuer gekleidet. Der Kragenknopf war geöffnet, und das schwarze Hemd betonte sein gutes Aussehen und seine strahlenden Augen nur noch mehr. Der Blick dieser Augen war im Moment allerdings durchdringend auf sie gerichtet.

»Wie ich sehe, kommt dein Label gleich nach der Pause?« Er nahm ihr das Taschentuch wieder ab und steckte es zurück in seine Brusttasche.

Harley nickte nur und konnte es kaum fassen, dass er jetzt über ein so unwichtiges Thema sprechen konnte, während er sie mit Blicken förmlich auszuziehen schien. *Durchlebte er gerade in Gedanken, wie sie sich ihm erst vor wenigen Stunden hingegeben hatte, oder war das nur Wunschdenken von ihr?* Das zarte Seidenkleid an ihrem Körper kam ihr mit einem Mal wie eine unförmige Zwangsjacke vor, die sie unbedingt loswerden wollte, um es hemmungslos mit ihm treiben zu können.

»Ja.« Anscheinend hatte er seine Hausaufgaben gemacht. Die *Give Foundation*, die sie nach dem College gegründet hatte, umfasste ein nach ethischen Grundsätzen ausgerichtetes Modehaus, eine Kosmetiklinie, die auf grausame Tierversuche verzichtete, und eine Wohltätigkeitsorganisation. Die Dyslexie-Schule, deren Entstehung vom Kauf des Morris-Buildings abhing, wäre Harleys bisher neueste Ergänzung und auch ihre einträglichste, wie sie hoffte. Vorausgesetzt, sie konnte das Geschäft doch noch zum Abschluss bringen.

Hätte sie den Vertrag doch bloß fehlerfrei aufgesetzt!

Wenn sie sich ganz auf das Berufliche konzentrierte, schaffte sie es vielleicht, Jack nicht weiter mit den Augen auszuziehen oder bei den Erinnerungen mit ihm fast loszusabbern.

»Du hast es dir also anders überlegt? Findet der Verkauf nun doch statt?« Wenn er schon hier war, dann konnte sie auch direkt anfangen, ihren Fehler auszubügeln. Außerdem konnte sie sich dadurch gleichzeitig auch von dem Wunsch ablenken, Jack hinter die Bühne zu zerren, ihm diesen Anzug vom Leib zu reißen und von ihm zu verlangen, das zu wiederholen, was heute Nachmittag geschehen war.

Seine sündig geschwungenen Lippen verzogen sich zu einem Lächeln.

»Du vertraust mir also nicht, aber willst trotzdem Geschäfte mit mir machen?«

Sie schluckte schwer. Tausend Antworten lagen ihr auf der Zunge. *Ihm vertrauen?* Sie kannte ihn ja kaum. Sie wollte am liebsten nur dieses Gebäude kaufen und dann vergessen, ihn jemals … gekannt zu haben … *und geküsst, als stünde das Ende der Welt bevor … und ihn und seine unglaublichen Fähigkeiten benutzt zu haben, um zum Höhepunkt zu kommen … und ihm anschließend die kalte Schulter gezeigt zu haben.*

»Ein halbes Jahr lang habe ich nach dem perfekten und geeigneten Gebäude gesucht. Mein Architekt wartet nur darauf, mit der Renovierung anfangen zu können, und ich habe überhaupt nicht gesagt, dass ich dir nicht vertraue.«

Was für ein Mensch er heute war, konnte sie schließlich kaum sagen, doch sie sehnte sich unsagbar danach, dieses Knistern zwischen ihnen wieder zu spüren. Diese Sehnsucht war so wild, dass Harley sich kaum wiedererkannte.

Er lächelte. »Das hättest du auch gar nicht zu sagen brauchen.« Sein Blick hing an ihren Lippen, und noch immer lächelte er. »Keine Sorge, ich traue dir auch nicht.« Er sah an ihrem Körper hinab und trat noch näher. Seine Stimme sank zu einem sinnlichen Flüstern, das Harley wie eine Liebkosung am Ohr und am Hals zu spüren glaubte.

»Aber mit deinem Körper vertraust du mir? Du vertraust mir deine Lust an?« Als er sich wieder aufrichtete, streifte er sanft mit den Lippen ihr Ohrläppchen. Es war der einzige Kontakt zwischen ihnen.

Von einer Sekunde zur nächsten kam es Harley wieder so vor, als würde sie jeden Moment vor Lust zerfließen.

Sie beugte sich vor, als er sich zurückzog. Es war, als sei sie magnetisch an ihn gefesselt. Die Lust floss zwischen ihre Schenkel, und sie wurde unwillkürlich feucht. Verdammt! Wie konnte er ihr das mit nur ein paar heiseren Worten antun? Er schien irgendwie eine direkte Verbindung zu ihrem Lustzentrum zu haben; als könne er wie mit einem Zauberstab ihre Leidenschaft entfachen.

Tosender Applaus verkündete das Ende dieses Teils der Show.

Harley ignorierte die zischende Glut in ihren Adern und die noch stärkere Hitze, die von dem Mann vor ihr ausging. Dann stellte sie ihr Champagnerglas auf einen Abstelltisch und klatschte, als der Designer zusammen mit seinen Models die Bühne für einen letzten Walk auf dem Laufsteg betrat.

»Du bist als Nächste dran«, stellte er fest, als die Lichter für eine viertelstundige Pause angingen.

Wieso spürte sie jedes seiner Worte wie ein Streicheln an ihren Nippeln? Sein sexy Akzent, das tiefe Timbre und der sinnlich-heiße Tonfall schienen förmlich speziell für sie gemacht zu sein.

»Oh, ich trete bei meinen Shows nicht selbst auf.« Sie griff wieder nach dem Champagnerglas, um ihre Hände irgendwie zu beschäftigen, damit sie Jack nicht berührte. Ihr Blick schweifte über das Publikum, wo viele Gäste von ihren Plätzen aufstanden und sich zur Bar begaben.

»Warum nicht?« Er trank einen Schluck von seinem Drink und ließ die Zunge über die Unterlippe gleiten.

Diese Lippe hatte Harley bereits geschmeckt und mit den Zähnen gereizt. Während der Küsse hatte sie daran gesaugt, als würde ihr Leben davon abhängen. *Würde es sich genauso faszinierend anfühlen, wenn er mit diesen Lippen über den Rest ihres Körpers glitt?*

Sie hob die Schultern. Die Hitze, die jetzt in ihr aufstieg, hatte nichts mit Lust zu tun. *Sollte sie sich Jack gegenüber für ihre ungewöhnlichen Entscheidungen rechtfertigen?*

Bisher hatte sie immer nur Kritik geerntet, wenn sie den Männern in ihrem Leben ihre Ansichten erklärt hatte. Sie hatte so viel Negatives gehört, dass es bis an ihr Lebensende reichte. *Würde sie damit klarkommen, wenn ausgerechnet Jack sie ebenfalls kritisierte?*

»Ich finde, mein Label ist besser dran, wenn es nicht mit dem umstrittenen Namen Jacob beworben wird.«

Verwundert zog er die Brauen zusammen.

Harley wollte es ihm gerade näher erklären, als sich ein Pärchen zu ihnen gesellte. Der Mann war groß und genau wie Jack tadellos gekleidet. Die Frau trug ein modisches

Outfit im für New York typischen, eleganten Understatement.

Jack trat zur Seite und nahm die beiden in die Runde auf. »Harley, das sind mein Cousin Alex Lancaster und seine Verlobte Libby Noble. Libby stammt auch aus New York.«

Sie schüttelten sich die Hände, begrüßten sich warmherzig und höflich, und das schöne Paar bediente sich bei einem vorbeikommenden Kellner mit Champagner.

»Dann kennt ihr zwei euch also?« Alex sah seinen Cousin neugierig an.

Schnell räusperte Harley sich. »Wir …« *Was sollte sie sagen?* Ihre Beziehung zu Jack war zu kompliziert für eine höfliche Konversation.

»Harley und ich haben geschäftlich miteinander zu tun.« Jack warf ihr einen Blick zu, der auf sie wirkte, als habe er mit einer Fingerspitze ihren Nippel gereizt.

Harley schloss den Mund, damit sie nicht wimmernd aufseufzte. *Wie schaffte er das bloß?* Er hatte sie nicht einmal berührt.

Ohne den Blick von ihr abzuwenden, sprach er weiter zu seinem Cousin. »Ihre Firma kauft gerade das Morris-Building.«

Das hätte er auch anders ausdrücken können. Er hätte sogar eine vollkommen andere Erklärung geben können.

Wir waren als Kinder zusammen in den Ferien. Unsere Familien waren einmal miteinander befreundet. Als Teenager haben wir heimlich heftig miteinander rumgemacht.

Harley war sich der erotischen Spannung zwischen Jack und sich deutlich bewusst. Sie wich seinem Blick zwar aus, aber die Erinnerungen konnte sie nicht so einfach ausblenden. Diese unschuldigen Momente, in denen sie beide ihre Sexualität entdeckt hatten, und dann das Ereignis, das den Momenten jede Unschuld geraubt und Harleys Meinung über Beziehungen grundlegend geändert hatte. Die beiden Familien waren brutal auseinandergerissen worden, und laut Hal lag das Zerwürfnis an dem geplatzten Deal, doch Harley wusste es leider besser.

Sie schluckte den bitteren Nachgeschmack dieser Erinnerungen hinunter und versuchte, nicht an das Gefühl der Scham zu denken.

Alex sah zu Jack hinüber, dessen Blick immer noch an Harley hing.

»Oh.« Alex schaute zu Harley und dann zurück zu seinem Cousin. »Sind Sie etwa dafür verantwortlich, dass es bei dem Deal nicht weitergeht?« Er lächelte, weil es ein Scherz sein sollte, doch Harley empfand es wie einen Stich mit einem Skalpell.

Sie senkte den Blick.

»Libby, gefällt dir die Show?« Jacks Themenwechsel ersparte Harley zum Glück eine Antwort.

Doch der Schaden war bereits angerichtet. *Was wusste Alex? Hatte Jack mit ihm über sie geredet? Machte er für die Verzögerung die Frau verantwortlich, die er vor neun Jahren gekannt hatte und die jetzt die Geschäftsfrau spielte, obwohl ihr dafür die nötige Qualifikation fehlte?*

Beglückwünschte er sich vielleicht insgeheim dafür, sich von ihr und ihrer kaputten Familie gelöst und jetzt den geschäftlichen Deal rechtzeitig beendet zu haben? Zum knappen Entkommen vor der dummen Harley und ihrem rücksichtslosen alten Herrn?

Harley glaubte, diese Unterhaltung fast in ihrem Kopf hören zu können. Ohne jeden Zweifel hatte Joe Lane genauso über ihre Familie hergezogen wie Hal über Jacks.

Sie ließ die Schultern sinken. Jack schuldete ihr keinerlei Loyalität, und letztlich stimmte es ja alles. Genau so sah sie auch sich selbst.

Während Libby und Jack über die erste Hälfte der Show sprachen, schenkte Harley Alex ein höfliches Lächeln. Sie war knallrot im Gesicht. »Bitte entschuldigen Sie mich.«

Alex runzelte die Stirn. »Es tut mir leid, ich wollte nicht …«

Fast hätte sie versucht, ihn zu trösten, weil er so bestürzt wirkte. »Kein Problem.«

Sie zwang sich, ihre Gesichtszüge zu entspannen. Das Blut pochte ihr immer noch heiß durch die Adern. Was immer Jack seinem Cousin auch erzählt hatte, sie wollte es nicht hören. »Ich muss mich backstage noch um ein paar Dinge kümmern.« Sie trat einen Schritt zur Seite, um der Peinlichkeit zu entfliehen, denn auf keinen Fall wollte sie diese Unterhaltung fortführen, die all ihre Unsicherheiten zutage bringen würde.

So souverän sie sich auch nach außen hin gegeben hatte, tief in ihrem Inneren stand ihr Selbstbewusstsein immer noch auf sehr wackligen Beinen. Die erst spät diagnostizierte Dyslexie hatte sie in ein Leben als Außenseiterin gedrängt. Sogar im Kreis der Familie hatte sie sich jahrelang von ihrem egozentrischen und taktlosen Vater Dinge anhören müssen, die ihr jedes Selbstwertgefühl geraubt hatten.

Genau aus diesem Grund waren Harley ihre Projekte – wie sie ihre Geschäftsfelder nannte – auch so ungemein wichtig für sie. Diese Projekte gaben ihr nämlich die Chance, stolz auf ihre Arbeit zu sein und zugleich etwas bewirken zu können.

Sie hatte sich kaum von der Gruppe entfernt, als Jack ihr besitzergreifend eine Hand über den Po legte. Sie warf ihm einen eisigen Blick zu, doch seine Miene war unergründlich, während er sie über den Rand seines Glases hinweg ansah.

Harley lächelte Libby zu und nickte entschuldigend. Auch wenn Jack sie mit ein paar Worten oder einer Berührung vor Lust brennen lassen konnte, sollte er nicht glauben, er könne sie auch besitzen. Er kannte sie ja nicht einmal, und sie schuldete ihm nichts.

Sie war schon lange nicht mehr das naive Schulmädchen von damals. Mittlerweile hatte sie begriffen, wie die Welt funktionierte. Die Menschen nutzten sich gegenseitig aus und ruinierten das Leben anderer, nur um selbst ein paar Minuten Spaß zu haben. Für Harley war Sex nur ein Bereich ihres Lebens, der vom Rest sorgfältig getrennt war, und diesen Bereich hatte sie mit Jack ja noch nicht einmal richtig betreten.

Auf dem Weg hinter die Bühne schwor sie sich, gleich morgen nach einem anderen Grundstück für ihre Schule zu suchen.

Verdammt, er hatte es vermasselt! Harley war verschwunden.

Nach der Show hatte Jack extra noch auf sie gewartet, aber sie hatte sich nicht blicken lassen. *Wieso hatte er nur den Mund nicht halten können? Warum hatte er seinem neugierigen Cousin keine bessere Erklärung gegeben?* Er hätte sich doch denken können, dass der scharfsinnige Bastard Alex die richtigen Schlüsse zog.

Jack unterdrückte einen Fluch.

Alex und er waren zusammen auf die Uni gegangen, und sie standen sich so nahe wie Brüder. Alex hatte miterlebt, wie schlecht es Jack nach dem Ende seiner ersten Beziehung gegangen war, als Harley ihm damals den Laufpass gegeben hatte, und er wusste auch alles über den damaligen geplatzten Deal und das Zerwürfnis zwischen Jacks und Harleys Familie.

Ohne Alex' Freundschaft hätte Jack damals die Scheidung seiner Eltern nicht überstanden und auch nicht die finanziell angespannten Jahre, die sie danach durchlebt hatten, als alles, wofür sein Vater so hart gearbeitet hatte, sich in Nichts aufgelöst hatte. Nur dank des Vermögens der Familie seiner Mutter hatten sie damals nicht auch noch das Haus verloren.

Es kam ihm so vor, als sei sein Magen bleischwer. Die Fassade der kühlen Distanz, die er Harley gegenüber bewahrt hatte, war in sich zusammengebrochen, als er sie hier auf der Fashion-Show gesehen hatte.

Seit er bei diesem glamourösen Event eingetroffen war, hatte er ständig an Harley denken müssen. Statt unter den Gästen nach einer schönen und kultivierten Ablenkung zu suchen, so wie er es eigentlich vorgehabt hatte, hatte er in Gedanken immer wieder durchlebt, wie Harley sich lustvoll an ihn geklammert hatte; wie ihre Lippen dunkelrot geglänzt hatten und wie sie ihre Lust ungehemmt hinausgeschrien hatte. Die Models auf dem Laufsteg hatte er kaum wahrgenommen.

Dann hatte er plötzlich dieses Prickeln im Nacken gespürt und sich wie unter Zwang umgedreht.

Dort hatte sie gestanden. Makellos wie immer, aber umgeben von einem Flair von Zerbrechlichkeit. Er hatte sie in ihrer dunklen Ecke beobachtet. Jeder Nerv in seinem Körper war angespannt gewesen, und noch nie zuvor hatte er sich so hellwach gefühlt. Ein Blick in das Programm der Show, das er bis dahin noch gar nicht gelesen hatte, hatte ihm gereicht, um sich alles zusammenreimen zu können.

Jetzt hatte Alex mit untrüglichem Gespür erkannt, dass die Frau, deren Vertrag mit Jack gerade nicht zustande kam, genau die war, die ihn damals in die Wüste geschickt hatte. Jack kannte Alex so gut, wie Alex ihn kannte, und Alex' Blick hatte ihm als Bestätigung gereicht.

Noch immer sah er Harleys bestürzte Miene vor sich, als sein Cousin den misslungenen Scherz gemacht hatte. Wie seltsam! Bisher hatte er sie immer nur selbstbewusst und cool erlebt.

Er ballte die Fäuste. Sie hatte ausgesehen, als habe jemand ihr vor die Brust geschlagen. Sie hatte den Kopf gesenkt, um den Schmerz in ihren Augen zu verbergen, dann hatte sie Jack einen *Fuck-you*-Blick zugeworfen und war mit hinreißend wiegendem, sexy Po verschwunden.

Mittlerweile begriff er, dass ihr das Morris-Building wirklich viel bedeutete. Für sie war es offenbar ein persönlicher Kreuzzug, aber irgendjemand in ihrem Team hätte doch über diese fatalen Unstimmigkeiten stolpern müssen, die seine und ihre Anwälte zurzeit zu entwirren versuchten. *Hatte sie denn niemanden, dem sie als Bauernopfer die Schuld zuschieben konnte?*

Er stürmte auf den Treppenabsatz hinaus. *Wieso machte es ihm überhaupt etwas aus, dass Harley gekränkt worden war? Warum beschäftigte ihn das so sehr?* Sonst ließ er doch nie zu, dass ihn Persönliches bei seinen Geschäften beeinflusste. Vielleicht lag es einfach an seinem sexuellen Frust. Er hatte es nicht geschafft, sich eine Nummer für heute Nacht zu besorgen, obwohl er die zahllosen interessierten Blicke von den Frauen durchaus bemerkt hatte, die heute Abend hier waren.

Aber nachdem er Harley wiedergesehen hatte, weckten die anderen Frauen auf einmal nur noch den Bruchteil des Interesses in ihm, das er für Harley empfand. Vielleicht lag ihm aber auch einfach mehr am Rachesex, als er sich eingestehen wollte.

Entnervt stieß er die Luft aus. Er musste nach Hause und noch einmal eiskalt duschen, um sich Harley endgültig aus dem Kopf schlagen zu können.

Oben an der Treppe blieb er abrupt stehen, denn einen Absatz tiefer ging sie aufgeregt auf und ab, starrte auf ihr Handy und kaute dabei besorgt auf ihrer Unterlippe.

Jack verlangsamte seine Schritte und bemühte sich, Herzschlag und Atmung zu beruhigen.

Drei Stufen von ihr entfernt blieb er schließlich stehen. Zumindest wollte er sich bei ihr für Alex' unbedachte Bemerkung entschuldigen. Er hätte mit seinem Cousin niemals über den Deal des Morris-Buildings sprechen dürfen. So ein Vertrauensbruch war eigentlich unter seiner Würde.

»Libby war ganz begeistert von deiner Kollektion.«

Harley blickte erschrocken hoch und legte die Hand auf ihrer Brust.

Er hätte sich räuspern sollen, um sie vorzuwarnen. Entschuldigend neigte er den Kopf zur Seite. »Sie hat gesagt, du würdest begreifen, wie der Körper einer echten Frau aussieht.«

Harley erholte sich schnell wieder von dem Schreck und wandte den Blick abweisend zum Erdgeschoss.

»Danke.« Sie sah nun wieder auf ihr Handy, als sei Jack überhaupt nicht da.

Das habe ich wohl verdient, dachte er. *Ich sollte mich umsichtiger verhalten.* Aber er hatte mit Alex über seinen Frust wegen des Morris-Deals gesprochen, ehe er gewusst hatte, dass Harley dahintersteckte.

Er stand immer zu seinen Fehlern, zu den großen wie auch zu den kleinen.

»Das von vorhin tut mir sehr leid. Das mit Alex.« Er zuckte mit den Schultern. »Ich habe ihm gegenüber nur erwähnt, dass mein jüngster Deal wegen eines Flüchtigkeitsfehlers ins Stocken geraten ist. Zu diesem Zeitpunkt wusste ich aber noch gar nichts von dir.«

»Mach dir deshalb keine Gedanken.« Sie setzte ein Lächeln auf, als habe sie mit nichts anderem gerechnet. »Ich bin es leider gewohnt, Fehler zu machen und dafür den Preis zahlen zu müssen, und mit wem du tratschst, geht mich überhaupt nichts an.« Sie blickte die Treppe hinunter und biss sich wieder energisch auf die Lippe.

Verdammt, was hatte das nur wieder zu bedeuten? »Ich tratsche nicht. Ich habe nur mit einem Geschäftskollegen über einen Deal gesprochen, der ins Stocken geraten ist.«

Leider ist er ein sehr scharfsinniger Mistkerl mit verdammt gutem Gedächtnis.

»Du bist aufgebracht.« Er ballte die Hand in der Hosentasche zur Faust. »Er wollte dich doch nur aufziehen. Typisch Engländer.«

Bei dieser absurden Erklärung hätte er mit einem Lächeln von ihr gerechnet, aber sie warf ihm nur einen eisigen Blick zu und wandte sich dann wieder ihrem Telefon zu, das gerade summte, weil eine Nachricht eingegangen war.

Er trat einen Schritt näher.

»Wieso bist du denn so aufgebracht?« *Was kümmerte es ihn eigentlich?* Er konnte doch jetzt gehen. Er hatte sich alles bewiesen, was den Vertrag und auch das neu erwachte sexuelle Prickeln betraf.

Ihr Blick wurde unstet, als mache das Thema sie müde. »Ich bin nicht aufgebracht. Ich bin … lediglich von mir selbst enttäuscht.« Resigniert ließ sie die Schultern sinken.

»Jeder macht mal einen Fehler.« Er zwang sich, nicht noch näher zu ihr zu gehen. »Die Anwälte hätten diesen schon viel früher entdecken müssen.«

Sie schüttelte den Kopf. »Nein, dafür bin ich ganz allein verantwortlich.« Voller Verletzlichkeit sah sie ihn aus ihren großen Augen an. »Ich leide unter Dyslexie!« Hastig wandte sie den Blick wieder ab und straffte die Schultern. »Normalerweise überprüfe ich alles drei Mal, bevor ich es meiner Assistentin übergebe, damit sie es ebenfalls noch einmal durchliest. Wahrscheinlich war ich so ungeduldig, endlich mit den Renovierungen anfangen zu können, dass ich …«

Dieses Mal schob sie sich mit einem Finger die Lippe zwischen die Zähne. Ihr Blick war so abwesend, als sei sie vollkommen in ihren Selbstbezichtigungen versunken.

Allmählich fügten sich die einzelnen Puzzleteile für ihn zusammen.

Es ist nicht dein Problem, sagte er sich. *Sie hat es vermasselt. Sie hat dir etwas sehr Persönliches anvertraut. Zeit ihres Lebens fällt ihr das Lernen schwer.*

Doch dadurch darf sich nichts ändern.

Seine Füße bewegten sich wie von selbst. Er ging die beiden letzten Stufen hinab, bis er dicht vor Harley auf dem kleinen Absatz stand. »Wieso hast du mir das nie gesagt?«

Sie hob das Kinn und erwiderte kühl seinen Blick. »Wieso hätte ich dir davon erzählen sollen?« Sie hob die Schultern, und Jack kämpfte gegen den Impuls an, sie zu berühren und ihr über die Stirn zu streichen, um die Falte dort zu glätten.

»Wir kennen uns doch schon länger.« Er steckte nun auch die zweite Hand in die Hosentasche, um nicht in Versuchung zu geraten. »Das wusste ich bisher gar nicht über dich.«

Erneut schüttelte sie den Kopf und wich seinem Blick aus.

Während all der Ferien und den vielen gemeinsam verbrachten Stunden hatte sie ihre Lese- und Schreibschwäche mit keinem einzigen Wort erwähnt. Auch innerhalb ihrer Familie war dieses Thema offenbar ein Tabu gewesen. *Vielleicht litt sie nur unter einer schwachen*

Ausprägung? Nein, dann wäre sie jetzt nicht so von sich selbst enttäuscht.

»Ich … ich konnte damals nicht offen darüber reden.« Sie sah ihm wieder offen in die Augen. »Es ist nicht leicht, in einer erfolgreichen Familie der Idiot zu sein.«

Schmerz durchzog seine Brust, und seine Kehle fühlte sich plötzlich eng an. *Was, verdammt …?* Hal Jacob war das größte Arschloch, das er kannte, aber selbst er musste seine Tochter doch wertschätzen, und anerkennen, was sie alles erreicht hatte. Oder etwa nicht?

Das ist nicht dein Problem. Verzieh dich einfach!

Wieder summte ihr Handy, und Harley fluchte leise, als sie die Nachricht las.

»Ein Problem?« Anscheinend bekam er gar nicht genug davon, sich selbst zu quälen.

Seufzend ließ sie die Schultern sinken. »Draußen steht die Presse, und mein Fahrer steckt im Stau fest.« Erschöpft und misstrauisch zugleich sah sie ihn an.

»Angst vor Kameras?« Daran musste sie doch gewöhnt sein. Im Laufe der Jahre hatte er viele Fotos von ihr gesehen, wenn sie sich auf exklusiven Events oder Charity-Veranstaltungen hatte sehen lassen. Schließlich gehörte sie zur Elite New Yorks. Durch ihren Status war sie bereits eine Celebrity.

Durchdringend erwiderte sie seinen Blick.

»Ich wollte mich heute Abend aber im Hintergrund halten. Die anderen Designer …« Sie seufzte. »Der Anfang ist für alle sehr schwer. Wenn die Presseleute mich sehen, dann …« Sie deutete das Treppenhaus hinunter zum Ausgang. »… basteln sie sich wieder irgendeine Story zusammen, wie ich den Namen Jacob als Promotion für mein Label und meine Interessen benutze. Das …« Sie presste die Lippen aufeinander und zog die perfekten Brauen zusammen. »Das lenkt alles nur von den Kollektionen ab.«

Er näherte sich ihr so langsam, als wolle er verhindern, ihr Angst einzujagen. Vielleicht wollte er sich aber auch nur davon abhalten, sie wieder zu berühren.

»Ich habe ein Auto da. Soll ich dich mitnehmen?« Er hielt den Atem an. *Wieso war ihm ihre Antwort so wichtig?* Es konnte ihm doch egal sein, ob sie in ihren High Heels allein zu Fuß durch Manhattan lief.

Nein, denn nach dem, was Alex zu ihr gesagt hatte, war dies das Mindeste, was er für sie tun konnte.

Kaum merklich schüttelte sie den Kopf. »Dein Wagen steckt bestimmt im selben Stau wie meiner fest. Da draußen herrscht gerade das reinste Chaos.« Sie runzelte die Stirn und massierte sich die Schläfe.

Der Drang, sie in die Arme zu ziehen, war jetzt fast unwiderstehlich. Er wollte ihre aufregenden Kurven an seinem Körper spüren. Diese sinnlichen Wellen, dieses unablässige Pochen. Es musste an der Chemie zwischen ihnen beiden liegen oder an seinem sexuellen Frust, oder an der Art, wie Harley ihn ansah, so als würde ihr diese Idee auch gefallen.

Er zog sein Handy hervor und schickte Will eine kurze Nachricht. Irgendwo musste dieses Gebäude doch einen Hintereingang haben. Abgesehen von allem anderen wirkte Harley sehr erschöpft. Was immer sie auch über ihn denken mochte, er war kein Arschloch, einmal abgesehen von der Sache mit dem Rachesex.

»Ich überlege mir schon etwas.« Er steckte das Handy wieder weg und behielt die Hände bei sich. Er erinnerte sich sehr genau an die Konturen von Harleys Körper, und wie bereitwillig sie die körperliche Verbindung erwidert hatte. Die Begierde, mit der sie sich ihm in seinem Apartment hingegeben hatte, hatte ihn mehr erregt als alles andere zuvor in seinem Leben.

Immer noch sah sie ihn voller Misstrauen an. »Wieso willst du mir helfen?«

Er zuckte mit den Schultern, um zu verbergen, dass er bei ihrem Blick und ihrer Frage eine Gänsehaut bekam. »Ich bin eben ein netter Kerl.« Das hätte sie damals auch erkannt, wenn sie ihn nicht einfach fallen gelassen hätte.

Das bedeutete jedoch nicht, dass ihre zärtliche, naive Beziehung jemals eine Chance gehabt hätte. Nach der erbitterten Trennung seiner Eltern hatte er alles im Leben hinterfragt und war schließlich zu dem Schluss gekommen, dass Beziehungen nicht den Kontrollverlust wert waren, den sie unweigerlich mit sich brachten.

Er schluckte die Verbitterung herunter und verdrängte jeden gefährlichen Gedanken.

Während sie ihn weiterhin durchdringend ansah, befeuchtete Harley sich die Lippe mit der Zungenspitze.

Heiße Lust schoss ihm augenblicklich zwischen die Schenkel. Dass sie kirschroten Lipgloss bevorzugte, war ihm schon heute Nachmittag und vorhin bei der Show aufgefallen. *Wie würden diese sinnlichen vollen Lippen sich wohl anfühlen, wenn sie sich um sein Glied schmiegten und dort rote Abdrücke hinterließen?* Verdammt, er hatte es wirklich dringend nötig.

Ihr Blick glitt langsam an ihm hinab.

Dachte sie gerade dasselbe wie er? Wollte sie, genau wie er, einen Nachschlag?

Vielleicht würden sich dadurch ja alle Probleme gleichzeitig lösen. Er kam endlich zum Zug, und sie bekam eine Kostprobe dessen, was sie damals achtlos weggeworfen hatte. Bisher hatte sich nämlich noch keine Frau anschließend bei Jack beschwert, und Harley hatte heute Nachmittag auch sehr zufrieden gewirkt. Ihre Lust auf ihn konnte sie nicht verbergen, egal, wie wenig sie ihn vielleicht mochte oder wie sehr sie ihm misstraute.

»Möchtest du noch länger hier im zugigen Treppenhaus herumstehen? Oder sollen wir vielleicht lieber über die Orgasmen reden?«

Ungläubig riss sie die Augen auf, und ein Anflug von Rot zog sich über ihren Hals und ihre Wangen. Verlegen stellte sie einen Fuß vor den anderen.

Jack verkniff sich ein Lächeln. Anscheinend hatte er mit seinen Worten genau ins Schwarze getroffen. Er konnte das Ganze kontrollieren. Keiner von ihnen konnte dieser erotischen Spannung zwischen ihnen widerstehen, aber er konnte es zu *seinen* Bedingungen laufen lassen, und sie würden beide bekommen, was sie sich ersehnten.

Harley hob das Gesicht und sah ihn herausfordernd an. »Orgasmen?«

Er nickte und kam langsam so nah zu ihr, bis er ihre Körperwärme wahrnehmen konnte und ihr sinnlicher Duft in seine Nase stieg. »Wir waren uns bereits einig, dass wir einander nicht vertrauen, aber wir brauchen uns nicht zu vertrauen, um im Bett Spaß miteinander zu haben.«

Ihr Puls raste, und Jack betrachtete die pulsierende Stelle an ihrem Hals, damit Harley erkannte, dass er genau wusste, wie scharf sie auf ihn war.

»Dein Körper vertraut mir offenbar.«

Nervös lachte sie auf, um die Erregung zu überspielen, die aus ihren Blicken sprach. »Ganz schön großspurig, oder?«

Er nickte langsam und aufrichtig. Der alten Zeiten zuliebe würde er ihr ein paar schöne Stunden bereiten. Sie sollte erfahren, was sie verpasst hatte und wonach sie sich so brennend sehnte.

»Es wird folgendermaßen ablaufen.« Er lockerte die Schultern und genoss die Genugtuung, als Harley ihn von Kopf bis Fuß musterte und sich unbewusst über die glänzend roten Lippen leckte. »Ich gebe die Richtung vor, und du erntest die Orgasmen.«

Fragend zog sie die Brauen hoch. »Gleich in der Mehrzahl?«

Wieder nickte er und rückte noch etwas dichter zu ihr. »Nimm den heutigen Nachmittag als Vorspiel. Es war nicht mein bestes Kunstwerk.« Er gestattete sich einen längeren Blick auf ihre leicht geöffneten Lippen. Ihre schnellen, flachen Atemzüge bestätigten ihn. »Der nächste wird besser, und der danach noch besser.«

Sie sah ihn an, als habe er ihr gerade vorgeschlagen, sie sollten splitternackt durch den Central Park rennen. »Und du sagst die ganze Zeit, wo es langgeht?«

Er verharrte an seinem Platz, als sie sich ihm noch etwas mehr näherte. Vielleicht war sie sich dessen nicht einmal bewusst. Jetzt trennte sie nur noch ein hauchdünner Luftfilm, der vor Erotik zu flimmern schien.

Er nickte und strich ihr das Haar über die zierliche Schulter nach hinten, während er ihr weiterhin eindringlich in die Augen sah.

»Hast du schon genug?« Verführerisch zog er eine Braue hoch, »oder willst du noch mehr?« Er beugte sich vor und hätte fast die Augen geschlossen, als ihr warmer Duft ihn einhüllte. »Du weißt, dass ich es dir besorgen kann. Die Frage ist nur, wie sehr du dich danach sehnst.«

Sie legte ihm eine Hand auf die Brust und drückte gerade so stark, dass er nicht wusste, ob sie ihn von sich wegstoßen wollte oder ob sie mit ihren zarten Fingern sein Hemd packen und ihn an sich ziehen würde.

Verdammt, hatte er sich verspekuliert?

Nein. Zwischen ihnen war mehr ungeklärt als nur der Deal wegen des Morris-Buildings. Das wusste er so gut wie sie.

Würde sie auf seinen Vorschlag eingehen und dort weitermachen, wo sie vorhin aufgehört hatten? Konnte sie alles beiseiteschieben, was im Schlafzimmer nichts zu suchen hatte? Sie nannte ihn vielleicht großspurig, aber er stand zu seinem Wort, und das würde er ihr auch beweisen, egal, wie viele Orgasmen dafür nötig waren, und gleichzeitig würde er damit diese Sehnsucht stillen, die ihn einfach nicht zur Ruhe kommen ließ.

Sie kam nun zu ihm und schmiegte sich mit ihrem zierlichen Körper an ihn. Von der Brust bis zu den Schenkeln berührte sie ihn. Ihr Atem streifte seine Lippen. Ein begehrlicher Ausdruck lag in ihrem Blick, und zugleich auch eine Art Trotz, den er bisher nicht richtig hatte einordnen können.

»Ich bin mir nicht sicher, ob du den von vorhin noch übertreffen kannst.« Sie umklammerte sein Hemd fester.

Das Blut raste ihm durch die Adern. »Oh, den werde ich übertreffen.« Vor Lust konnte er kaum noch klar sprechen. Jedes Wort klang eher wie ein tierisches Knurren. Das Spiel begann.

In dem Moment, als er sie an sich drückte, zog sie ihn zu sich, und ihre Münder trafen sich. Jack presste sie an die Wand und küsste Harley. Mit den Lippen und der Zunge ließ er sie auch den letzten Frust vergessen.

Die Lust, die in ihm tobte, seit er sie heute Vormittag

auf der Baustelle zum ersten Mal nach so langer Zeit gesehen hatte, brach jetzt endgültig aus ihm hervor. Alles in ihm drängte darauf, diese Lust zu stillen.

Sie seufzte sehnsüchtig, als habe er sich schon viel zu lange zurückgehalten und als verdurste sie genauso vor Verlangen nach heißen Küssen wie er. Sie umfasste seine Erektion und brachte ihn dazu, zischend Luft auszustoßen.

Jack zerrte das enge Kleid hoch und entblößte ihre nackten, schlanken Schenkel. Makellos und glatt fühlten sie sich unter seinen Fingern an. Er hätte sie ewig streicheln können.

Harley spreizte die Beine etwas weiter und hakte die Finger in Jacks Gürtelschlaufen ein. Verlangend zog sie ihn an ihren Schoß. Vor Lust zitterten ihre Hände genau wie seine. Mit jeder Berührung steigerte sich ihre Begierde so sehr wie seine.

Fordernd presste er seine Erektion an sie. Die Kleidung störte ihn maßlos, denn sie hinderte ihn daran, zu seinem Ziel zu gelangen … in Harley einzudringen und sie beide zur Erfüllung ihrer Lust zu bringen, bis Harley ihn um mehr anflehte.

Er wich jetzt von ihren begehrlichen Lippen zurück und sah die Treppen hinauf und hinunter, um sicher zu sein, dass sie auch niemand beobachtete.

Harley zog eine Spur von Küssen zu seinem Hals und umspielte sein Ohrläppchen mit der Zungenspitze, bis Jack vor Begehren die Augen schloss.

Spielte er jetzt etwa ernsthaft mit dem Gedanken, es gleich hier im Treppenhaus mit ihr zu treiben, wo sie jederzeit von irgendjemandem unterbrochen werden konnten, der die Show verließ oder von der Straße hereinkam? Doch Harley schien zu allem bereit zu sein. Er spürte, wie sie an seinem Gürtel zerrte, während sie den Mund wieder auf seine Lippen presste.

Ganz allmählich kehrte er wieder in die Realität zurück.

Er ließ die Hände sinken, und in diesem Moment summte sein Handy in seiner Tasche. Um die Zurückweisung abzumildern, umfasste er Harleys fantastischen Po und presste ihren Schoß noch einmal an sein hartes Glied, während er den Kuss unterbrach, um die Nachricht zu lesen.

»Der Wagen ist da«, sagte er leise dicht an ihren glänzenden Lippen.

Er steckte das Handy wieder ein und zog sich zurück, wobei er ihr das Kleid über die wohlgeformten Schenkel hinabstrich. In Gedanken verfluchte er sich selbst. Er hatte vollkommen die Beherrschung verloren. Fast hätte er es mit Harley in aller Öffentlichkeit getrieben.

Sanft umfasste er ihre geröteten Wangen und strich ihr das zerzauste Haar aus dem Gesicht. Das Lipgloss war von ihren Lippen verschwunden, die Frisur war zerwühlt, und ihre Brüste, die sie immer noch an seine Brust schmiegte, hoben und senkten sich hektisch mit jedem lustvollen Atemzug.

Harley nickte kurz, dann trat sie einen Schritt zur Seite, strich sich das Haar und das Kleid glatt und wirkte von einer Sekunde zur nächsten wieder wie eine makellose Göttin.

Sie straffte die Schultern und folgte Jack zum Notausgang und zu dem Wagen, der draußen auf ihn wartete, damit sie auf diesem Weg in die Nacht entfliehen konnten.

4. Kapitel

Harley zog sich das Kleid bis über die Knie hoch und schob sich rittlings auf Jacks Schoß, um mit den atemlosen, heißen Küssen fortzufahren, mit denen sie in dem Moment begonnen hatten, als sich die Wagentüren hinter ihnen geschlossen hatten. Sie konnte nicht genug bekommen von dem Prickeln, das zwischen Jack und ihr herrschte. Es kam ihr so vor, als habe sie ihr bisheriges Leben dumpf und taub unter Wasser verbracht. Diese Lust loderte heißer als alles, was sie je zuvor erlebt hatte.

Es war explosiv und unkontrollierbar, und sie war schon jetzt süchtig danach.

Im Moment wollte sie allerdings nichts sehnlicher, als da weiterzumachen, wo sie heute Nachmittag in Jacks Apartment aufgehört hatte.

Sie wanderte mit der Hand zu seinem Schoß und massierte ihn durch den Stoff der Hose hindurch, bis Jack dicht an ihren Lippen aufstöhnte. Es klang wie ein Zischen. Doch das reichte ihr nicht.

Sie wollte ihn nackt vor sich haben, um jeden Zentimeter seines aufregenden Körpers erkunden zu können. Alles in ihr brannte darauf, ihn verschwitzt und wild entschlossen auf sich zu spüren und zu erleben, wie er sie erfüllte. Instinktiv ahnte sie, welche Lust er ihr bescheren konnte.

Der Chauffeur war ihr vollkommen egal, auch der Straßenverkehr um sie herum spielte für sie keine Rolle mehr. Heute Nachmittag hatte sie einen kleinen Vorgeschmack bekommen, und jetzt wollte sie mehr von allem, was Jack ihr zu bieten hatte. Es war nur Sex, doch es war umwerfender Sex, der alles, was sie bisher erlebt hatte, übertraf.

Als Jack ihr angeboten hatte, sie nach Hause zu fahren, hatte sie sich einzureden versucht, das sei für sie die letzte Gelegenheit, ihn davon zu überzeugen, den Verkauf des Morris-Buildings nicht länger zu verzögern, doch letzten Endes gewann die Ehrlichkeit in ihr. *Sie wollte ihn … schlicht und einfach. Wieso sollte sie sich nicht nehmen, was sie kriegen konnte?* Es wäre eine Affäre, die sie jederzeit beenden konnte, hoffentlich mit dem unterschriebenen Kaufvertrag in Händen.

Sie waren beide keine Kinder mehr. Es musste ihnen doch möglich sein, Sex und Berufliches trennen zu können. Im Moment spielten Geschäfte, die Vergangenheit und ihre und Jacks Familie für sie keine Rolle mehr. Ihr Verstand versuchte, den erwachsenen sexy Jack zu begreifen. Seine Lippen, seine tiefe sinnliche Stimme und seinen festen Körper unter ihren tastenden Fingern.

Ihn zu küssen, war, als würde sie zwei unterschiedliche Menschen zur selben Zeit küssen. Den Teenager, für den sie damals geschwärmt hatte, und den Mann, zu dem er sich entwickelt hatte. Er war ihr vertraut und doch fremd zugleich. Es war überwältigend und übertraf ihre wildesten Fantasien. Es war fordernd, einfühlsam, vertraut und wild zugleich. Es war größer als ihre Träume. Dazu kam noch der Anflug des Verbotenen …

Allein die Küsse reichten aus, um sie an den Rand des Orgasmus zu bringen.

Zum Glück dauerte die Fahrt in die Fifth Avenue nicht allzu lange. Genau wie damals, als sie Teenager gewesen waren, bremste Jack sie während der Fahrt mehr als einmal, indem er ihre Hand aus seiner Unterwäsche zog und die Dinge verlangsamte, denn ansonsten hätte Harley ihn bestimmt schon auf dem Rücksitz geritten und sich keine Sekunde lang darum geschert, dass man sie von draußen beobachten konnte.

Küssend und streichelnd betraten sie Harleys Apartmentgebäude, und gleich zwei Mal fiel ihr die Schlüsselkarte für ihren Privataufzug aus der Hand, so ungeduldig sehnte sie sich danach, mit Jack in ihr Apartment zu kommen, um ihm dort die Kleidung vom Leib zu reißen und hinter verschlossenen Türen diese heimliche Verbindung weiter zu vertiefen.

Sobald sie in der leeren Kabine standen, drückte Jack sich von hinten an Harley. Seine Erektion presste sich genau zwischen ihre Pobacken.

Heiße Schauer rasten ihr daraufhin über den Rücken.

Er strich ihr das Haar zur Seite, küsste sie in den Nacken und biss sanft zu. »Lebst du allein hier?«

Seine erregte Stimme ließ Harleys Nervenenden vibrieren und schien direkt an ihre Klitoris gerichtet zu sein. Sie konnte kaum noch aufrecht stehen.

Mit seinen großen, kräftigen Händen hielt er sie an den Hüften fest und schmiegte sich an sie.

Harley drehte den Kopf zur Seite und wandte sich nach hinten, um seinen Mund zu küssen. »Ja.«

Ihr älterer Bruder Ash lebte zwar im Apartment über ihr, doch Harley wollte den Kuss nicht so lange unterbrechen, um Jack dieses unwichtige Detail zu erklären.

Während der Fahrstuhl nach oben fuhr, schob Jack ihr wieder das Kleid über die Schenkel bis zu den Hüften hinauf und strich ihr in fiebriger Lust über die nackte Haut. Er ergriff ihre Hände und verschränkte die Finger mit ihren um die Handläufe aus Messing, die sich in Hüfthöhe an den Kabinenwänden entlangzogen. »Halt dich fest.«

Ihr blieb keine Zeit, die Erregung auszukosten, die er mit diesem heiseren Befehl in ihr auslöste. Sie wusste ja nicht einmal, weshalb er es verlangte.

Hinter ihr sank Jack jetzt auf die Knie, drückte ihr die Schenkel auseinander und küsste erst eine und dann die andere Pobacke mit verlangend geöffnetem Mund.

Sie spürte seine Zähne jetzt am Ansatz ihrer Schenkel, und vor Verlangen wurden ihr die Knie ganz weich.

Was machte er bloß mit ihr, und wieso gab sie ihm so willig nach? Ihr stockte der Atem, und sie umklammerte das Geländer so fest, dass sie damit fast ihre Maniküre ruinierte. *Doch das ist es wert*, dachte sie.

Jack stöhnte tief auf und zog Harley geschickt einen Schritt nach hinten. Sie stand nun gebückt vor ihm, den Po in die Luft gereckt.

Mit einem Finger strich er sanft ihren Tanga zur Seite und drang dann ohne Vorwarnung tief mit der Zunge zwischen die vor Verlangen bebenden Lippen.

Ihr lustvoller Aufschrei vermischte sich mit seinem kehligen Stöhnen. Er hielt ihre Hüften gepackt, und seine Bartstoppeln reizten die empfindsame Haut an den Innenseiten ihrer Schenkel.

Harley umklammerte das Geländer und gab sich ganz dem Ansturm der Empfindungen hin. Jacks unverhohlenes Verlangen und das triebhafte Drängen, mit dem er sich nahm, was er wollte, jagten ihr einen sinnlichen Schauer nach dem anderen über den Rücken.

Mit einer Hand griff er nun zwischen ihre Schenkel und rieb ihre Klitoris. Unablässig drang er mit der Zunge in sie ein und ließ Harley bis in die Zehenspitzen erbeben.

Sie versank in einem sinnlichen Nebel. Es war ihr vollkommen egal geworden, wo sie sich gerade befand. All ihre Sinne waren nur noch auf den Sturm ausgerichtet, den Jack zwischen ihren Schenkeln auslöste.

Ein Zittern durchlief sie, und sie konnte nicht sagen, ob es die Kabine war oder ob es tief aus ihr selbst kam. Der Fahrstuhl hielt jetzt an.

Es fiel ihr schwer, die Augen zu öffnen. In dem polierten Handlauf konnte sie ihr Spiegelbild sehen. Sie sah zerzaust und lusttrunken aus. Es ließ sich nicht leugnen, was Jack in ihr auslöste und wie willenlos sie seiner Lust nachgab. In dieser Willenlosigkeit hätte sie sich fast auf Sex an einem öffentlichen Ort eingelassen … schon zum zweiten Mal an diesem Tag.

Er löste die Lippen von ihr, und ihr zitterten die Knie. Langsam strich er ihr das Kleid wieder nach unten und ergriff dann ihre Hand.

Es dauerte nur wenige Sekunden, und sie befanden sich in Harleys dunklem Apartment. Nur eine kleine Lampe schien auf einem Tisch im Eingangsbereich.

»Es tut mir leid.« Jack ließ sie einen Moment los und stellte die Designerlampe behutsam auf den Boden.

Die Hormone jagten ungebremst durch Harleys Adern. Sie war wie benebelt. »Was?« *Hatte er es sich etwa anders überlegt? Wieso stellte er die Lampe vom Tisch? War es ihm hier noch zu hell?*

Erneut presste er den Mund auf ihren. Leidenschaftlich drang er mit der Zunge in sie ein, während er ihr das Kleid nach oben schob. Er hob den Kopf und sah ihr in die Augen. Sein brennendes Verlangen ließ ihn fast wütend aussehen. Er blickte sie wild und rücksichtslos an.

»Dass unser erstes Mal gleich hier stattfinden wird.«

Er deutete auf den Tisch, und Harley spürte, wie feucht sie wurde. Er streifte sich das Jackett ab, warf es achtlos auf den Boden und öffnete mit einer Hand den Gürtel, während er mit der anderen Harleys Taille umfasste.

Seine Küsse machten sie ganz schwindlig. Sie fühlte sich euphorisch und folgte hastig seinem Beispiel. Sie ließ die Handtasche fallen, zog sich das Kleid noch höher und streifte es sich schließlich ganz ab. Sie hörte ein kleines reißendes Geräusch, doch sie warf das Kleid beiseite. Für sie zählte im Moment nichts mehr, als Jack in sich zu spüren. Sie wollte nicht mehr herumspielen. Durch seine Hose hindurch spürte sie sein hartes Glied. Sie wollte ihn. Jetzt.

»Verdammt!« Er hielt inne und umfasste durch den Spitzen-BH hindurch eine ihrer Brüste. Mit dem Daumen reizte er ihren Nippel. Heiß glitt sein Blick über ihre nackte Haut.

Mit einem Mal spürte Harley, dass sie den Boden unter den Füßen verlor. Sie fühlte Jacks Hände um ihre Taille, als er sie auf den antiken Tisch im Flur hob.

Sie brannten vor Lust aufeinander.

Hastig befreite sie seine Erektion, vertiefte den Kuss und umspielte seine Zunge mit ihrer. Mit ihren Schenkeln umschlang sie seine Hüften. Dieses Mal würde sie bekommen, wonach sie sich am meisten sehnte. Dieses Mal würde sie nichts unbeendet lassen.

Tief aufstöhnend löste er die Lippen von ihren, zog seine Brieftasche aus dem Jackett, holte ein Kondom heraus und warf die Brieftasche über die Schulter nach hinten. Mit den Zähnen riss er die Packung auf und rollte sich das Kondom hastig über, während er unablässig Harleys Körper betrachtete, der jetzt abgesehen von zarter schwarzer Spitze und High Heels vollkommen nackt war.

Begehrlich öffnete sie die Knöpfe an seinem Hemd. Das unangenehme Gefühl, auf dem Tisch zu hocken, verblasste hinter ihrem verzweifelten Wunsch, mehr von Jacks Körper zu sehen. Sie wollte ihn überall berühren, sie wollte die Wange an sein Brusthaar schmiegen und seine festen Muskeln unter den Fingern ertasten.

Gerade als sie ihm das Hemd von den muskulösen und kraftvollen Schultern strich und einen Blick auf seine ausgeprägten Oberarme und sein festes Sixpack werfen konnte, umfasste er ihre Hüften und zog sie an die Tischkante. Offensichtlich hatte er genau wie sie die Grenzen seiner Selbstbeherrschung erreicht.

»Das muss reichen.« Ungeduldig zerrte er ihr den zarten schwarzen Tanga über die Schenkel hinab. In seinen Zügen spiegelte sich wilde Entschlossenheit. Als der Slip auf Höhe ihrer Knie hing, hielt er kurz inne. Seine Lippen waren aufeinandergepresst, sein Blick heiß vor Lust.

Harley hörte auf zu atmen, und ihr Puls raste. *Bitte lass es ihn sich nicht anders überlegt haben!* flehte sie innerlich. *Er darf mich hier nicht am Rand der Ekstase hängen lassen!*

Doch er blickte ihr nur starr zwischen die Schenkel. Die Muskeln in seinen Wangen spannten sich an, seine Nasenflügel waren aufgebläht, und sein Atem ging schwer.

»Verdammt, du bist so wunderschön.« Sanft berührte er den schmalen Streifen blonder Härchen, bis seine Fingerkuppe ihre Klitoris erreichte. Er schien sich gar nicht an ihr sattsehen zu können, während Harley gegen den Drang ankämpfte, sich vor ihm zu winden und die Schenkel zusammenzupressen.

Noch nie hatte ein Mann sie so eingehend gemustert und mit Blicken verschlungen. Tief in ihr breitete sich Wärme aus. Überdeutlich spürte sie seine regungslose Fingerkuppe. Alles an ihr kribbelte.

»Später werde ich dich noch stundenlang lecken.« Eindringlich und verheißungsvoll sah er ihr in die Augen, »aber jetzt will ich nur in dir sein.«

Sie nickte. Zum Sprechen war sie nicht mehr in der Lage, und mit seinem Plan war sie vollkommen einverstanden. Der erwachsene Jack war höllisch heiß, und sie konnte es nicht erwarten, in Flammen aufzugehen.

Langsam und rhythmisch begann er, den Finger an ihrer Klitoris zu bewegen.

Harley keuchte atemlos auf. Sie ließ den Kopf nach hinten an die Wand sinken und schloss die Augen, doch dann riss sie sie wieder auf, als Jack näher trat und ihre Schenkel weiter auseinanderdrückte.

»Bleib bei mir, Harley. Sieh mich an.« Unablässig reizte er ihren Kitzler und drückte die Kuppe seines Glieds zwischen ihre Schenkel an ihre Lippen.

Noch nie zuvor hatte sie sich so geöffnet. Bisher waren ihre Sexerlebnisse eher roboterhaft und funktional abgelaufen, aber Jack verlangte absolute Kontrolle über ihren Körper. Er drängte sich irgendwie in ihren Verstand und sagte genau das Richtige, um ihr jede Verlegenheit zu nehmen und sie noch stärker vor Lust brennen zu lassen.

Sie packte ihn an der Taille. Endlich taten sie es! Ihr Atem ging stoßweise und konnte das Brennen in ihren Lungen und das lustvolle Chaos in ihrem Kopf nicht lindern.

Jack biss die Zähne aufeinander. Heiße Lust sprach aus seinem Blick, als er quälend langsam in sie eindrang.

Harley kämpfte gegen den Drang an, die Augen zu schließen. Sie wehrte sich gegen die überwältigende Lust, die er in ihr anfachte. Es war wie ein Angriff von allen Seiten.

Wild umklammerte sie mit den Schenkeln seine Hüften, um diesem Ansturm an Empfindungen standhalten zu können. Sie fühlte sich bis zum Äußersten ausgefüllt, und er reizte mit seinen geschickten Fingern noch dazu unablässig ihre empfindsamsten Nervenenden. Sein Blick löste endlose Ströme an Endorphinen in ihr aus. Es war ihr schon fast peinlich, wie dicht sie bereits vor dem Höhepunkt stand.

Dabei bewegte er sich überhaupt noch nicht.

Sie biss sich auf die Lippe. Es kam ihr vor, als würde sie jeden Moment den Verstand verlieren. Sie kostete jede Sekunde aus und genoss den Anblick des halb nackten Jacks, dessen Züge vor Lust ganz angespannt waren, weil er jetzt endlich in ihr war.

»Ja«, stieß er tonlos aus. Seine Nasenflügel weiteten sich. Immer wieder ließ er die Fingerkuppe leicht über ihre Klitoris gleiten. Er leckte sich die Lippen. Sein Blick glitt über ihren Körper. »Zieh die Körbchen von deinem BH nach unten.«

Mit beiden Händen umfasste er ihre Hüften und drückte sie dadurch an die Tischkante. Gleichzeitig zog er sie seinen stetigen, langsamen Bewegungen entgegen.

Sie gehorchte und kam sich unbeholfen vor, als sie begierig alles tat, was er von ihr verlangte. Das hier war schon jetzt besser als alles, was sie jemals im Leben erlebt hatte.

Sie fand nicht, dass sie prüde war, aber ihr Liebesleben war bislang alles andere als abenteuerlich gewesen.

Doch wie sie sich bei Jack fühlte, das hätte sie nie geahnt. Spielend leicht brachte er die Exhibitionistin in ihr zum Vorschein, von deren Existenz sie bisher gar nichts gewusst hatte. Durch die Orgasmen, die er ihr versprach, verwandelte sie sich geradezu in eine unersättliche Nymphomanin.

Sobald ihre Brüste über den Rand des BHs ragten, verlor Harley den Blickkontakt mit Jack. Ungehemmt stöhnte er auf. Sein von Lust verklärter Blick haftete auf ihren aufgerichteten Nippeln.

Er beugte sich vor und senkte den Mund, doch weil Harley auf dem flachen Tisch vor ihm saß, konnte er die erregten Spitzen nicht erreichen.

»Hilf mir.« Panisch ging sein Blick zwischen ihren Augen und ihren Nippeln hin und her. »Ich will dich schmecken.«

»Ja. Oh, ja.« Sie umfasste ihre Brüste und hob sie dichter an seine Lippen heran. Er entlockte ihr einen Lustschrei, indem er mit der Zunge heiß und feucht über die vor Erregung harten Nippel glitt.

Dann fing er an, unverständlich auf Französisch zu reden. Er löste die Lippen dabei nicht eine Sekunde von ihren Nippeln, und die Worte waren nicht zu verstehen. Mit jedem Stoß seiner Hüften stieß er den Tisch gegen die Wand, und immer noch reizte er mit dem Finger die kleine Knospe zwischen ihren Schenkeln.

Harley hatte seine Muttersprache nie gelernt. Deshalb hatte sie keine Ahnung, was er gerade sagte, doch das spielte keine Rolle. Sein Blick verriet ihr alles, was sie wissen musste. Er war hier bei ihr und erklomm gemeinsam mit ihr den euphorischen Gipfel der Lust. Von ihr aus hätte er in dieser sinnlich klingenden Sprache auch eine Einkaufsliste vorlesen können. Vielleicht lag es aber auch an Jack und der Art, wie sein sündiger Mund diese sinnlichen Worte formte.

Als er sich von ihrer Brust löste, wirkte er wild entschlossen. Sein Kinn zuckte, und seine Stimme klang rau. »Berühr dich. Hör nicht auf. Ich halte dich.« Er packte sie noch fester.

Vielleicht meinte er damit, dass er sie nicht vom Tisch fallen lassen würde … Oder er meinte, dass er sich um ihren Orgasmus kümmern würde … dass sie gemeinsam kommen würden. Harley hatte keine Zeit, darüber nachzugrübeln. Sie folgte einfach seinen Anweisungen und ließ der Hemmungslosigkeit, die er in ihr geweckt hatte, freien Lauf. Jede Zurückhaltung war nun vergessen.

Sie ließ die Tischkante los, umfasste ihre Brüste mit beiden Händen und reizte ihre Nippel. Je stärker sein Blick sich vor Begierde verdunkelte, desto schneller streichelte sie sich selbst. Ungehemmt und laut stöhnte sie auf.

Er gab einen grunzenden, zustimmenden Laut von sich, bewegte die Hüften schneller und massierte ihre Klitoris noch stärker und fordernder.

Harleys Stöhnen klang jetzt fast wimmernd. Sie verlor den Kampf und konnte die Augen nicht länger offen halten. Der Tisch knallte gegen die Wand, während Jack unablässig tief in sie eindrang. Sie verschränkte die Füße hinter seinem Rücken, hielt ihn gefangen und zog ihn noch enger an sich.

Als sie die Augen wieder öffnete, lag sein Blick auf ihren Brüsten. »Kneif sie, Harley. So fest, wie es dir gefällt.«

Aufstöhnend gehorchte sie ihm. Sie kniff sich in die Nippel und rollte sie zwischen den Fingern, bis ihr Blut in den Adern zu kochen schien. Ihre Klitoris pochte lustvoll.

»Ja.« Erneut stieß er zischend die Luft aus. »Du schwillst an.«

Woher konnte er das wissen? Doch es schien zu stimmen. Entweder wurde seine Erektion noch größer, oder sie spannte sich unwillkürlich an. Der Druck in ihr wurde jetzt noch intensiver.

»Du kommst gleich. Sieh mich an.«

Jeder Befehl und jede rau ausgestoßene Aufforderung hätten sie eigentlich ärgern müssen, aber seine Worte klangen für sie eher wie eine Prophezeiung, und er hatte ja auch absolut recht. Ihre Nippel pulsierten, zwischen den Schenkeln wurde sie noch feuchter, und sie spannte sich um sein immer noch in sie hämmerndes Glied an.

Mit seinem Finger löste er lustvolle Funken in ihr aus, die sie vom Bauch aus bis in die Schenkel durchströmten. Sie öffnete die Augen und sah die verzehrende Lust in Jacks Blick. In diesem Moment glaubte sie, vom Blitz getroffen zu werden.

»Jack.« Tonlos stieß sie seinen Namen aus, als der Orgasmus sie überrollte. Jeder Nerv in ihrem Körper schien förmlich zu brennen. Mit den Schenkeln umklammerte sie ihn, ihr Blick war an seinen gefesselt, und ihr Verstand schien nur noch durch die dünne Rettungsleine der Leidenschaft mit der Wirklichkeit verbunden zu sein.

Er hielt sie jetzt noch fester. Fast schmerzhaft gruben seine Finger sich in ihr Fleisch.

Doch es machte ihr nichts aus. Immer noch spannte sie sich pulsierend um ihn an. Die erlösenden Wellen schienen gar nicht mehr abzuebben.

Er nahm den Finger jetzt von ihrer überempfindlichen Klitoris, doch noch immer streichelte er ihr den Bauch, die Schenkel und den Po. Jede Berührung ließ sie im Nachglühen ihrer Lust von Kopf bis Fuß erzittern.

Aber ihr blieb keine Zeit, um sich zu erholen, denn Jack beschleunigte seine Bewegungen jetzt wieder.

Harley klammerte sich an ihm fest.

Schweißperlen standen auf seiner Stirn, und seine Kiefermuskeln waren fast zum Zerreißen angespannt. Immer schneller stieß er nun die Hüften vor.

Er sah auf sie herab, und sein feuriger Blick glitt über ihre Brüste hinab zu der Stelle, an der sie eins geworden waren.

Erst als er sich an ihr sattgesehen hatte, hob er den Blick wieder und schaute ihr in die Augen. »Ich will dich noch einmal kommen lassen …« Seine Brust hob und senkte sich schwer.

Harley rang nach Luft. Sie fühlte sich ausgelaugt und kraftlos. »Ich kann nicht.«

Er nickte, und einen Moment lang wirkte er fast bedauernd. »Das wirst du aber beim nächsten Mal.«

Bedauerte er es etwa, nicht noch länger durchgehalten zu haben, nachdem er ihr das mit Abstand erotischste Erlebnis ihres ganzen Lebens geschenkt hatte?

Doch Harley blieb keine Zeit zu einer Antwort, denn wild und hemmungslos drang er tief in sie ein, bewegte die Hüften ruckhaft und strich ihr dabei mit einer Hand besitzergreifend über die Brüste und über den Bauch.

Sein lauter Lustschrei hallte von den Wänden wider. Er sank nach vorn, und jeder seiner Muskeln war angespannt. Er drang noch weiter in Harley ein und küsste sie, während die letzten Lustschauer durch ihn hindurchrasten.

Ganz allmählich kehrte die Wirklichkeit wieder zurück.

Harley spürte die Tischkante, die sich in ihren Po drückte, und obwohl Jack sein Gewicht zum Teil mit den Armen seitlich von ihr abstützte, konnte sie kaum atmen.

Sie glitt mit den Lippen über sein Ohr und genoss das leise Kitzeln seiner Haare an ihrer Nasenspitze.

»Nächstes Mal?« Sie unterdrückte ein überglückliches Kichern. Wow! Nach dieser Nummer würde sie wahrscheinlich nicht mehr laufen können. Trotzdem freute sie sich schon jetzt auf das versprochene nächste Mal.

Dicht an ihrem Hals stöhnte er tief und sinnlich auf. Seine Bartstoppeln kratzten über ihre Haut, und bestimmt würde sie morgen rote Spuren davon sehen können. »Gib mir zehn Minuten.« Er löste sich von ihr und half ihr von dem Tisch herunter.

Dann entfernte er sich von ihr, und Harley zog die Körbchen ihres BHs hoch, während sie sich wünschte, sie würde weniger durchsichtige Dessous tragen. Hastig zog sie sich den Slip hoch, der immer noch an einem ihrer Fußknöchel hing.

Jack stand im Flur. Seine elegante Kleidung war zerknittert und unordentlich, und sein erschlaffendes Glied steckte noch in dem Kondom. Immer noch musterte er Harleys fast nackten Körper aus seinen strahlend blauen Augen mit unstillbarem Hunger, als hätte die überwältigende Nummer eben gar nicht stattgefunden.

Harley griff nach ihrer Handtasche und reichte ihm ein Taschentuch.

Was jetzt? Sollte sie ihm einen Drink anbieten? Vorschlagen, dass er über Nacht blieb?

Die Dunkelheit in ihrem Apartment ließ sie erzittern, und schnell suchte sie nach ihrem wahrscheinlich zerrissenen Kleid, während Jack seine Hose schloss.

»Dort ist das Bad.« Sie deutete zu einer Tür auf der rechten Seite und war dankbar, ein paar Momente für sich zu haben, während er das Kondom entsorgte.

Er öffnete die Tür und schaltete das Licht an. Während er den Beweis für den Verkehr wegwarf und sich die Hände wusch, hob sie schnell ihr Kleid auf und hielt es in dem albernen und verlegenen Versuch vor sich, ihren Körper schamvoll zu bedecken.

Gerade eben war sie wie eine Supernova auf dem Höhepunkt explodiert. Sie hatte sich auf Jacks Befehl hin selbst berührt und ihm gestattet, es mit ihr auf dem antiken Tisch zu treiben, den sie von ihrem Großvater geerbt hatte, und jetzt machte sie plötzlich einen Rückzieher?

Jack kehrte zurück, hob seine Brieftasche auf und steckte sie ein, bevor er nach Harleys Hand griff. Dass sie sich mit dem Kleid bedeckte, kommentierte er mit keiner Silbe. Stattdessen zog er sie lächelnd an sich und strich überraschend feurig mit den Lippen über ihre.

Sie öffnete den Mund und glitt mit der Zunge über seine. Unwillkürlich legte sie ihm einen Arm um den Nacken und vergaß ihr Kleid vollkommen. Seine Küsse waren irgendwie wie eine Droge, und sie war süchtig danach.

»Harls? Bist du zu Hause?« Die Stimme aus der Sprechanlage neben der Eingangstür hallte durch den ganzen Raum.

Harley schreckte vor Jack zurück. Ihre Augen waren weit aufgerissen, und das Herz schlug ihr bis zum Hals. Sie lief zur Sprechanlage und drückte einen Knopf, um ihrem Bruder zu antworten.

»Ja.« Sie rang nach Luft. In der einen Hand hielt sie ihr Kleid, mit der anderen rieb sie sich die Schläfe. Sie drehte sich wieder zu Jack um und senkte den Kopf. *Wieso hatte sie Ash denn nicht einfach ignoriert?* Ihr Rücken brannte wie Feuer, und sie kniff die Pobacken zusammen. *Hoffentlich brachten wenigstens die High Heels, die sie immer noch trug, ihren Po perfekt zur Geltung.*

»Bist du allein?«, wollte Ash wissen.

Sie setzte sich spätabends noch oft mit ihrem Bruder zusammen, und dann erzählten sie sich bei einem Drink, was tagsüber geschehen war.

Verdammt, was sollte sie denn jetzt sagen? Nein, ich habe es gerade mit dem Feind auf Pops antikem Tisch getrieben? Wenn sie jetzt die Wahrheit sagte, würde ihr Bruder morgen garantiert sofort zum Frühstück zu ihr kommen, um ein paar Fakten zu sammeln, und dann müsste sie ihm gestehen, dass sie obendrein noch beim Morris-Deal versagt hatte. Noch eine weitere Demütigung.

»Ja, natürlich.« Sie straffte die Schultern und kniff die Augen zu. Die Lüge fühlte sich wie kleine Nadelstiche auf ihrer entblößten Haut an. Es kam ihr so vor, als würde eine bedrückende Aura sie von hinten umschließen. Vielleicht kam dieses Gefühl aber auch aus ihr heraus.

»Schenk mir schon einmal einen ein. In zwei Minuten bin ich bei dir unten.«

Die anschließende Stille aus der Sprechanlage klang wie ein betäubender Countdown.

Harley drehte sich zu Jack um und war drauf und dran, sich bei ihm zu entschuldigen.

Doch er hatte sich bereits das Jackett angezogen und das Hemd zugeknöpft. Seine Miene war ausdruckslos.

Sie umklammerte ihr Kleid und presste es an sich. »Ich …« *Was sollte sie jetzt nur sagen?*

Ich wollte nicht, dass mein Bruder erfährt, dass ich gerade den besten Sex meines Lebens mit dem Sohn von Joe Lane hatte.

In Manhattan sprachen sich die Dinge immer schnell herum. Ash würde nicht lange nachforschen müssen, um herauszufinden, dass *Demont Designs* unter Jacks Leitung stand, und dass Jack in ihr Leben zurückgekehrt war, oder besser gesagt, hineingestürmt war.

Er trat näher zu ihr und strich ihr die Haare von der Wange.

»Bonsoir, Harley.« Er ließ die Hand sinken und steckte die andere in die Hosentasche. Mit dieser lässigen Geste beruhigte und verärgerte er sie zugleich.

Sie drehte sich zu ihm und flehte ihn mit Blicken an, denn Worte konnte sie momentan einfach nicht finden.

Er trat zur Seite und wandte sich an der Tür noch einmal um. »Sieh lieber noch einmal in den Spiegel. Man sieht dir an, dass es dir gerade gut besorgt wurde. Mir persönlich gefällt dieser Look sehr, aber ich bezweifle, dass dein Bruder viel davon halten wird.«

Mit diesen Abschiedsworten und mit ausdrucksloser Miene ging er.

5. Kapitel

Jack schob die Schere unter die breite rote Schleife und lächelte routiniert in das halbe Dutzend Kameras, das auf ihn gerichtet war.

Der Leiter des Krankenhauses nickte ihm zu, und Jack schnitt die Schleife unter dem Applaus der Zuschauermenge durch, die sich vor dem neuen Flügel des Kinderkrankenhauses in der Bronx versammelt hatte.

Der Stolz darüber, seine Zeit für wertvolle Projekte einzusetzen, wärmte ihn, doch zugleich schmerzten ihn seine Gesichtszüge, weil er weiterhin das herzliche Lächeln aufrechtzuerhalten versuchte. Er hasste Speichelleckerei, egal, ob er selbst dazu gezwungen wurde, oder ob andere sich bei ihm einzuschmeicheln versuchten. Viel lieber ließ er sich an seinen Taten messen, so wie er es auch bei anderen tat.

Seine sonst übliche Toleranz für höflichen Small Talk verließ ihn anscheinend. Daran war bestimmt die letzte Nacht schuld. Die Art, wie Harley sich der explosiven Lust hingegeben hatte, hatte irgendetwas in ihm ausgelöst. Er hatte gar nicht gewusst, dass ihm etwas fehlte, bis sie sich ihm mit ihrem ganzen Körper und ihrem Orgasmus hingegeben hatte.

Die Erinnerung daran, wie sie mit wild ausgebreitetem Haar unter ihm gelegen und ihre hübschen Brüste gereizt hatte, und wie sie ihm sinnlich in die Augen gesehen hatte, während er sie beide pumpend zur Erfüllung gebracht hatte, sorgte augenblicklich dafür, dass sich sein Glied erregt aufrichtete.

Vor seinen Augen hatte Harley ungehemmt und überwältigend Erlösung gefunden. Wie eine Göttin hatte sie ihre Leidenschaft ausgelebt.

Er hatte sich nicht geirrt. Der Sex zwischen ihnen hatte all seine Vorstellungen weit übertroffen. Er hatte eigentlich vorgehabt, die ganze Nacht damit zu verbringen, sie immer und immer wieder kommen zu lassen. Er hatte wieder mit ihrem Körper vertraut werden und jede Facette der sexuell erblühten Frau kennenlernen wollen, zu der sie sich entwickelt hatte, doch dann hatte sie ihn abserviert. Wieder einmal! Sie hatte ihren Bruder belogen, und für Jack hatte es sich wie ein Rausschmiss angefühlt, noch ehe der Schweiß getrocknet war oder ihr Pulsschlag sich wieder vollkommen beruhigt hatte.

Warum hat sie das getan? fragte er sich. *Genauso gut hätte sie mir auch das Knie in die Eier rammen können!*

Aber was kümmerte es ihn? Schließlich hatte er seinen Rachesex bekommen. Die ganze Nacht zwischen ihren wohlgeformten Schenkeln zu verbringen, wäre zwar ein schöner Bonus gewesen, doch er hatte ohnehin vorgehabt, sie danach wieder zu verlassen. Harley hatte das Ganze lediglich etwas beschleunigt.

Er schluckte den bitteren Nachgeschmack hinunter. Wenn er daran dachte, wie heiß sie sich ihm hingegeben hatte und wie eiskalt sie ihn anschließend fallen gelassen hatte, knirschte er unwillkürlich mit den Zähnen. Vielleicht kam dieser Weckruf ja gerade noch rechtzeitig, um ihn daran zu erinnern, dass sie zwar körperlich perfekt zueinanderpassten, doch dass sie ihn auch zuvor schon verlassen hatte.

Immer noch lächelnd schüttelte er zuerst Vertretern des Krankenhauses die Hand, dann dem Bürgermeister und dem Repräsentanten des Patientenverbands. Das Erlebnis mit Harley verdarb ihm den ganzen Vormittag.

Unauffällig sah er zum Parkplatz hinüber, ob er dort Trent entdecken konnte. Er wollte unbedingt so schnell wie möglich weg von hier, nachdem er seine Pflicht erfüllt und die Schleife durchtrennt hatte.

Abrupt erstarrte er, denn am Rand des Parkplatzes stand Harley und sah Jack aus großen Augen an. Der leichte Wind wehte die Schöße ihres Wollmantels in die Höhe.

Kam sie jetzt tatsächlich innerhalb von zwei Tagen das dritte Mal zu ihm? Verdammt, anscheinend bekam sie einfach nicht genug von ihm.

Als er ihr kaum merklich zunickte, lief sie über den Parkplatz zu ihm hinüber. Bei jedem Schritt wiegte sie die Hüften, und der Blick ihrer grünen Augen wirkte entschlossen. Niemand außer Harley hätte den Mumm, heute Morgen hier aufzukreuzen, nachdem sie ihn gestern

Abend so unvermittelt aus dem Apartment geworfen hatte. Offenbar hatte sie etwas vor.

Hatte er nicht bereits festgelegt, dass diese Sexduette nur zu seinen Bedingungen abliefen?

Trotzdem reagierte sein Körper augenblicklich auf ihre Gegenwart. Er zwang seine Muskeln zum Gehorsam und gab sich gelassen, während sein Herz raste und ihm das Blut heiß und pulsierend durch die Adern schoss.

Sie war eine Stalkerin. Frech und selbstbewusst holte sie sich einfach, was sie wollte, egal ob es dabei um ihr geliebtes Morris-Building oder um die Orgasmen, die er ihr versprochen hatte, ging.

Dass sie ihn hier aufgespürt hatte, verlieh dem Spiel eine ganz neue, faszinierende Dimension. *Wie weit war sie bereit zu gehen? Wie weit konnte er sie bringen?*

Verdammt, das war heiß! Der Drang, sie auf dem Rücksitz seines Wagens zu schmecken, machte ihn scharf. Gestern Abend hatte er in ihrem privaten Fahrstuhl einen Vorgeschmack genossen, aber das reichte ihm noch lange nicht. Er hatte sich satt lecken und seine endlose Durststrecke beenden wollen, aber dann hatte sie ihren Bruder zur Party eingeladen.

Schnell verabschiedete sich Jack von allen, die sich bei ihm bedanken oder ihm gratulieren wollten. Belustigt lächelnd kam er Harley auf halbem Weg entgegen und küsste sie zur Begrüßung flüchtig auf beide kalte Wangen.

»Vorsicht.« Er blickte nach rechts und links. »Man könnte uns zusammen sehen.«

Ihre Wangen wurden rot. Der Farbton erinnerte Jack an ihre Nippel, als sie diese mit den Fingern umkreist hatte.

Sie hob das Kinn, und ein paar von ihren blonden Strähnen leuchteten in der Sonne auf. »Ich …« Sie blickte auf ihre Schuhe und schien nicht die richtigen Worte zu finden.

Anstatt darüber zu triumphieren, ihr die Sprache geraubt zu haben, vermisste Jack das Leuchten in ihrem Blick, als sie ihn nun leer und verlegen ansah.

Verdammt, was war bloß los mit ihm? Er war sich immer noch nicht sicher, welche Hintergedanken sie hatte, besonders nachdem sie ihn am Vorabend so rücksichtslos aus ihrem Apartment geschickt hatte.

»Falls du glaubst, der gestrige Abend würde irgendetwas ändern, wenn du mich jetzt bittest, den Vertrag schnell zum Abschluss zu bringen, dann spar dir die Worte lieber und halt deinen hübschen Mund. An meiner Meinung hat sich nämlich nichts geändert.« Lediglich das, was er sich von ihrem hübschen Mund erhoffte, war jetzt etwas anderes.

Abrupt hob sie den Kopf und sah Jack lange schweigend an. »Ich bin hier, um mich zu entschuldigen.«

Keine Wünsche, keine Druckmittel, kein Verhandeln.

Seine Krawatte flatterte im Wind. Er strich sie glatt und knöpfte sich das Jackett zu. »Wofür?« Selbstbeherrscht erwiderte er ihren Blick. Er wusste genau, wie sie stöhnte und wie ihr der Atem stockte, wenn sie kurz vor dem Höhepunkt stand. Er wusste jetzt auch, wie erregend sie die Gefahr fand, ertappt zu werden. Trotzdem war und blieb sie für ihn im Grunde eine Fremde.

Harley verdrehte die Augen und ließ seufzend die Schultern sinken. »Ich war gestern Abend unhöflich. Ich …« Sie seufzte lauter und sah ihm aufrichtig bedrückt in die Augen. »Ich konnte einfach nicht klar denken.« Errötend lachte sie auf, und Jack musste daran denken, wie entspannt sie nach dem Sex ausgesehen hatte. »Verdammt, eigentlich konnte ich in dem Moment überhaupt nicht mehr denken.«

Sie hatte es also genossen. Perfekt. Sofort brodelte die Lust in ihm empor, verbunden mit anderen Gefühlen, die er nicht so leicht einordnen konnte. Aber er war auch kein Meister darin, seine eigenen Emotionen zu ergründen.

»Ich …« Wieder färbte sich ihr Hals rot.

Er biss sich auf die Zunge und kämpfte dagegen an, sie höflich aus ihrer selbst verschuldeten Misere zu befreien.

Sie atmete aus und sah ihm tief in die Augen. »Könnten wir uns vielleicht irgendwo einen Kaffee holen?«

Jack verkniff sich ein Lächeln und warf ihr eine Rettungsleine zu. Eine kleine. »Klar doch.« Mit dem Kinn deutete er zur Seite. »Auf der anderen Straßenseite gibt es ein Café.«

Sie blickte in die Richtung, in die er gedeutet hatte, und verzog ihre niedliche Nase.

»Was denn? Bist du dir etwa zu gut für die Bronx?« *Wieso war sie ihm dann überhaupt hierher gefolgt?* Wenn es ihm gelang, sie aus ihrer Komfortzone zu reißen, würde sie ihm gegenüber vielleicht auch so ehrlich sein, was ihre Motive betraf, wie sie es war, wenn sie ihre Lust auslebte.

Sie verdrängte ihre Skepsis hastig. »Kein Problem.« Gelassen warf sie den silberblonden Pferdeschwanz nach hinten und ging auf die Kreuzung zu.

Mit zwei langen Schritten hatte er sie eingeholt. Der Duft ihres leichten Parfüms umgab ihn. Schon gestern Abend hatte ihr Duft ihn bis in sein Apartment verfolgt, zusammen mit dem erregenden Geruch ihrer Lust. Jack hatte nicht gewusst, ob er duschen oder eine weitere Nacht erregt und einsam in seinem Bett verbringen sollte.

»Hast du den neuen Flügel entworfen?« Mit dem Kopf deutete sie zum Krankenhaus hinüber. Dabei musterte sie ihn, als würde sie nach etwas suchen.

Vielleicht nach etwas, das ihr bisher entgangen ist, dachte er. *Etwas, das sie vor neun Jahren nicht gesehen hat, weil sie nicht lange genug bei mir geblieben ist.*

Er nickte. Ihm juckten die Lippen, so sehr sehnte er sich danach, ihren perfekten, schimmernden Mund wieder zu küssen, selbst wenn er sich damit nur bewies, dass nicht nur er sich nach weiteren Küssen sehnte. Heute trug sie ein Business-Kostüm in einem Nude-Ton, und ihr Make-up war dezent.

Wie sehr er sich danach sehnte, ihren perfekten Look ein bisschen durcheinanderzubringen! Dann würde die Sexgöttin in ihr wieder zum Vorschein kommen, die unter dieser kultivierten Eleganz lauerte, die Harley wie eine Rüstung trug.

»Und sie haben dich gebeten, den Flügel zu eröffnen?« Sie neigte den Kopf, und ihr Pferdeschwanz schwang hin und her.

Jack zuckte mit den Schultern. »Ich bin offenbar ein Wohltäter. Ich habe umsonst gearbeitet, deshalb haben sie darauf bestanden.« Was immer sie auch von ihm halten mochte und welche Vorurteile sie mit dem Namen Lane verband, sie kannte ihn nicht wirklich. Er hatte nichts zu verbergen und brauchte auch nichts zu beweisen.

Verblüfft sah sie ihn an. Die Ampel sprang auf Grün, und er legte ihr eine Hand an den Rücken. Ihm kribbelten die Finger, während er sie über die Straße ins *Martinelli's* führte.

Sie bestellten sich jeder einen Espresso, und der köstliche Duft weckte in ihm einen Hunger, der fast stärker war als der auf Harley. Aber nur fast.

An einem Fenstertisch für zwei zog er ihr einen Stuhl zurecht und setzte sich ihr dann gegenüber. »Du wolltest also noch etwas anderes von mir?«

Seine zweideutige Bemerkung hing zwischen ihnen in

der Luft. Harley wurde rot und fummelte an ihrem Kostüm und an ihrer Handtasche auf ihrem Schoß herum. Ihr Blick ging überallhin, nur nicht zu ihm.

Faszinierend.

Als sie ihn schließlich ansah, schluckte sie, und er sah, wie ihre Kehle sich dabei bewegte.

»Ich habe einen Vorschlag für dich.«

»Ich höre.« *Mein Schwanz hört dir auch sehr aufmerksam zu.*

Sie neigte den Kopf zur Seite, sodass ihr das Haar über eine Schulter nach vorn fiel.

Am liebsten hätte Jack die Hand ausgestreckt und es berührt.

»Ich …« Sie presste die Lippen aufeinander, während sie nach den richtigen Worten suchte. »Ich bin momentan in keiner Beziehung.« Ihr Blick wurde eindringlicher. »Und ich nehme an, du bist ebenfalls Single.«

Er schwieg und nickte nur kurz. Er brannte darauf, zu hören, worauf sie hinauswollte. Ihre Verhandlungstaktik hatte er ja bereits erlebt, als sie sich für ihr geliebtes Gebäude eingesetzt hatte. Er wollte unbedingt erfahren, was für einen Plan sie in ihrem klugen, zielstrebigen Verstand ausgeheckt hatte.

»Wir könnten … uns doch treffen, weißt du? Ab und zu.« Sie verstummte und hob die Schultern, als bedeute es ihr nicht viel, aber ihre angespannten Lippen verrieten sie, und Jack bemerkte auch, wie schnell ihr Atem ging.

Er lehnte sich zurück, spreizte die Beine und ließ sich nichts anmerken. Warmer Triumph stieg in ihm auf. Sie wollte also mehr. Das kam seinem Plan, sich an ihr zu rächen und ihnen beiden gleichzeitig Lust zu verschaffen, sehr entgegen.

Ein Teil von ihm kam gut damit klar, ihr Sexspielzeug zu sein, wenn das bedeutete, dass er an ihrem großartigen Körper all seinen Hunger stillen konnte, doch sein kühler Verstand, der die Oberhand behielt, verlangte etwas anderes.

»Du willst mich also nur für die schnelle Nummer zwischendurch, zwischen Fitnesstraining und Maniküre-Termin?« Er biss die Zähne zusammen. Er war bei Weitem nicht so erbost, wie er sie glauben ließ. Sein Ständer riet ihm sogar, einfach Ja zu sagen und loszulegen. *Pech für euch beide*, dachte Jack, *so leicht lasse ich mich nicht rumkriegen.*

Sie riss die Augen auf und sah ihn durchdringend und verärgert an. »Nein, ich …«

Wie verdammt erregend! Sie war gekommen, um den Sex zwischen ihnen noch weiter zu erkunden. Sex, der so fantastisch war, dass Jack gestern nicht hatte einschlafen können, obwohl sie kurz zuvor ihren Bruder belogen und Jack aus dem Apartment geworfen hatte.

Offensichtlich bekam sie ihn auch nicht so leicht aus dem Kopf. Gut zu wissen, dass nicht nur er die neu erweckte Anziehungskraft so explosiv fand.

Ihnen wurde jetzt der Kaffee serviert.

Jack strich über den Griff der Espressotasse und merkte voller Genugtuung, dass Harley wie gebannt den Bewegungen seiner Finger folgte. Zweifellos war sie tief in dem gefangen, was zwischen ihnen vorgefallen war.

»Dann fandest du den gestrigen Abend also gut?« Sein Ego brauchte die Bestätigung nicht. Harley hatte ihn mit ihren inneren Muskeln umklammert. Aber er genoss es, wie sie errötete, und wenn er sie dazu bringen konnte, mit ihrem schönen und kultivierten Mund schmutzige Dinge zu sagen, umso besser.

Sie trank jetzt von ihrem Espresso und sah Jack über den Tassenrand hinweg wütend an, während ihre Wangen sich noch stärker röteten.

»Mmh.«

Sie zuckte mit den Schultern, als sei so guter Sex für sie selbstverständlich, aber dann wäre sie jetzt bestimmt nicht hier. Belustigt zuckten seine Lippen.

»War dein Orgasmus besser als der zuvor?« Er wollte sich bestätigen lassen, dass er sein Versprechen erfüllt hatte.

Entnervt und seufzend verdrehte sie die Augen und ließ die Schultern sinken. Einen Moment lang glaubte er, sie würde ihm nicht antworten. Schließlich saß sie sicher nicht jeden Tag in der Bronx in einem Café und unterhielt sich über die Qualität ihrer Orgasmen.

In dem Moment, in dem sie beschloss, ihm gegenüber ganz offen und ehrlich zu sein, sah sie ihm direkt in die Augen. »Es war so gut, dass ich nicht mehr atmen konnte.

Aber das weißt du ja.« Sie strich sich eine Strähne hinter das Ohr und rückte den Kragen ihrer Bluse zurecht.

Ja, das wusste er. Jede Sekunde ihres hemmungslosen Höhepunkts hatte er ausgekostet. Der Triumph darüber hatte den anschließenden Rauswurf fast aufgewogen. Aber nur fast.

Ihr Körper war ihm so vertraut gewesen, als hätte er die letzten neun Jahre damit verbracht, jede Stelle und jede erogene Zone von ihr zu erkunden, und jetzt wollte sie mehr?

Fragend neigte er den Kopf und sah ihr in die Augen, bis sie verlegen auf ihrem Stuhl herumrutschte. Nach einer Pause griff er wieder nach seiner Tasse, trank einen Schluck und gab sich ganz geschäftlich. Unbändige Energie durchströmte ihn wie immer, wenn er nach einer harten Verhandlung bei einem Deal gesiegt hatte. Harley war für ihn der ultimative Preis, und sie flehte ihn förmlich darum an, ihr das zu geben, was er ihr bieten konnte.

»Wenn wir das tun, musst du aber Zeit dafür einplanen.« Er stellte die Tasse zurück auf die Untertasse und sah Harley eindringlich in die großen Augen.

Sie runzelte die Stirn, und er fuhr fort: »Ich bin kein Zuchthengst, über den du zwischen zwei Terminen verfügen kannst, wenn dir gerade danach ist.«

Sie presste die Lippen zusammen und zog die Schultern nach hinten. »Ich bin nicht davon ausgegangen, dass …«

Er hob eine Hand. »Ich werde dich zu jeder möglichen Zeit anrufen, und auch an jedem Ort.« Er hob die

Schultern. »Wenn du mehr willst ...« Auch er hatte seine Grenzen. Wenn sie das explosive Feuerwerk zwischen ihnen ausleben wollte, bis es erloschen war, dann war er damit einverstanden. Aber nur zu *seinen* Bedingungen und nach *seinem* Zeitplan.

Er trank noch einen Schluck und wartete. Der bittere Geschmack des Espressos verblieb auf seiner Zunge, so wie Harleys Geschmack gestern. Wenn das Café nicht gerade mit Büroangestellten angefüllt gewesen wäre, die nach Koffein lechzten, hätte er den Besitzer dafür bezahlt, das Café zu schließen, um gleich hier auf diesem Tisch über Harley herzufallen, bis das einzige Wort aus ihrem geöffneten Mund nur noch »Ja« gelautet hätte.

Unzählige Emotionen spiegelten sich in dem Blick ihrer meeresgrünen Augen wider, während sie offenbar einen inneren Kampf ausfocht.

Zeit, deine Prioritäten neu zu ordnen, ma belle. Du willst mich, okay. Aber wie weit bist du bereit dafür zu gehen, um die Orgasmen zu bekommen, die ich dir versprechen kann?

»Okay.« Ihr heiseres Flüstern war in dem gut besuchten Café kaum zu verstehen.

Heiß schoss ihm das Blut in den Schoß. Seine Bauchmuskeln waren erwartungsfroh angespannt. Er musste lächeln. »Dann, Chérie, bin ich von jetzt an dein schmutziges, kleines Geheimnis.«

Sie schüttelte den Kopf. Die Aufregung in ihrem Blick erstarb. »So ist das nicht. Ich ...«

Wieder hielt er die Hand in die Höhe. Nach außen hin gab er sich unbekümmert und gelassen. »Schon begriffen. Die Familie ist alles, stimmt's?« Der Espresso kam ihm auf einmal noch bitterer vor.

Ihre und seine Familie waren verfeindet, trotzdem hatten Harley und er sich gerade auf die Regeln geeinigt, und das Spiel hatte begonnen.

»Ist die grüne Seide schon eingetroffen?« Harley wandte sich an Belinda, die die Filiale von *Give* an der Fifth Avenue leitete.

Belinda nickte und deutete zu einem Regal neben den Umkleiden, während sie mit einem entschuldigenden Schulterzucken ein Telefonat annahm.

Harley ging zu dem Regal hinüber und prüfte mit erfahrenen Blicken die neuen Kleidungsstücke. Als sie über den edlen Stoff strich, erinnerte das sinnliche Gefühl sie daran, wie es war, wenn Jack sie berührte. Ehrfürchtig und besitzergreifend, so als würde er ihren Körper inund auswendig kennen, als könne er nicht aufhören, sie zu berühren.

Ihr kribbelten die Finger. Ja, dieses Gefühl kannte sie gut.

Seit dem Treffen im Café vor zwei Tagen hatte sie ihn nicht mehr gesehen, aber tagsüber dachte sie ständig an ihn, und nachts träumte sie davon, wie er ihre Lust kontrollierte und sie mit heiseren, anstachelnden Worten bis zum Äußersten trieb. Sie war süchtig nach seinen

Komplimenten und seinen selbstsicheren Versprechen geworden.

Du kommst jeden Moment. Sieh mir in die Augen.

Er hatte absolut recht gehabt. Harley erzitterte. Wundervolle Erinnerungen ließen ihren Magen erbeben.

Ungeduldig prüfte sie ihre geliebte Herbstkollektion und dachte dabei keine Sekunde lang an die stundenlange, harte Arbeit. Ihre Haut kribbelte, und sie konnte sich nicht auf die edlen Stoffe und die schmeichelhaften Schnitte der Designs konzentrieren.

Jede Sekunde, die sie nichts von Jack hörte, steigerte ihre Sehnsucht, ihn wieder in sich zu spüren, und wahrscheinlich war das auch genau die Reaktion, die er bezweckte.

Dieser Mistkerl!

Sie versuchte, das schmerzhafte Verlangen zu unterdrücken, weil Jack nicht so eine große Macht über sie haben sollte. Erst heute früh hatte sie sich selbst befriedigt, und der erbärmliche, drittklassige Orgasmus war wie ein Hohn für ihre Bemühungen gewesen. Es hatte nichts geholfen. Offensichtlich lehnte ihr Körper es ab, zu dieser mittelmäßigen, selbst verschafften Lust zurückzukehren. Nachdem sie den ausgereiften, sexuell erfahrenen Jack gespürt hatte, lechzte alles in ihr nach den erstklassigen Erlebnissen inklusive zerwühlten Laken, heiseren Schreien und absoluter Überwältigung. So etwas bekam sie momentan eben nur bei Jack.

Belinda beendete ihr Telefonat und rief ihr eine Entschuldigung zu, während sie sich etwas notierte.

Harley tauchte aus ihrer Trance auf und lächelte über die Schulter hinweg in die Richtung ihrer erfahrenen Filialleiterin. Im Grunde brauchte sie überhaupt nicht hier zu sein. Ihr Geschäft lief wie eine gut geölte Maschine. Ihre Mitarbeiter waren kompetent und vertrauenswürdig, und sie alle kannten Harleys Prioritäten und ihre Schwächen.

Eigentlich lief das Geschäft eher noch besser, wenn Harley sich nicht einmischte. Sie hatte sehr schnell begriffen, dass sie Bestellungen, Rechnungswesen und Buchführung lieber anderen überließ. Kurz nach der Eröffnung dieser Filiale hatte sie Belinda in die Mittagspause geschickt und sich anschließend panisch im Hinterzimmer verstecken müssen, als eine Kundin darauf bestanden hatte, dass Harley ihr per Computer ein bestimmtes Kleid in ihrer Größe bestellte.

Sie vertraute ihrem Team ganz und gar, vielleicht mehr als gut war, doch dafür bezahlte sie die Leute auch anständig. Da ihr geliebtes Entwurfszimmer gleich über dem Geschäft war, kam sie regelmäßig in diese Boutique, um sich davon zu überzeugen, dass auch alles so war, wie ihre treue, wachsende Kundschaft es erwartete … luxuriös und sozialverträglich produziert. Fashion mit gutem Gewissen.

»Ich finde, wir sollten das hier ins Schaufenster hängen.« Sie holte ein schmales grünes Seidenkleid aus dem Regal und zog es aus der Schutzhülle. »Kombinieren wir es doch mit den beigefarbenen Wildlederpumps.«

Tabellen, Marketingstrategien und Schriftverkehr mochten sie vielleicht überfordern, doch sie verstand es, ein perfektes Outfit zusammenzustellen. Sie hatte einen Blick für Accessoires und die perfekte Kombination von unterschiedlichen Materialien.

Belinda nickte, doch ihr Blick wanderte jetzt zu jemandem, der gerade hinter Harley die Boutique betrat. Als Harley kurz nickte, ging Belinda nach vorn, um den Kunden zu begrüßen.

Harley hängte das Kleid an einen Haken vor dem Ankleideraum und bückte sich nach den Pumps, die sie zu diesem speziellen Kleid tragen würde. *Genau! Das könnte passen!* Dazu noch der Bolero aus Kunstpelz, um den Look zu vervollständigen. Perfekt für die Oper, das Theater oder …

Ihr Handy klingelte, und sie zog es aus der Handtasche. Resigniert ließ sie die Schultern sinken, als sie die Nachricht ihrer Assistentin las. Es war die Bestätigung der Verabredung zum Lunch mit einer Celebrity, die von Harleys Marke begeistert war und mit ihr über eine Promotion-Aktion reden wollte.

Noch enttäuschter war sie allerdings, als ihr bewusst wurde, dass sie Jack niemals ihre Nummer gegeben hatte.

»Erwartest du einen wichtigen Anruf?«

Warm strich ihr sein Atem über den Nacken, und die kleinen Härchen dort richteten sich sofort auf.

Harley zuckte zusammen, doch der Schreck ebbte sofort wieder ab, und es blieb nur ein Pochen in ihren aufgerichteten Nippeln übrig. Die unpassende Erregung verdankte sie ausschließlich dem Klang von Jacks Stimme.

Sie schloss die Augen, atmete tief durch und kämpfte gegen den Wunsch an, sich rücklings an seine breite Brust zu lehnen.

Mit nach außen hin unergründlicher Miene drehte sie sich langsam zu ihm um.

In dem Maßanzug sah er höllisch sexy aus! Die Wirkung des Anblicks war wie ein siedend heißer Blitzschlag in ihren Schoß. Sie schluckte schwer.

»Und du? Gehst du shoppen?« Sie ballte eine Hand an der Hüfte zur Faust. »Können wir dir vielleicht dabei helfen, etwas Passendes zu finden?« Es würde nichts nützen, wenn er merkte, welche Wirkung er auf ihren Körper hatte, doch das bedeutete nicht, dass sie Jacks Anblick nicht genießen konnte.

Schamlos ließ sie den Blick über ihn gleiten. Er trug einen Business-Anzug in Anthrazit und dazu ein blaues Hemd und eine gleichfarbige Krawatte.

Ich könnte die Filiale doch schließen, Belinda in eine verfrühte Lunchpause schicken und ihn überreden, den Maßanzug auszuziehen.

Sie hielt den Atem an, und wie als Antwort darauf musterte Jack sie jetzt ebenfalls von Kopf bis Fuß. *Bitte, lass ihn wegen Sex hier sein*, flehte sie innerlich. Ihr Slip wurde augenblicklich feucht, und die Begierde war wie ein Kloß in ihrem Bauch. Unkontrollierbar strömte ihr die Lust durch die Adern.

Eine Braue hochgezogen und den sündigen Mund zu einem Lächeln verzogen, neigte er den Kopf. »Schon möglich.« Er knöpfte langsam das Jackett auf, um mit einer Hand in die Hosentasche zu greifen. »Hast du Zeit für eine Tour durch dein Geschäft?«

Die Weste unter dem Jackett passte perfekt zu seinem Look. Schicht für Schicht wollte Harley ihn entblättern, um ihn endlich vollkommen nackt sehen zu können, und dann wollte sie eine sehr ausgiebige Tour starten ... über seinen gesamten wohlgeformten, sexy Männerkörper.

Er wartete und ließ sich nicht anmerken, ob er ihre Gedanken erraten konnte oder ihre Wünsche teilte. Sie wurde rot. *Wollte er sich wirklich ernsthaft Frauenbekleidung ansehen? Wollte er ihr nicht viel lieber im Hinterzimmer ihre Kleider vom Leib reißen?*

»Natürlich.« Sie stellte ihre Handtasche auf den Tresen, hinter dem Belinda sich gerade diskret auf den Computer konzentrierte. Ihr Herz raste jetzt nicht nur aus sexueller Vorfreude.

Ihr Geschäft war ihre ganze Leidenschaft und bedeutete ihr viel mehr als nur ein Job. *Würde Jack begreifen, was sie hier zu erreichen versuchte? Wie hart sie dafür gearbeitet hatte? Welche Hindernisse sie hatte überwinden müssen, damit ihr eigener Laden in der Fifth Avenue genug Profit abwarf, um die anderen Initiativen ins Leben rufen zu können, die ihr so wichtig waren?*

Er könnte bestimmt niemals nachvollziehen, was sie empfunden hatte, als sie zum ersten Mal mit eigenen

Händen etwas entworfen hatte. Damals hatte sie den ganzen Sommer bei ihrer Großmutter verbracht, die ihr geduldig das Nähen beigebracht hatte. Das erste Mal in ihrem Leben war Harley etwas leichtgefallen, während Lesen, Mathematik und Schreiben für sie immer so gewesen waren, als müsse sie auf einem kaputten Hüpfstab den Grand Canyon durchqueren.

Würde Jack sie verstehen oder es einfach abtun, so wie ihr Vater und Phil es getan hatten?

Sie räusperte sich und erwiderte seinen interessierten und eindringlichen Blick. »*Give* ist ein Concept Store.«

Er nickte und strich sich mit Daumen und Zeigefinger über das Grübchen in seinem Kinn.

Sie wich seinem Blick aus, denn wenn er jetzt abfällig reagierte, wollte sie es gar nicht mitbekommen. Sie ging zu einem Regal mit exklusiven Schuhen, die sie alle selbst entworfen hatte und im Inland hatte herstellen lassen. »Für jedes Paar Schuhe, das wir hier verkaufen, für jede Handtasche und jedes Kleidungsstück wandert der Profit in Form von Nahrung und Kleidung in Entwicklungsländer.«

Er runzelte die Stirn. »Der *gesamte* Profit?«

Sie nickte und hob das Kinn. Ja, die Kommentare dazu hatte sie alle schon gehört. *Verrückt, naiv, lächerlich.*

»Ich bekomme ein bescheidenes Gehalt, und das andere ist … Überschuss. Mit dem Rest, finde ich, sollte lieber etwas wirklich Gutes finanziert werden, als dass es ungenutzt auf der Bank liegt.« Ihr wurde heiß. *Warum war es ihr so wichtig, dass Jack ihr zustimmte?* »Ich habe keine Teilhaber, vor denen ich mich rechtfertigen muss. Dieser Store ist geleast, und ein Großteil der Geschäfte läuft online, daher habe ich auch kaum Verwaltungskosten.«

Sie ging weiter zum Make-up und spürte deutlich Jacks Nähe hinter sich. »Bei *Give* gibt es für Kosmetik keine grausamen Tierversuche, und verpackt werden die Sachen hier in New York von behinderten Erwachsenen.«

Sie sah ihm die Überraschung und Bewunderung an, und das machte sie stolz auf das, was sie sich so mühsam aufgebaut hatte und selbst nur zu selten genießen konnte. Viel zu lange hatte sie gegen ihre Schwächen angekämpft und nicht daran geglaubt, dass sie eines Tages aus der Zwangsjacke der Anforderungen ausbrechen und ihren Weg zum Erfolg selbst in den Griff bekommen konnte.

Jacks aufrichtiges Interesse tat ihr gut, deshalb wollte sie ihm unbedingt mehr erzählen.

»Sogar unsere Dessous-Kollektion trägt ihren Teil bei.« Sie strich an einem Kleiderständer über verspielte Spitze und Seide, ohne dabei den Blick von Jack abzuwenden. »Mit den Verkäufen unterstützen wir weltweite Initiativen für Frauenrechte.«

Jack sah, wie sie über den Spitzenbesatz eines pinkfarbenen Tangas strich. »Und du hast all das hier entworfen?« Er trat näher und sah sie so leidenschaftlich und durchdringend an, dass Harley sich unwillkürlich verstecken wollte.

Sie nickte und presste die Schenkel zusammen. Immer noch hielt sie den seidigen Tanga zwischen ihren Fingern.

In Jacks Nähe wurde ihr immer schwindlig, und die Luft kam ihr zu schwer zum Atmen vor. Harley brannte schon vor Sehnsucht, obwohl Jack sie noch nicht einmal berührt hatte.

Er nahm jetzt den Tanga vom Kleiderständer und hielt ihn zwischen Harley und sich in die Höhe. Sein Blick war durchdringend.

»Du bist wirklich sehr … talentiert.«

Es klang tief und verführerisch. Aus seinem Blick sprach feurige Lust.

Unwillkürlich malte er sich aus, dass Harley diesen Tanga tragen würde.

Herausfordernd neigte sie den Kopf zur Seite. Am liebsten wäre sie mit Jack in der nächsten Umkleide verschwunden, um jeden seiner Wünsche zu erfüllen. Dieses selbstgefällige Lächeln sollte aus seinem Gesicht verschwinden. Sie wollte in ihm dieselbe Lust wecken, die sie vor Kurzem durch ihn in ihrem Apartment erlebt hatte.

»Möchtest du auch mein Atelier sehen?« Sie hielt die Luft an. *Wieso hatte sie das nur gefragt?* Ihr Arbeitszimmer war nämlich ihr Heiligtum. Nur dort konnte sie ihre Kreativität voll entfalten. Nur dort glaubte sie an sich und ihre Fähigkeiten.

Er nickte und folgte ihr in den hinteren Bereich des Geschäfts, wo eine schmale Treppe nach oben führte. Den Tanga hielt er immer noch in seiner Hand.

Durch die bodentiefen Fenster wurde das Arbeitszimmer von Sonnenlicht durchflutet. Harley blickte sich um und versuchte, den Raum mit Jacks Augen zu sehen. Er wurde vor allem durch die beiden Schneidetische geprägt. An einer Wand hingen zahllose gezeichnete Entwürfe, und in jeder Ecke und in jedem Winkel lagen Stapel und Rollen von Stoffen.

»Ich arbeite gerade an meiner Frühjahrskollektion.« Sie deutete auf die Entwürfe und Zeichnungen auf einem der Tische. Während Jack die Zeichnungen musterte, zog Harley angespannt die Schultern hoch.

»Nähst du die Entwürfe auch selbst?« Er deutete auf eine Schneiderpuppe, an der ein noch nicht ganz fertiges Kleid im Kaftan-Look hing.

Harley nickte. »Aber nur die Entwürfe, um zu sehen, ob das Design auch so funktioniert, wie ich es mir vorgestellt habe.«

Die Wärme in seinem Blick ließ sie unwillkürlich erzittern.

Er räusperte sich und legte den Tanga zu den Entwürfen. »Ich bin wirklich beeindruckt, Harley.«

Ihr wurde noch heißer, und es gelang ihr kaum, sich nicht anmerken zu lassen, wie stolz sie dieses Lob machte. »Danke.«

Er lächelte, und zum ersten Mal sah sie in ihm wieder

sein jüngeres Ich, das sie damals immer so jungenhaft angelächelt hatte. Sie rang nach Luft. *Wie unbekümmert er damals gewesen war!* Bei dieser Erinnerung schmerzte ihr die Brust.

Fast wäre sie damit rausgeplatzt, wieso sie damals Schluss gemacht hatte, doch schnell biss sie sich auf die Lippe.

»Ich weiß noch, dass du früher ständig gezeichnet hast.«

Zum ersten Mal erwähnte einer von ihnen die Beziehung von damals, falls man es überhaupt so nennen konnte. Angespanntes Schweigen folgte darauf.

»Du hast großes Talent, und du hast hier etwas ganz Besonderes aufgebaut.«

Fast hätten ihr die Knie nachgegeben. Er konnte sich also tatsächlich noch daran erinnern, was damals als Teenager ihre Lieblingsbeschäftigung gewesen war, und dass er tatsächlich begriff, wie wichtig ihr *Give* war, machte sie sprachlos. *Sehnte sie sich etwa so verzweifelt nach Lob und der Bestätigung, dass ihre Vision keine Vergeudung von Zeit und Talent war?*

Er griff nun in sein Jackett und zog einen Umschlag hervor. »Da sind ein paar Dokumente, die du unterschreiben musst.«

Fassungslos sah sie ihn an. »Das Morris-Building?«

Er nickte. Sein brennend heißer Blick ließ sein Lächeln verblassen. Er beugte sich vor und gab sich gar nicht erst die Mühe, zu verheimlichen, wie begierig er Harleys Duft einsog. »Warte aber mit dem Öffnen, bis ich gegangen bin«, flüsterte er ihr zu.

Sie sah, wie er auf ihren Mund schaute. Bestimmt merkte er, wie atemlos sie war und dass sie vor Lust schon fast sabberte.

»Ich hoffe, du hast heute Abend Zeit?«

Ohne nachzudenken, nickte sie. Es war, als habe er einen Schalter in ihr umgelegt, mit dem er ihre Klitoris zum Kribbeln brachte.

Doch dann kam sie wieder zur Vernunft und presste die Lippen aufeinander. »Mist, das geht leider nicht. Ich muss zu einer Charity-Gala.« Ihre Lust erstarb so plötzlich, als sei sie in ein Eisbecken gesprungen. *Sehnte sie sich tatsächlich so verzweifelt nach Sex?*

Sie ging davon aus, dass er missbilligend darauf reagieren würde. Schließlich hatten sie dieses neue Arrangement, und sie lehnte gleich den ersten Termin ab, doch er fragte nur: »Wo denn?«

»Im Hammerstein Ballroom.« Die Enttäuschung war ihr deutlich anzuhören. Dieses gesellschaftliche Event war ihr bis gerade eben noch so wichtig gewesen, und jetzt würde sich jede Sekunde qualvoll in die Länge ziehen, weil Harley genau wusste, worauf sie deswegen verzichten musste. Aus Jacks Blick sprach jetzt ein verheißungsvolles Versprechen auf ein explosives Knistern. Sie wollte so gern wieder in seinen Händen zerfließen und vor Lust vergehen. Es gab schließlich schlimmere Arten, aus dieser Welt abzutreten.

»Was wirst du denn tragen?« Sein Blick wanderte von ihrem Kopf bis zu den Füßen hinab. Anerkennend nickte er. »Vielleicht etwas, das ein bisschen provozierender ist?«

Sofort war diese Glut in ihr wieder da, aber dieses Mal kribbelte es viel stärker. Das war aber nicht Jacks Schuld. Er konnte ja nicht ahnen, wie empfindlich sie reagierte, wenn man sie nach ihrem Aussehen beurteilte.

Sie war damals dreizehn Jahre alt gewesen, als ihr Vater sie einem Kollegen gegenüber als »die Hübsche« vorgestellt hatte. Wann immer er sie von da an selbstgefällig so bezeichnet hatte, hatte Harley an dieses erste Mal zurückdenken müssen, und es hatte sich wie tausend Nadelstiche angefühlt.

Sie schob sich näher an ihn heran und schlug Jack mit seinen eigenen verführerischen Waffen. Mit den Lippen strich sie an seinem Ohr entlang, und er rang nach Luft. Lächelnd genoss sie das Machtgefühl, das tief in ihr fast genauso sehr prickelte wie die Lust, die sie in Jacks Nähe ständig empfand.

»Gefällt es dir etwa nicht, wie ich mich anziehe?« In ihrer flüsternden Frage schwang ein Angriff mit.

Er richtete sich auf und umfasste ihre Hüften. »Ganz im Gegenteil.«

Übertrieben strahlend lächelte sie ihn an.

»Gut, denn ich ziehe mich immer so an, wie es *mir* gefällt. Ich bin keine Anziehpuppe.« Nur sehr selten trug sie ihre eigenen gewagten Designs. *Lieber professionell als sexy*, das war ihr Grundsatz, um ihrem Anspruch gerecht zu werden, nicht nach ihrem Äußeren beurteilt zu werden.

Eindringlich erwiderte er ihren Blick. »Habe ich da vielleicht einen Nerv getroffen?«

Sie wurde rot und senkte den Blick. »Hal fällt es leider schwer, zu akzeptieren, dass er auch eine Tochter ohne Harvard-Abschluss hat. Er versucht deshalb seit Ewigkeiten, mich wegen meiner Schwächen als das Gesicht von Jacob Holdings darzustellen.«

Die arme Harley hat zwar grauenhafte Zensuren, aber wenigstens hat sie noch ihre Schönheit.

Jack schluckte und biss die Zähne zusammen. »Du bist eine sehr schöne Frau, das lässt sich nicht verbergen, egal, was du anziehst.«

Sie zuckte mit den Schultern. Im Laufe der Jahre hatte ihr Vater oft versucht, sie dazu zu bringen, Teil der Werbekampagnen für Jacob Holdings zu werden. »Nein, aber ich bin dennoch mehr als nur mein Äußeres, genau wie du.«

Als sie ihrem Vater damals verkündet hatte, dass sie von einem Abschluss in Mode-Design träume, um irgendwann ihr eigenes Label gründen zu können, hatte er nicht einmal versucht, sein Missfallen zu verbergen. Sie hatte zwar damit gerechnet, dennoch hatte es sie tief getroffen.

Anerkennend nickte Jack und sah sie voller Respekt an. »So wie ich es sehe, sind deine Karriere und deine Vision bewundernswert.«

Sie zuckte mit den Schultern und trat einen Schritt zurück, um nicht so sehr seiner Nähe ausgesetzt zu sein, in der sie sich immer sehr verletzlich fühlte. Sie war stets entschlossen gewesen, ihren eigenen Weg zu gehen, ohne dass ihr Vater sie ständig mit ihren erfolgreichen Geschwistern verglich, dennoch fiel es ihr schwer, die Angewohnheit abzulegen, tagtäglich an sich selbst zu zweifeln.

Er trat näher, ohne sie zu berühren. Langsam neigte er den Kopf, bis Harley seinen Atem an ihrem Hals spürte. Sein männlicher Duft umgab sie nun.

»Was immer du heute Abend auch anziehst, ich werde es dir vom Leib reißen, bis ich deine perfekte kleine Pussy sehen kann. Mit Blicken werde ich den ganzen Abend lang Sex mit dir haben.« Er richtete sich wieder auf und sah sie leidenschaftlich an. »Deine teuren, edlen Dessous werde ich ebenfalls zerfetzen.«

Harley rang nach Luft. Er drohte ihrer Unterwäsche Gewalt an, und sie fand es erregend. Verdammt!

Sein Abschiedskuss auf ihrer Wange war züchtig. Er zwinkerte ihr zu, dann schlenderte er gelassen die Treppe hinunter.

Runde eins ging klar an Jack.

Während sie sich erholte und einen Racheplan schmiedete, kehrte sie lächelnd in das Geschäft zurück und suchte den pinkfarbenen Tanga, den er vorhin genommen hatte, in ihrer Größe heraus. Dazu wählte sie sich einen passenden trägerlosen BH.

»Belinda, bitte setzen Sie das hier auf mein Konto. Können Sie das Schaufenster auch ohne mich arrangieren?«

Ihre Filialleiterin nickte und packte die Dessous in ein Papier ein, auf dem das Logo von *Give* prangte.

Wenn Jack spielen will, dachte Harley, *dann spiele ich eben mit.*

6. Kapitel

Harley unterdrückte ein Gähnen und zwang sich dazu, sich auf den Mann zu konzentrieren, der sie gerade in Beschlag nahm. Der ältere Herr war ein Geschäftspartner ihres Vaters, und er erzählte ihr momentan, dass er sich noch an sie erinnern könnte, als sie mit Zöpfchen und Zahnspange herumgelaufen sei. Schon eine halbe Stunde lang hielt er einen Monolog darüber, wie toll es sei, mit Jacob Holdings Geschäfte zu machen.

Andere Gäste gesellten sich zu ihnen, doch der alte Mann zeigte keinerlei Anstalten, Harley entkommen zu lassen. Mit seinen schleimigen Lobeshymnen auf Jacob Holdings konnte er Harley allerdings nicht beeindrucken. Irgendwo musste doch Ash stecken, der das Familienbanner hochhielt!

Immer wieder sah Harley sich in dem prachtvoll geschmückten Hammerstein Ballroom um. Unter den hochgewölbten, reich verzierten, handbemalten Decken waren die Tische mit unzähligen Lichterketten geschmückt. Nachdem das wichtige Fundraising vorüber war und alle Anwesenden über die Probleme, die mit diesen Spenden gelindert werden sollten, informiert worden waren, harrte Harley lediglich noch länger auf der *Women for Women*-Gala aus, weil Jack versprochen hatte, er werde sich hier ebenfalls blicken lassen.

Würde er kommen? Oder war er vielleicht bereits hier? Alle paar Minuten liefen ihr Schauer über die nackten Schultern, so als ob Jack sie unentdeckt von irgendwo mustern würde. Sie unterdrückte ein Seufzen, als sie wieder eine Gänsehaut bekam. *Alles nur reines Wunschdenken!*

Seine Notiz, die er in derselben selbstsicheren Handschrift verfasst hatte, die sie noch von seinen damaligen Liebesbriefen kannte, die er ihr während der langen Monate zwischen den gemeinsamen Familienurlauben aus Frankreich geschickt hatte, ging ihr immer wieder durch den Kopf.

Jede Sekunde sehe ich dich nackt vor mir, bis wir uns wiedersehen. Sei dir darüber im Klaren, dass ich heute Abend mein bestes Spiel machen werde. Es wird von Mal zu Mal besser werden. J.

Ihr zitterten die Knie beim Gedanken daran, dass es noch besser werden könne als letztes Mal. Da hatte er es ihr so gründlich auf dem Tisch im Flur besorgt, dass sie danach kaum noch hatte laufen können.

Noch einmal suchte sie den Ballsaal nach seiner großen Gestalt im Maßanzug ab, die ihr bereits so vertraut war.

Sie sah erneut zu ihrem ermüdenden Gesprächspartner und verfluchte sich innerlich für ihre guten Manieren, die sie davon abhielten, den Mann einfach hier stehen zu lassen, um die oberen Ränge nach Jack abzusuchen.

Doch dann war er plötzlich da. Keine drei Meter entfernt von ihr.

Ihr stockte der Atem, und ihre Augen wurden feucht. Beim Anblick der kultivierten Männlichkeit, die er ausstrahlte, geriet alles in ihr sofort in Aufruhr.

Er schien gerade in einen Small Talk mit der Vorsitzenden von *Women for Women* vertieft zu sein. Als er in Harleys Richtung sah und ihren Blick durchdringend erwiderte, kam es ihr so vor, als würden Stromblitze zwischen ihnen hin- und herjagen. Ihr Puls fing hektisch an zu rasen, und die Hitze, die sie durchströmte, schien sie von innen heraus zu verbrennen.

Er hatte sich dem Anlass entsprechend gekleidet. Der schwarze Smoking stand ihm unglaublich gut und betonte das strahlende Blau seiner Augen nur noch mehr.

Das unauffällige Lächeln, das er ihr schenkte, war sexy und strahlte für Harley heller als die funkelnden Lichter auf den Tischen.

Sie wandte den Blick hastig ab und hoffte, dass man ihr nicht ansah, welche Erregung gerade in ihr tobte. Den alten Knaben hier würde sie bestimmt niemals wieder loswerden, wenn er ihre Aufregung falsch deutete.

Kurz darauf konnte sie sich jedoch endlich von dem Mann loseisen. Das Blut schoss ihr vor Vorfreude durch die Adern, doch Jack war nicht mehr an dem Fleck zu sehen, wo sie ihn gerade eben entdeckt hatte.

Ihre Vorfreude erstarb, und das Glitzern im Saal wirkte mit einem Mal gedämpfter. Sie reckte den Hals, um über die zahllosen Gäste hinwegsehen zu können.

»Harls, die große Fundraiserin!« Ash legte ihr einen Arm um die Taille und gab ihr einen Kuss auf die Wange.

Sie lächelte, aber sie war abgelenkt. Es fiel ihr schwer, ihrem Bruder in die Augen zu sehen und nicht weiter die Gästemenge nach dem Ziel ihrer Begierde abzusuchen.

»Wie schön du heute Abend aussiehst! Ist das eines von deinen?«

Ihr Bruder war ihr größter Fan. Jetzt betrachtete er fragend ihr Outfit. Das schulterfreie enge Kleid war bis zur halben Höhe des Schenkels geschlitzt.

Sie nickte und betrachtete ihrerseits ihren gut aussehenden Bruder. »Du siehst aber auch nicht schlecht aus. Bist du allein gekommen?« Meistens ließ Ash sich in der Öffentlichkeit in Begleitung irgendeiner Schönheit sehen. Die Affären hielten jedoch nie lange genug, als dass Harley diese Frauen nach ihren Karriereplänen oder politischen Ansichten befragen konnte. Seit Ash einmal tief verletzt worden war, hielt er es unkompliziert.

Er lächelte. »Ja, das bin ich. Wieso? Hast du vielleicht etwas Vielversprechendes für mich entdeckt?« Er sah sich neugierig um und musterte die Menge.

Leise lachend stieß Harley ihm den Ellbogen in die Seite.

Er zwinkerte und lächelte selbstbewusst. Auf diese Weise hatte er sich schon als Kind immer herausgewunden, wenn er etwas ausgefressen hatte.

Er schnappte sich ein Glas Champagner vom Tablett eines Kellners, und Harley seufzte auf, als der alte, geschwätzige Mann zurückkam und dieses Mal ihren Bruder in Beschlag nahm und ihn sofort als Jacob Junior begrüßte.

Harley wusste, dass ihr Bruder diesen Namen nicht ausstehen konnte. Sie wollte gerade gehen, als Ash sie am Arm festhielt und angespannt lächelnd in den Kreis der Unterhaltung zurückzog.

Da sie im Moment nicht fliehen konnte und da ihr Bruder zur Unterhaltung mit dem Langweiler gezwungen war, trank Harley etwas Champagner und suchte weiter unauffällig nach Jack.

Als sich ihre Blicke dieses Mal trafen, entschuldigte er sich bei seinen Gesprächspartnern und kam, ohne den Blick von Harley abzuwenden, auf sie zu.

Ihr Hals war plötzlich staubtrocken. Unwillkürlich kam sie ihm einen halben Schritt entgegen. Von einem Moment zum nächsten spürte sie das Seidenkleid überall auf ihrer Haut. All ihre Nervenenden waren erwacht, während sie versuchte, seinen verführerischen Blick selbstbewusst zu erwidern.

Wie gelang es ihm nur immer wieder, ihre Selbstbeherrschung so spielend leicht aus dem Gleichgewicht zu bringen? Er brauchte nur seine ausdrucksstarken Brauen zu heben oder ihr einen glutvollen Blick zuzuwerfen, und Harley hatte den Eindruck, er würde direkt ihr Lustzentrum ansprechen, das momentan einzig und allein auf ihn ausgerichtet war.

Sie schluckte und sah zu Ash hinüber, der immer noch in der Konversation feststeckte, aber sehr wohl zu spüren schien, dass sie flüchten wollte, denn er warf ihr einen warnenden Seitenblick zu.

Sie wartete ab, und die Vorfreude in ihr prickelte stärker als der Champagner in ihrem Glas. Sie strich sich über das Kleid und genoss das anerkennende Aufblitzen in Jacks Augen.

Bei der Auswahl des Outfits hatte sie an ihn gedacht. Sie trug die pinkfarbenen Dessous, die perfekt zu ihrer hellen Haut passten, und darüber ihr Lieblingskleid, das ihren Po perfekt zur Geltung brachte. Wenn er einen Röntgenblick besaß, so, wie er behauptete, dann bekam er im Moment eine Menge zu sehen.

Schließlich war er bei ihr angekommen. Er war der Inbegriff von Männlichkeit, perfekt gekleidet, und wie versprochen hatte er mit jedem Blick Sex mit ihr.

»Du siehst wunderschön aus«, flüsterte er dicht an ihrem Hals, als er sich vorbeugte und sie auf beide Wangen küsste, wie es in Frankreich üblich war.

Eine genussvolle Sekunde lang sog sie seinen Duft in sich auf. »Danke, das ist eines meiner Lieblingsstücke.« Sie deutete auf ihr Kleid.

»Meines auch. Schön und talentiert zugleich.«

Sein tiefer Tonfall war so leise und sinnlich, dass Harley sich, obwohl sie von lauter Menschen umgeben waren und Ash keinen Schritt von ihr entfernt stand, wie in einer sinnlichen Blase fühlte.

Sie lachte. »Dasselbe könnte ich auch über dich sagen.« Sie musterte seinen Smoking, der perfekt an den breiten Schultern und den schmalen Hüften anlag. »Italienisch?« Sie strich am Saum des Jacketts entlang und prüfte die winzigen Farbstreifen und den Schnitt.

Leise lachend schnalzte er tadelnd mit der Zunge. »Französisch. Ein aufstrebender Designer.« An der Taille zog er sie näher zu sich. »Wenn du magst, stelle ich ihn dir gern vor, wenn du das nächste Mal in Paris bist.«

Wieder beugte er den Kopf dicht zu ihrem Ohr, sodass niemand sonst mithören konnte, was er sagte. »Bist du schon feucht? Träumst du den ganzen Nachmittag von dem Orgasmus, den ich dir gleich bescheren werde?«

Sie schwankte leicht zu ihm und richtete sich erst in dem Moment wieder auf, als sie kurz davor war, an seiner breiten Brust zu lehnen und von ihm umarmt zu werden.

Betont unschuldig sah sie zu ihm hoch. »Vielleicht konnte ich es ja nicht mehr abwarten und habe mich selbst um die Erfüllung meiner Sehnsüchte gekümmert.«

Anstatt schockiert zu reagieren, lachte er nur und schüttelte belustigt den Kopf. »Gut, denn bei Orgasmen macht Übung den Meister.«

Woher wollte er das denn wissen? War er in seiner Freizeit vielleicht so eine Art Sex-Guru? Spielte das für sie überhaupt eine Rolle? Hauptsache, sie erntete die Früchte seiner reichen Erfahrung.

Jemand trat nun dicht zu ihnen, und sofort erlosch das Prickeln zwischen ihr und Jack.

Ash lächelte unbekümmert, als würde er die Anspannung gar nicht bemerken. »Will meine Schwester Sie etwa zu einer Spende überreden? Sie kann wirklich sehr beharrlich sein, wenn es um Dinge geht, die ihr wichtig sind. Das nur als kleine Vorwarnung.«

Harley neigte den Kopf, damit niemand bemerkte, dass sie rot geworden war. Von Jack wollte sie eine Menge, aber wenn sie ihn jetzt ansah, würde Ash sofort bemerken, was genau sie sich von Jack erhoffte.

Ihr Bruder musterte Jack gründlich und streckte ihm dann die Hand zur Begrüßung entgegen. Sein Lächeln erstarb etwas, als er versuchte, den anderen Mann einzuordnen.

Verdammt! Mit dieser Möglichkeit hatte sie überhaupt nicht gerechnet.

»Ich freue mich immer, eine gute Sache zu unterstützen«, erwiderte Jack. »Besonders, wenn es um etwas geht, das Harley wichtig ist.« Er schüttelte Ash die Hand und reckte die Brust vor, wie Männer es stets beim wortlosen Kräftemessen taten.

Schweigend sah Harley zu Ash, um herauszufinden, ob er Jack erkannt hatte. Sie schluckte und sah von einem der beiden Männer zum anderen. Sie brachte kein Wort mehr heraus. Sie wusste selbst nicht, wie sie das bezeichnen sollte, was Jack und sie verband, und ihr graute davor, von Ash kritisiert zu werden.

Jack warf schnell eine Rettungsleine aus. »Jack Demont. Ash Jacob, richtig?«

Harley erwachte aus ihrer Trance. Unwillkürlich umklammerte sie Jacks Arm, während sie erklärend hinzufügte: »Jack ist Bauunternehmer und Architekt. Weißt du noch? Ich will doch das Morris-Building kaufen.«

Ash nickte. In seinem Gehirn arbeitete es fieberhaft, und dann traf ihn plötzlich die Erkenntnis. Er sah zuerst zu Jack und dann zu Harley.

Sie ließ die Hand sinken, doch Jack trat noch näher zu ihr und legte ihr besitzergreifend einen Arm um die Hüften.

»Du kannst dich sicher noch an mich erinnern. Ich bin der Sohn von Joe Lane.« Er hob den Kopf und sah ihren Bruder durchdringend an. Was nun folgte, war der typisch männliche Wettbewerb, in dem beide Männer sich anstarrten und gegenseitig abschätzten. Sie lächelten, ohne etwas preiszugeben.

Auch Harley wich nicht zurück, obwohl sie gern das Testosteron, das gerade in der Luft lag, weggewedelt hätte. Jahrelang hatte sie versucht, in das Schablonenmuster der Jacobs zu passen. Mittlerweile wünschte sie sich, dass es ihr egal wäre, was ihre Familie von ihren Entscheidungen hielt.

Wenn sie die Enttäuschung in den Blicken ihres Vaters gesehen hatte, hatte sie ihre Dyslexie so sehr gehasst, und auch dann, wenn er sie mit ihren Überflieger-Geschwistern verglichen hatte. Als Folge davon hatte sie sich schließlich ihren eigenen Weg gesucht.

Heute tat sie, was ihr gefiel und worin sie gut war. Nur indem sie sich an ihren eigenen Ansprüchen maß, konnte sie zumindest einen Teil ihres Selbstwertgefühls zurückgewinnen.

Aber ihre Selbstzweifel saßen dennoch tief. Ihr schmerzten die Schultern, so schwer fiel es ihr gerade, aufrecht zu stehen und Rückgrat zu zeigen. Zumindest musste sie Ash zugestehen, dass er seine Gedanken hinter einem schwachen, aber höflichen Lächeln verbarg.

»Natürlich. Es ist aber schon wirklich lange her. Dann lebst du jetzt auch in New York?«

Harley verlor den Mut. Diesen Blick kannte sie genau. Ihr stand ganz offensichtlich eine Abrechnung bevor.

Sie erstarrte innerlich, als ihr ein weiterer Gedanke kam. *Hatte Ash vielleicht den wahren Grund herausgefunden, warum damals der Deal zwischen den Lanes und den Jacobs geplatzt war?* Schließlich arbeitete er jeden Tag mit Hal zusammen. *Würde er es jetzt erwähnen und in diesem Macho-Wettstreit in die Konversation einwerfen?*

Jack hob das Kinn. »Zeitweise. Ich habe hier erst kürzlich ein eigenes Büro eröffnet. Allerdings leite ich meine Geschäfte hauptsächlich von Paris und London aus.«

»Und ihr zwei seid …« Ash deutete auf Harley und ihn.

»Wir …« Harley verstummte wieder. *Was sollte sie ihrem Bruder denn bloß sagen?*

Wir haben den besten Sex meines Lebens? Ich habe Jack bei einem Kaffee einen unmoralischen Vorschlag gemacht? Bevor diese Nacht endet, werde ich seinen Namen hoffentlich so laut herausschreien, dass du in dem Apartment über mir davon wach wirst? Nein, ich habe ihm nichts über Dads Affäre mit seiner Mutter erzählt, also halte gefälligst ebenfalls den Mund!

Ihr zog sich augenblicklich der Magen zusammen.

»Ich war begeistert, als ich erfahren habe, dass Harley an einem Gebäude interessiert ist, das ich verkaufe, umso mehr, nachdem sie mir erklärt hat, was sie mit dem Morris-Building vorhat.«

Abrupt sah sie zu ihm auf. Ihr Herz raste, doch ihre Angst ebbte ab. Jack warf ihr einen Seitenblick zu, zwinkerte, und verstärkte den Griff an ihrer Taille.

Ein warmes Gefühl durchströmte sie bis in den Schoß.

Als Jack kurz zur Bühne hinübersah, wo die Band sich gerade nach einer Pause wieder aufstellte, warf Ash Harley einen Blick zu.

Doch sie schüttelte nur den Kopf und wandte den Blick ab. Sie wusste genau, was sie tat … sie erkundete diese intensive sexuelle Anziehung. Es ging niemanden außer sie etwas an, mit wem sie es trieb. Schon gar nicht ihren Bruder und erst recht nicht ihren Vater. Außerdem war das zwischen Jack und ihr nichts Ernstes. Daher brauchte auch niemand die alten Geschichten von damals wieder aufzukochen.

»Dann seid ihr zwei also …?« Ash beendete die Frage nicht.

Harley warf ihm einen *Halt-den-Mund-Blick* zu, doch das unausgesprochene Ende der Frage hing dennoch in der Luft.

Was tust du da? Dad wird ausflippen, wenn er davon erfährt.

»Ich wollte deine Schwester gerade fragen, ob sie mit mir tanzt.« Mit dem Kopf deutete Jack zur Tanzfläche hinüber. Ein gemeinsamer Tanz war schließlich gesellschaftlich akzeptabel für zwei alte Freunde, die sich erst kürzlich wiedergetroffen hatten. »Sollen wir?«

Harley nickte. Sofort fühlte sie sich innerlich viel leichter. Ihren Abschiedskuss auf Ashs Wange begleitete sie mit einem entschuldigenden Druck an seinem Unterarm. Zum Glück behielt ihr Bruder dieses eine Mal für sich, was er von all dem hielt.

Manchmal war sie es so leid, das Baby in der Familie zu sein. Es war egal, wie alt oder erfolgreich sie war, diese Rolle wurde sie offenbar niemals los, dabei war sie lediglich sieben Minuten jünger als ihre Zwillingsschwester. Aber den hohen Ansprüchen ihrer Familie würde sie dennoch niemals genügen.

Die Tatsache, dass nur sie allein von Hals Seitensprung wusste, machte ihr immer noch zu schaffen, aber sie verdrängte den Gedanken daran, um Jacks Gesellschaft zu genießen, ohne sich dabei von ihrer Familie beeinflussen zu lassen.

Harley schmiegte sich in seine Umarmung. Sie war dankbar, dass er sich so sicher bewegte und sie unter den zahllosen Lämpchen so fest an der Hand und an der Taille hielt. In seiner Miene konnte sie keinerlei Verärgerung und keinen bösen Willen entdecken.

Außerdem verheimlichte er sein Interesse an ihr nicht. Ganz offensichtlich wollte er genau dort weitermachen, wo sie durch Ash unterbrochen worden waren. Anscheinend war es ihm absolut gleichgültig, was ihr Bruder von ihm hielt.

Wenn sie doch nur auch so gelassen sein könnte!

»Erzähl mir doch mal von diesem Orgasmus.«

Sein Themenwechsel kam so abrupt, dass Harley die Halswirbel knackten, als sie den Kopf hochriss und ihm in die vielsagend lächelnden Augen blickte.

Schnell sah sie sich um. Alle um sie herum tanzten. Niemand schien es gehört zu haben.

Tief und leise lachte er, und Harley spürte diese Vibration bis in ihre Nippel.

»Du hast doch damit angefangen, ma belle.« Er leckte sich die Unterlippe und drückte seine Erektion an ihren Bauch, während er Harley unanständig eng an sich zog. Mit den Lippen streifte er ihr Ohr. »Hast du wenigstens an mich gedacht, als du dich selbst gestreichelt hast?«

Es war sinnlos, es zu leugnen. Wenn er auch nur die

geringste Beobachtungsgabe hatte, dann fiel ihm auf, wie schnell ihr Herz an seiner Brust schlug, und wie sich ihr Hals rötete, den ihr schulterfreies Kleid nicht bedeckte.

Sie hob das Gesicht und erwiderte seinen Blick. »Ja.«

Triumphierend verstärkte sich sein Lächeln, als habe er mit nichts anderem gerechnet. »Und? Wie war es?«

Vorhersehbar, dumpf und lau.

»Gerade richtig, danke der Nachfrage.« Jacks Ego brauchte nicht noch mehr zusätzliche Bestätigung.

Unerschüttert lächelnd, hörte er auf zu tanzen, packte Harley noch enger und presste sie an sich, während er ihr eindringlich in die Augen sah. »Darf ich meine Nummer in deinem Handy einspeichern?«

Alles in ihr wurde daraufhin weich und warm. So, wie er die Frage stellte, klang er wie ein altmodischer Ritter, der höflich um einen Gefallen bittet.

»Wieso denn?« Sie unterdrückte ein Lächeln, zog ihr Handy aber aus der Handtasche und reichte es ihm. Ihr Pulsschlag flatterte rasend schnell.

Vielsagend lächelte er sie an und tippte seine Kontaktdaten mit einer Hand ein, während er Harley mit dem anderen Arm weiterhin festhielt. Als er ihr das Handy zurückreichte, tanzte er langsam weiter. »Wenn du das nächste Mal diesen … Drang verspürst, dann ruf mich bitte an. Ein bisschen Telefonsex könnte das Ganze bestimmt noch aufpeppen. Ich mache dann auch mit.« Leidenschaftlich sah er sie an. Seine Lippen zuckten. »Wir können uns dann gegenseitig zum Kommen bringen.«

Sex mit Jack würde wohl niemals gewöhnlich sein, auch nicht am Telefon, und was seine Höflichkeit betraf, hatte sie sich anscheinend geirrt. Er war höchstens ein Raubritter.

Schon bei der Erinnerung an die Nummer auf dem Tisch im Flur zog sich in ihr alles lustvoll zusammen. Bei der Vorstellung, wie er sich selbst streichelte, während sie dasselbe tat, und wie sie sich gegenseitig mit Dirty-Talk anstachelten, wurde ihr ganz schwindlig. *Würde Jack auf dem Höhepunkt wieder in seine Muttersprache verfallen und französisch reden?*

Als er seufzte, strich sein warmer Atem an ihrem Hals entlang. »Wenn ich mir allerdings vorstelle, wie du dich selbst berührst … Für diesen Anblick würde ich weite Wege auf mich nehmen.«

Bei seinem Blick erzitterte sie vor Vorfreude und urplötzlicher Erregung.

Wie schaffte er das bloß? Nur ein paar Worte und ein intensiver Blick, und sie verging bereits vor Lust.

Doch dann bekam sein Blick etwas Teuflisches. »Also, was ist? Kommst du noch mit zu mir nach Hause, oder hattest du heute schon genug Befriedigung?«

Sie erzitterte. *Würde sie jemals genug von seiner meisterhaften Verführung bekommen?* Er hatte ihre Erwartungsfreude so sehr angestachelt, dass sie bestimmt auf der Stelle einen Orgasmus bekommen würde, wenn er sie intensiver berührte.

Sie presste die Lippen aufeinander und ließ sich nichts

anmerken. »Kommt darauf an. Wird es sich denn für mich lohnen? Du hast schließlich gesagt, es wird immer besser.«

Selbstsicher nickte er, senkte den Kopf und berührte sie mit den Lippen am Ohr. »Ich habe da noch ein paar Asse im Ärmel.«

Bei diesen Worten rasten ihr sinnliche Schauer über den Rücken. Lächelnd berührte sie den teuren Manschettenknopf an seinem Handgelenk. »Dann mache ich den hier mal lieber auf, um mir diese Asse genauer anzusehen. Schließlich ist mir Großes versprochen worden.«

In dem Moment, in dem Harley Jacks Apartment betrat, verwandelte sich sein Begehren in brennende Entschlossenheit. Seit er erwachsen war, kämpfte er tagtäglich darum, das zu bekommen, was er wollte. Im Moment hatte er aber nur ein einziges Ziel: Er wollte Harley nackt sehen, damit er ihr diese Entschlossenheit immer und immer wieder beweisen konnte, bis er sie hundertprozentig davon überzeugt hatte.

Ganz bewusst hatte er im Auto die Finger bei sich behalten, um die Erwartungsfreude noch mehr anzuheizen. Am Ende hatte sein ganzer Körper gekribbelt, und jeder seiner Muskeln war angespannt gewesen, so sehr hatte er sich danach gesehnt, sie zu berühren, aber das qualvolle Warten würde sich am Ende für sie beide lohnen.

Seit er sie in ihrer Filiale besucht und dort mit eigenen Augen erlebt hatte, welche Leidenschaft sie für ihren Job empfand, hatte er ständig an sie denken müssen. Dabei war es ihm aber seltsamerweise gar nicht darum gegangen, was sie nachts trug oder wie sie nackt ausgestreckt auf seinem Bett aussehen würde oder auf dem Fußboden oder irgendwo sonst, wo sie letztlich übereinander herfielen.

Immer wieder hatte er vor seinem inneren Auge gesehen, wie sie sich ihm geöffnet hatte. Sie hatte ihm ihr Atelier und ihre Entwürfe gezeigt. Selbst ihre Verletzlichkeit wegen der grausamen Bemerkungen ihres Vaters hatte sie ihm anvertraut.

Schnell verdrängte Jack diese Gedanken, bevor er dadurch noch etwas zerstörte. *Es geht dich nichts an*, sagte er sich. *Heute Nacht geht es nur um Lust.*

»Gibt es irgendetwas, wonach du dich sehnst? Abgesehen davon, mich zwischen deinen perfekten Schenkeln zu spüren?« Er trat näher, während sie sich in seinem gedämpft beleuchteten Apartment umblickte. Seine Stimme war ein heiseres Flüstern, teils absichtlich, weil er das leise Zittern an ihr genoss, teils, weil seine eigene Lust ihm die Luft zum Atmen raubte.

Dies hier ist nur ein Spiel … ein körperliches Spiel. Immer wieder musste er sich das ins Gedächtnis rufen.

Harley schüttelte den Kopf.

Ihr warmer Duft umfing ihn, und er nahm den Hauch ihrer Erregung wahr, den sie nicht vor ihm verbergen konnte.

Mit beiden Händen strich er ihr über ihre Hüften und

drückte die Fingerspitzen in die kleinen Vertiefungen dort.

Auf der Gala war er bereits mehr als eine halbe Stunde gewesen, ehe Harley ihn entdeckt hatte. Wie eine Raubkatze hatte er sie umkreist und auf den perfekten Moment zum Angriff gewartet. Doch er hatte sich beherrscht und sie von Weitem beobachtet. Damit hatte er sich selbst gequält und seine Lust auf sie noch gesteigert. Er hatte sich danach gesehnt, ihre zarte helle Haut zu berühren, die im Schein der Lichterketten sanft schimmerte.

Doch jetzt hatte er sie endlich ganz für sich. Die ganze Nacht lang konnte er sie nun genießen.

Aber zuerst musste er noch sein Versprechen erfüllen. Beim ersten Mal würde es ausschließlich um Harley gehen, er hatte ihr schließlich einen sagenhaften Orgasmus angekündigt.

»Komm.« Er schob sie nach vorn in Richtung seines Schlafzimmers. Mit einer Hand umfasste er ihre Hände, um sich sicher zu sein, dass sie dicht bei ihm blieb.

Er schaltete die Nachttischlampen ein, und der maskulin eingerichtete Raum wurde daraufhin in ein warmes Licht getaucht.

Jack ließ Harleys Hand los, lockerte die Krawatte und öffnete den obersten Hemdknopf.

»Zeig mir, was sich unter diesem Kleid verbirgt.« Sein Blick glitt langsam über die rosa Seide hinab zu ihren Zehen, die in den Peeptoes zu sehen waren. Schon als sie aus dem Auto gestiegen war, waren ihm diese sexy High Heels sofort aufgefallen.

Er fragte sich, wie ein Mann Harleys Selbstzweifel bestärken konnte. Welcher Mann würde sie daran zweifeln lassen, was für ein wertvoller Mensch und was für eine wertvolle Frau sie war?

Und was für ein Mann verführte eine Frau, nur um seinen Rachedurst zu stillen?

Schwer atmend konzentrierte er sich wieder ganz auf Harley. Dies war die Nacht, die er geplant hatte. Es sollte dabei nur um ihre Lust und seine gehen. Wenn er jetzt an sich selbst zweifelte, würde das nur zu Unsicherheit führen, und Jack war niemals unsicher.

Sie hob das Gesicht. Leidenschaft und Trotz spiegelten sich in ihren ausdrucksstarken Augen. »Gefällt dir das Kleid etwa nicht? Pech für dich. Ich ziehe nur das an, worin ich mir selbst gefalle. Entweder willst du mich so oder gar nicht.«

Er merkte ihr an, wie empfindlich sie in diesem Punkt war. Die hellen goldfarbenen Flecken in ihren Augen verblassten leicht. »Das steht vollkommen außer Frage.«

Er ergriff ihre Hand und drückte sie sich vorn an die Hose an seine stahlharte Erektion. Er war schon den Großteil des Abends erregt. »Du bist eine erotische Frau, die weiß, was sie will, und die es sich auch nimmt. Deine Haut ist zart und an genau den richtigen Stellen rosig. Ob du unter diesem Kleid nackt bist oder in den aufregendsten Dessous steckst, es wird mich so oder so verrückt machen, bis ich dich berühren und schmecken kann.« Er ließ die Hände sinken und ballte sie ungeduldig zu Fäusten, dann wartete er.

Leise seufzend warf sie ihm einen Blick zu, bei dem ihm heiße Lust bis in die Hoden schoss. Unendlich langsam zog sie den seitlichen Reißverschluss an ihrem Kleid herunter und wand sich daraus hervor, bis der Stoff zu ihren Füßen lag.

Jack hatte sich nicht geirrt. Es war tatsächlich die reinste Folter.

Die sinnlichen Kurven ihres durchtrainierten Körpers machten sie zu einer Vollblutfrau. Ihre Dessous hatten denselben Pinkton wie ihr Kleid und waren fast durchsichtig. *Hatte er diese speziellen Dessous nicht erst heute Nachmittag in ihrem Store berührt?*

Ihre rosigen Nippel drückten sich gegen den zarten Stoff des trägerlosen BHs und schienen sich Jack förmlich entgegenzurecken.

Ihm lief das Wasser im Mund zusammen. Unwillkürlich dachte er an den köstlichen Geschmack von Harleys Lust.

Der schmale Streifen blonder Härchen war durch den hauchdünnen Slip gerade noch sichtbar. Sie drehte sich zur Seite, um ihr Kleid über einen Sessel zu legen, und Jacks Blick hing wie gefesselt an ihrem fantastischen Po. Der hoch ausgeschnittene Tanga betonte die cremehellen Pobacken und verschwand aufreizend in der Ritze dazwischen.

»Warte.«

Schnell streifte er sich das Jackett ab, nahm das Kleid und legte beides auf die Ottomane am Fuß seines Bettes. »Wieso setzt du dich denn nicht?« Er deutete auf einen breiten Sessel, der dekadent gepolstert und sehr bequem war. Perfekt geeignet für das, was Jack vorhatte.

Lächelnd neigte sie den Kopf zur Seite und zog sich die Haarnadeln aus der Hochsteckfrisur. Die Strähnen fielen ihr locker über die Schultern bis zu den aufgerichteten Nippeln ihrer Brüste hinab, die sich hoben, als Harley sich durch das Haar strich.

Für Jack sah es aus wie ein Geschenk der Götter.

Fuck, ich bin ihr vollkommen ausgeliefert!

Er unterdrückte ein Stöhnen. Sein Glied presste sich gegen die Anzugshose. Er öffnete den Gürtel und den Hosenknopf. Schnell zog er sich das Hemd aus und nahm Harley die Haarnadeln ab, die er zusammen mit seinen Manschettenknöpfen auf eine Kommode legte.

Als er sich umdrehte, hatte Harley sich auf den Sessel gesetzt. Wachsam sah sie ihn aus ihren klaren Augen an. Ihre Wangen waren so rot wie ihre Nippel und die Lippen zwischen ihren Schenkeln.

Brennend vor Ungeduld streifte Jack sich die Schuhe und die Socken ab. *Harley ist das Warten wert*, sagte er sich, *wer wüsste das besser als ich? Neun Jahre war es her, seit sie als Teenager gemeinsam den ersten Schritt gewagt hatten. Harley war wie ein Hauptgewinn für das Warten.*

Auf ihrem Tisch im Flur hatte sie sich ihm ganz und gar

hingegeben. Jack war in ihr gewesen und hatte gespürt, wie sie sich angespannt hatte, als sie gekommen war, während sie sich dabei in die eigenen Nippel gekniffen hatte. Sie war wie eine wahr gewordene Männerfantasie.

Aber wie üblich hatte Jack die absolute Kontrolle über seine Lust, und er war bereit, Harley über die Grenzen ihrer Selbstbeherrschung hinauszuführen. *Wie scharf war sie auf ihn? Wie weit würde sie für ihren Orgasmus gehen?* Das würden sie beide bald herausfinden.

Er sank auf die Knie. Mit beiden Händen spreizte er ihr die Schenkel. Sie leistete keinerlei Widerstand. Er hob erst einen ihrer Füße an und zog ihr den Schuh aus. Sanft küsste er sie auf den Knöchel, dann streifte er ihr genauso zärtlich den zweiten Schuh ab.

Sie beobachtete jede seiner Bewegungen ganz genau. Ihre Augen schienen von innen heraus zu strahlen. Mit jedem flachen Atemzug hob und senkte sich ihre Brust. Ihre dunklen und erregten Nippel waren jetzt doppelt so groß wie zu dem Zeitpunkt, als sie ihr Kleid ausgezogen hatte.

Jack lief das Wasser im Mund zusammen. »Heb den Po, Chérie. Finden wir heraus, ob dein Geschmack noch immer so köstlich ist wie in meiner Erinnerung.«

Verdammt, er liebte es, wie sie am ganzen Körper errötete, wenn er so offen zu ihr sprach, und wie willig sie war! Selbst wenn sie einen Moment lang empört oder verärgert war, gab sie sich ihm vollständig hin. Das war einfach unbeschreiblich!

Harley umklammerte die Sessellehnen. Ihre pinkfarbenen Fingernägel gruben sich in den Stoff hinein, als sie sich zurücklehnte und Jack jeden Wunsch gewährte.

Er streifte ihr jetzt den zarten Tanga über die Schenkel hinunter. Unter der glatten Haut bebten die Muskeln und verrieten ihm, dass in Harley dasselbe wilde, verzehrende Verlangen tobte wie in ihm.

Sobald er ihr den Slip von den Füßen gezogen hatte, hielt er ihn hoch und ließ ihn aufreizend um einen Finger kreisen. Der Duft ihrer Erregung traf ihn wie ein Schlag auf die Brust. Er biss die Zähne zusammen und kämpfte gegen den Drang an, es viel schneller als geplant zu beenden. *Hier geht es ausschließlich um ihre Lust!* rief er sich ins Gedächtnis.

»Der ist wohl ruiniert.« Tadelnd schnalzte er mit der Zunge.

Harley zuckte nur mit den Schultern und warf einen kurzen Seitenblick auf das Stück pinkfarbener Spitze. Am Hals errötete sie noch stärker. »Das ist nur deine Schuld.«

Triumphierend nickte er. »Nimm meine Entschuldigung an. Ich werde ihn dir ersetzen.« Achtlos warf er den Tanga zur Seite. Begehrlich schweifte sein Blick über die feuchten Lippen zwischen ihren Schenkeln. Unwillkürlich leckte er sich die Lippen und sah Harley in die Augen.

Langsam hob er erst ihr eines, dann das andere Bein an und spreizte es über die breiten, gepolsterten Sessellehnen.

Harley lag nun geöffnet vor ihm, und nichts hinderte ihn mehr daran, alles von ihr eingehend zu betrachten.

Zwanzig Minuten, dann würde sie ihn entweder hassen oder um mehr anflehen. Das Blut schoss ihm voll neuer Energie durch die Adern. Sein Entschluss stand fest.

»Was für ein wunderschöner Anblick.« Ungehemmt ließ er den Blick langsam von ihrem Schoß zu ihren Augen wandern. Fast zögernd erwiderte er ihren lustverklärten Blick. »Deine Pussy ist wirklich fantastisch.«

Harley schnappte nach Luft. *Lag es an Jacks Direktheit oder an der sanften Berührung, als er mit einem Finger über ihre Klitoris strich?*

Der Steinzeitmensch in ihm genoss es natürlich, sie so zu schockieren. »Bevorzugst du es Französisch? *La chatte?*« Wieder strich er ihr über die erregte Knospe.

Ihre Pupillen weiteten sich. »Du bist unfassbar versaut.«

Leise lachend hob er die Schultern. »Oui, und ich werde jede Sekunde davon genießen.« Er beugte sich vor und küsste die Innenseiten ihrer hellen Schenkel. Keinen Augenblick lang unterbrach er dabei den Blickkontakt. »Und du auch, hoffe ich.«

Das Warten hatte endlich ein Ende, die spannende Vorfreude war ausgereizt.

Mit beiden Händen umfasste er ihre Schenkel. Wenn er jetzt nicht endlich schmeckte, was sich ihm darbot, würde er noch den Verstand verlieren.

Als Harley mit einer Hand über ihren Bauch strich und ihre perfekt manikürten Finger langsam zu einem umgedrehten V an ihrem Schoß formte, verlor er tatsächlich den letzten klaren Gedanken. Sie spreizte ihre Lippen und ließ Jack auf diese Weise alles sehen.

Tief aufstöhnend kniete er nun mit offenem Mund vor ihr.

Das war ein Angebot und eine Einladung.

Fuck! Er kam schon jetzt fast in seiner Hose! Das hier war das Erregendste, was er jemals gesehen hatte. Diese Frau war zum Sex geboren. Sie war ungehemmt, natürlich und einfach perfekt.

Mit seinem Aufstöhnen verriet er seine verzweifelte Lust. Anschließend beugte er sich vor, schob ihre Hand zur Seite und versank zwischen ihren Schenkeln. Er presste den Mund auf ihre feucht glänzenden Lippen, und ihr Geschmack füllte sofort all seine Sinne aus.

Sein Glied zuckte freudig. Er ergriff ihre Schenkel noch fester und hielt sie weit gespreizt.

Harley entspannte sich und kostete es mit allen Sinnen aus, seine Zunge an ihrer empfindsamsten Stelle zu spüren.

Ihre Position mit den weit gespreizten Schenkeln auf dem Sessel ließ ihn jede kleinste Reaktion von ihr mitbekommen ... jeder unterdrückte Aufschrei, jedes erregte Stöhnen, jeder ekstatische Ausdruck auf ihrem schönen Gesicht.

Sie packte seinen Kopf und versuchte, den Winkel zu kontrollieren, in dem er den Mund auf sie presste und tief mit der Zunge in sie eindrang.

Jack fügte sich und steigerte ihre Lust, bis ihre Schenkel an seinem Gesicht erzitterten und Harley bei jedem stoßweisen Ausatmen ungehemmt stöhnte.

Dann hörte er abrupt auf.

Frustriert schrie sie auf und reckte den Hals.

Bei dem gequälten Laut bekam er sofort einen Kloß im Magen. Trotzdem richtete er sich etwas auf und blies ihr kühlend über die vor Erregung bebende Scham.

Wortlos ignorierte er den berauschten Ausdruck auf ihrem Gesicht und gab ihr zu verstehen, sich aufzusetzen, damit er ihr den BH ausziehen und zur Seite werfen konnte.

Er wollte unbedingt alles von ihr sehen, jede Stelle ihrer cremeweißen Haut, jede Sommersprosse und Narbe und jeden verständnislosen, kühlen oder wütenden Blick von ihr.

Ihre grünen Augen sahen ihn fragend an. Allmählich beruhigte sich ihr Atem wieder.

Jack wandte den Blick ab. Als Trost dafür, dass er aufgehört hatte, saugte er nun begehrlich an ihren Nippeln, bis Harley wieder atemlos keuchte.

Langsam glitt sie mit einer Hand zwischen ihren Brüsten hinab auf ihre Klitoris zu, doch Jack hielt sie am Handgelenk fest, hob die Hand zu seinem Mund und küsste sie sanft auf jede Fingerkuppe. »Geduld, Chérie.«

Es dauerte nicht lange, bis Harley leise zu fluchen begann. Jacks Hoden zogen sich zusammen, als er den Trotz in ihrem feurigen Blick erkannte. *Gut für dich*, dachte er.

»Also …« Er leckte sich die Lippen. Immer noch hielt er ihrem lustvollen Blick stand. »Wo waren wir stehen geblieben?«

Bevor sie auch nur seufzen konnte, senkte er den Kopf wieder hinab. Dieses Mal richtete ihre Klitoris sich augenblicklich auf, und die Knospe reckte sich seinen Lippen und seiner Zunge entgegen.

Jack leckte und saugte hingebungsvoll. Er musste lächeln, als Harley schockiert fluchte. Ihr Lustschrei klang fast triumphierend, als sie seinen Kopf erneut umfasste.

Dieses Mal gab sie sich nicht so willenlos hin. Sie schob Jack die Schenkel über die Schultern, drückte ihm die Hacken in den Rücken und drängte ihn so näher zu sich. Es gab nichts, worauf Jack sich lieber eingelassen hätte.

Im Moment zumindest.

Harley stöhnte ihre Lust laut hinaus, als Jack stärker an ihrer Perle saugte. Er drang mit einem Finger vor und strich ihr tief zwischen den angespannten Lippen entlang.

»Ja«, stieß sie aus. »Genau da. Ja.«

Immer schneller drang er mit dem Finger in sie ein und fand ihre empfindsame Stelle.

Harley wand sich, krallte sich an seinem Haar fest und erwiderte jedes Eindringen seiner Zunge, indem sie die Hüften näher zu ihm schob.

Er machte sich bereit. Sobald sie sich innerlich um seinen Finger anspannte, zog er die Hand schnell zurück. Er unterbrach auch den Kuss und löste sich aus der Umklammerung ihrer Schenkel.

»Nein«, stieß sie frustriert aus und warf den Kopf von einer Seite zur anderen. Wütend sah sie ihm an ihrem nackten Körper hinab in die Augen. Jeder angestrengte Atemzug ließ ihre Brüste vibrieren.

Jacks Stimme war heiser vor Lust. »Bald.« Unter seinen Lippen erzitterten ihre Schenkel. »Ich verspreche dir, dass es sich lohnt.«

Harley verdrehte die Augen. Sie erkannte sein Spiel und ließ sich wieder nach hinten auf das Kissen sinken. Das Warten quälte sie. Ihre Schenkel waren angespannt, und winzige Krämpfe ließen ihren Magen zucken.

Das Warten brachte auch ihn innerlich fast um. Er strich ihr zuerst über die zitternden Schenkel und die Pobacken, und dann über den flachen Bauch. Leise sprach er auf Französisch mit ihr.

Harley verstand nichts von seinen aufmunternden Beteuerungen … wie schön sie war und was sie in ihm auslöste, doch sein Tonfall verriet ihr dennoch, was er sagte.

Im Ausdruck ihrer von Leidenschaft verklärten Augen erkannte er, dass sie ihm ganz und gar vertraute.

Dieses Mal gab er ihr alles. Mit zwei Fingern drang er tief in die enge Spalte ein. Wie ein Verhungernder presste er den Mund auf sie und stöhnte dicht an ihren Lippen und ihrer Klitoris tief auf. Vor Erregung kam er nun bis an die Grenzen seiner Selbstbeherrschung.

Er reizte sie so geschickt, dass es nur Sekunden dauerte, bis sie endlich den Gipfel erreichte. Ihr ganzer Körper bäumte sich von dem Sessel auf. Der Höhepunkt war so machtvoll, dass sich ihr Rücken in einem fast unmöglichen Winkel bog. Ihre Lustschreie klangen schon fast schmerzhaft. Mit beiden Händen umklammerte sie die kurzen Haare in Jacks Nacken, als wolle sie sie ihm herausreißen.

Unablässig leckte er weiter, bis ihm der Kiefer schmerzte. Jeden Tropfen ihrer Lust saugte er begierig auf. Von Harleys Geschmack konnte er einfach nicht genug bekommen. Das Testosteron jagte ihm durch das Blut, und der Triumph machte ihn ganz heiß.

In diesen endlosen Momenten gab Harley sich ihm restlos hin. Sie gab sich komplett auf und hielt nichts zurück.

Es übertraf Jacks wildeste Vorstellungen. Rückhaltlos ließ sie sich auf seine Herausforderung ein. Es war einfach perfekt.

Verausgabt schob sie ihn schließlich von sich, sah ihm unter halb geschlossenen Lidern in die Augen und stieß ein tonloses »Wow« aus.

»War es noch besser als beim letzten Mal?«

Sie nickte. »Es war unvergleichlich. Du musst offenbar so eine Art Sex-Guru sein. Tagsüber Architekt und nachts ein Orgasmus-Flüsterer.«

Lachend richtete er sich auf. Sein hartes Glied beulte die Hose aus.

Harleys Lächeln erstarb. Verführerisch ließ sie den Blick an seinen Schenkeln empor über seinen muskulösen Bauch und die Brust bis hin zu seinen Augen wandern. Langsam, wollüstig und verlockend leckte sie sich die Lippen.

Er wurde nun noch härter, auch wenn er das selbst nicht für möglich gehalten hätte. Wenn er nicht augenblicklich diese Hose loswurde, wusste er nicht, was er tun würde. Harleys glänzende Lippen, ihre Zungenspitze und ihr Lächeln hielten ihn vollkommen gefangen. Verdammt! Diese Art der Rache war sein Untergang. Wenn er sehen würde, wie diese Lippen scin Glied umschlossen … das wäre das Ende seines Spiels.

»Funktioniert das auch bei dir?«

Offenbar gingen ihre Gedanken gerade in dieselbe Richtung wie seine.

Sie ließ sich von dem Sessel gleiten, kniete sich vor Jack nieder und sah aus großen Augen zu ihm hinauf. Ihr Haar war zerzaust, und auf ihrer Haut lag ein magischer Schimmer.

Sie biss sich auf die Unterlippe und zog ihm den Reißverschluss herunter.

Jacks Gehirn schien sich aufzulösen. *Was hatte sie ihn eben gefragt?*

»Was?« *Verdammt, war das etwa seine Stimme?* Er musste sich unbedingt zusammenreißen, und zwar sofort.

Wenn sie ihm jetzt mit ihren Lippen nahe kommen würde … in seinem Zustand …

»Dieses Hinauszögern des Orgasmus … funktioniert das auch bei dir?« Sie zerrte ihm die Hose über die Hüften und streifte ihm auch die Baumwollshorts bis zu den Füßen hinunter, sodass er von seiner eigenen Kleidung gefesselt war.

Nein, verdammt! Auf keinen Fall würde er es überstehen, wenn sie jetzt vorhatte, ihn so zu foltern, wie er es bei ihr getan hatte!

Er umfasste ihr Gesicht und strich ihr mit dem Daumen über die Unterlippe. Behutsam berührte er die Kerbe, wo sie sich auf die Lippe gebissen hatte. Er musste unbedingt seine Selbstbeherrschung zurückgewinnen. Leider fühlte er sich gerade wie gelähmt. Es kam ihm so vor, als seien seine Füße am Boden festgeklebt, dicht vor der Göttin, die vor ihm kniete.

Anscheinend wollte sie nicht länger auf seine Antwort warten, denn sie umfasste jetzt sein Glied an der Wurzel, schloss die Augen und ließ die Nasenspitze sanft am Schaft entlanggleiten, während sie dabei tief Luft holte. Leise stöhnend öffnete sie die Augen, als sie die Spitze erreichte. Fast schüchtern küsste sie die pralle Kuppe.

Jede Faser seines Körpers schien auf Harley ausgerichtet zu sein. Seine Erektion bebte dicht vor ihrem Gesicht.

Harley lächelte verheißungsvoll. Es erinnerte Jack an eine Raubkatze. Ihm wurde eiskalt und siedend heiß zugleich.

Konnte es noch schärfer werden?

Doch dann hörte sie plötzlich auf.

Jack konnte nicht sagen, wie es ihm gelang, das frustrierte Stöhnen zu unterdrücken.

Harley schlenderte gemächlich zum Ende des Bettes und griff dort nach ihrer Clutch. Ihr leises Lächeln verhieß nichts Gutes für Jack, als sie in die Tasche griff und eine Tube Lipgloss hervorzog. Mit zwei schnellen Bewegungen malte sie sich die Lippen blutrot an.

Der Anblick ließ ihn fast in die Knie gehen.

Ohne den Blick von seinem abzuwenden, öffnete sie die Lippen leicht und kehrte zu ihm zurück. »Also … wo waren wir stehen geblieben?«

Er fluchte leise, als er jetzt seine eigenen Worte aus ihrem Mund hörte.

Sie sank erneut auf die Knie, umfasste seine Hüften und sah zu ihm empor. Ihr Blick war verheißungsvoll, als sie die Lippen zu einem Schmollmund formte.

Hilflos ballte Jack die Fäuste. Er war zu keinem Wort mehr fähig, als Harley den Kopf senkte.

Sie streckte die Zunge aus und zog an der Unterseite seines Schafts eine Spur entlang. Dicht unter der Eichel, an der empfindsamsten Stelle, hielt sie inne und ließ die Zunge langsam kreisen, dann küsste sie die Stelle, lehnte sich zurück und betrachtete lächelnd ihr Kunstwerk. »Wie heißt das jetzt auf Französisch?«, fragte sie belustigt.

Mist, er war ihr in ihrer ganzen spielerischen Frechheit ausgeliefert.

»Harley.« In seinem Tonfall lag eine Warnung, die er bedauern würde, wenn er nicht so dicht davorstehen würde, tief in Harley einzudringen und sich zu nehmen, worauf alles in ihm so sehr brannte.

Sie lächelte, die Lippen immer noch dicht über seiner Eichel schwebend. »Es wird sich lohnen, das verspreche ich dir.« Ihre Augen funkelten belustigt.

Dann nahm sie ihn plötzlich ganz tief in sich auf. Mit ihrem heißen, engen Mund schien sie ihn im Ganzen herunterschlucken zu wollen, während sie ihm dabei ununterbrochen in die Augen sah.

Das Lustgefühl war so intensiv, dass Jack die Augen schließen wollte. Nur mühsam konnte er sie offen halten. Aber er wollte keine Sekunde verpassen und dabei zusehen, wie dieser schöne rote Mund ihn umschloss. Wie von selbst zuckte er mit den Hüften nach vorn und drang noch tiefer in ihren warmen, feuchten Mund ein.

Aufstöhnend nickte sie und nahm ihn tief in den Rachen auf.

Er war kurz davor, sich gehen zu lassen.

Nein, zeig gefälligst ein bisschen Durchhaltevermögen!

Er zog sich mit aller Willenskraft zurück.

Harley umfasste ihn am Ansatz seiner Erektion und drückte gerade so fest zu, dass Jack die Hüften unwillkürlich wieder vorschob. Mit dem anderen Arm umschlang sie seinen angespannten, stahlharten Schenkel. Auf diese Weise hielt sie Jack gefangen. Er konnte nicht von ihr fliehen, selbst wenn er gewollt hätte.

Seine ganze Welt beschränkte sich nun auf Harley, die vor ihm kniete und ihn mit den Lippen umschloss. Aus ihrem sinnlichen Blick sprach ein erotisches Versprechen, das ihn mit einem Zauber belegte. Ihre grünen Augen hielten ihn gebannt wie der Gesang einer Sirene aus einer griechischen Sage. Ihr Blick war wie ein endloser Ozean, in dem ein Mann ohne Weiteres ertrinken konnte.

Er umfasste nun ihr Gesicht. Die Fingerspitzen schob er in ihr Haar.

Rhythmisch bewegte sie den Kopf vor und zurück und ließ die Zunge an seinem Schaft entlanggleiten.

Jack sah bereits kleine Sterne vor seinen Augen.

Seine Kleidung hielt ihn immer noch an den Fußknöcheln gefesselt. Ohne sich aus der warmen Liebkosung ihres Mundes zu lösen, zog er einen Fuß aus der Hose und spreizte die Beine noch etwas weiter.

Harley packte seinen angespannten Po, grub die Nägel hinein, und Jack verlor endgültig die Beherrschung. Keine Sekunde konnte er mehr länger stillhalten und sich dem langsamen Rhythmus fügen, den Harley vorgab. Lustvoll drang er in ihren Mund ein.

Zustimmend summte sie und nickte leicht, und Jack stieß tief aufstöhnend bis zu ihrer Kehle vor.

Sie griff nun nach seinen Hoden, umfasste ihn mit ihrer zierlichen Hand und massierte ihn leicht.

Er spürte ihr leises, kehliges Stöhnen an der Spitze seines Glieds.

Das war sein Ende.

»Harley«, stieß er warnend hervor und wollte sich zurückziehen, doch sie ließ es nicht zu. Wie ein Schraubstock hielt sie seine Erektion fest und schüttelte kaum merklich den Kopf.

Siedende Hitze durchschoss ihn vom Rückgrat bis zu seiner Eichel. Es war wie Feuer, das ihn durchströmte. Krampfhaft erzitterte er von innen heraus und ergoss sich dann in ihre Kehle.

Er zwang sich, die Augen weiter offen zu halten. Jede hingebungsvolle Sekunde wollte er diese wundervolle Frau genießen, der er den besten Blowjob verdankte, den er je in seinem Leben erlebt hatte.

Behutsam strich sie ihm mit den Fingernägeln über den Hodensack, als ihn die letzten Zuckungen erbeben ließen. Jack hörte nun einen heiseren, erstickten Aufschrei und erkannte erst danach, dass er selbst ihn ausgestoßen hatte.

Ein letztes Mal saugte sie an ihm, und er zuckte zusammen und beugte sich schwer atmend vor.

Sie blickte jetzt zu ihm hoch. Auch ihre Brust hob und senkte sich bei jedem angestrengten Atemzug. Ihre Nippel streiften sanft seine Schenkel.

Jack zog Harley zu sich hoch und presste sie eng an sich.

Ungeahnte Emotionen erfüllten ihn. Er verdrängte diese Empfindungen schnell und konzentrierte sich stattdessen auf das Hochgefühl der Erfüllung. *Nur Sex*, sagte er sich, *es ist einfach nur überwältigender Sex.*

Wie aus dem Nichts heraus drängte sich ihm plötzlich eine Frage ins Bewusstsein, die er schon vor langer Zeit verdrängt hatte.

Wieso? Wieso hatte sie ihn vor all den Jahren verlassen?

Er schluckte und atmete tief den Duft ihres Haars ein, um nicht mit Worten herauszuplatzen, die eine lang zurückliegende Vergangenheit betrafen. Das alles hier hatte er doch nur begonnen, um ihr zu zeigen, was sie damals versäumt hatte. Er hatte seinen Standpunkt klargemacht und seine Rache bekommen. Mehr gab es für ihn nicht zu tun.

Schon bald würde er es beenden, sobald der Reiz des Neuen abgeebbt war und sie beide das Prickeln ausgekostet hatten.

Immer wieder ließ er sich das Ganze durch den Kopf gehen, während er Harley zu seinem Bett führte und sich mit ihr darauf fallen ließ. Doch dabei presste er sie verdächtig eng an sich.

7. Kapitel

Jacks Apartment in der Madison Avenue stammte noch aus der Vorkriegszeit und war mit jedem modernen Luxus ausgestattet. Klare, minimalistische Linien ließen das Licht durch die nach Osten ausgerichtete Fensterfront herein. Die maskuline Einrichtung hätte steril wirken können, doch die weichen Möbel und die Kunstwerke stellten die perfekte Balance dazu dar.

Am liebsten hätte Harley sich in den modernen weißen Ledersessel gekuschelt und den Sonnenaufgang über der Skyline von Manhattan genossen.

Beim Gedanken an Sessel wurde ihr allerdings sofort heiß, und augenblicklich erwachte eine neue Sehnsucht in ihr. Die Erinnerungen an die letzte Nacht und an das, was Jack mit ihr angestellt hatte und welchen Orgasmus er ihr beschert hatte, ließen sie an eine geschickte Schneiderin denken, die aus seltsam geformten Stofffetzen ein fantastisches Kleid zaubert. Unwillkürlich krümmte sie die nackten Zehen auf dem polierten Holzboden.

Mühsam zwang sie sich, nicht mehr an die umwerfenden Orgasmen zu denken. Sie hatte schließlich einen Job zu erledigen.

Sie reduzierte die Hitze unter der Pfanne und wendete versonnen lächelnd den Pfannkuchen.

Als Teenager hatte Jack Pfannkuchen geliebt. Oft hatten sie sich frühmorgens in der Küche getroffen, bevor alle anderen aufgewacht waren, und hatten zusammen in Aspen in der Lodge gefrühstückt, die ihre Familien jedes Jahr während der Skiferien angemietet hatten. Jack hatte immer Blaubeerpfannkuchen mit viel Ahornsirup ausgewählt.

Heute war sie noch vor Sonnenaufgang aufgewacht und war auf der Suche nach Kaffee durch Jacks luxuriöses Apartment geschlendert. Dabei war ihr dann die Idee gekommen, ihm Frühstück zu machen.

Schließlich hatte sie die verdeckten Griffe der Küchenschränke entdeckt, deren Front ihr zunächst wie eine Wand aus Edelstahl vorgekommen war, und als sie im Gefrierschrank die Blaubeeren entdeckt hatte, hätte sie vor Freude fast gejubelt.

Sie ließ den ersten goldgelben Pfannkuchen mit den dunklen Blaubeerpunkten auf einen Teller gleiten und goss Teig für die zweite Portion in die Pfanne.

Bei den Erinnerungen waren in ihr allerdings auch unschöne Emotionen geweckt worden, die ihr Hochgefühl nach der erfüllenden Nacht wieder dämpften. Der Streit zwischen Hal und Joe hatte in jenem Jahr nämlich zum abrupten Ende des Urlaubs und der Freundschaft zwischen den Familien geführt.

Zu diesem Zeitpunkt hatte sie sich allerdings bereits

von Jack distanziert. Ihre Verwirrung und ihre Angst waren einfach zu groß gewesen, nachdem sie entdeckt hatte, dass ihr Vater und Jacks Mutter eine Affäre hatten. Vor diesen Gefühlen hatte sie zu entkommen versucht.

Ihr wurde heiß, und sie bekam einen Kloß im Hals. Beim Ende der Beziehung hätte sie sich damals anders verhalten müssen. Sie hätte sich reifer benehmen und Jack eine Erklärung liefern können.

Aber darüber wollte sie jetzt nicht länger nachdenken. Für Entschuldigungen war sowieso zu viel Zeit vergangen, und für die Wahrheit …

Harley streute Blaubeeren in den Teig des zweiten Pfannkuchens. Gerade als sie den Pancake wendete, zog sich ihr Magen zusammen, weil ihr ein erschreckender Gedanke kam …

Wusste Jack vielleicht längst Bescheid über Hal und seine Mutter? Das würde zumindest erklären, wieso er davor zurückschreckte, geschäftlich auch nur das Geringste mit ihrem Vater zu tun zu haben. Verübeln konnte sie es ihm natürlich nicht. Sie selbst hatte sich auch geschworen, niemals Geschäfte mit ihrem Vater einzugehen, und sie würde sich niemals im Leben so benehmen wie Hal Jacob.

Aber tust du das denn nicht gerade? Ist Jack nicht dein schmutziges, kleines Geheimnis?

Entschieden schüttelte sie den Kopf und verdrängte die Gedanken an die Vergangenheit.

Im Schlafzimmer war es noch immer dunkel, als sie das mit Pfannkuchen und Kaffee beladene Tablett zu Jacks Bett trug. Sie stellte es auf die Kommode und zog dann die Gardinen auf. Der polierte Holzboden glänzte in der Morgensonne.

Jack schlief auf dem Bauch. Die weiße Decke war ihm bis zu den schmalen Hüften hinuntergerutscht, und selbst im Schlaf waren seine Rückenmuskeln wunderbar ausgeprägt. Seine Arme waren mit feinen goldblonden Härchen bedeckt. Dieselbe Farbe hatten auch die Haare, die sich über seine Brust und in einer schmalen Spur über seinen Nabel hinunter bis zum Schamhaar über seinem beeindruckenden Glied zogen.

Harley presste die Schenkel zusammen und kostete es aus, sich Jack nackt vorzustellen. Sie kroch vorsichtig zu ihm auf das Bett und vergaß dabei die Pfannkuchen komplett.

Sanft strich sie mit dem Mund am Rückgrat zwischen den ausgeprägten Muskeln hinab.

Er stöhnte leise und bewegte sich.

Mit einer Hand glitt sie unter seine Hüfte und tastete sehnsüchtig nach seinem Glied. Fast hätte sie erleichtert aufgeseufzt, als sie spürte, dass er eine Erektion hatte.

Aufreizend ließ sie die Hand ein paar Mal auf und ab gleiten, dann zog sie sie wieder zurück, als sie merkte, dass er wach wurde. Schnell streifte sie Jacks T-Shirt ab, das sie sich übergezogen hatte, als sie in die Küche gegangen war, um ihm Frühstück zu machen.

Er rollte sich nun herum und griff mit beiden Händen nach ihren Brüsten, noch bevor er die Augen richtig offen hatte. Spielerisch fuhr er mit den Daumen über ihre empfindsamen Nippel.

Erregende Wellen durchströmten sie.

»Was für ein fucking fantastischer Morgen.« Seine Stimme klang verschlafen, doch sein Glied ragte groß und fest über seinem Bauch empor.

Harley konnte einfach nicht anders. Sie setzte sich rittlings auf ihn und glitt mit ihrem lustfeuchten Schoß an seiner Erektion entlang, während sie ihn küsste. Aus tiefstem Herzen stimmte sie seiner Äußerung zu.

Sie zog eine Spur von Küssen über seine mit Bartstoppeln übersäte Wange bis zu seinem Ohr, während Jack ihre Nippel reizte und ihren Po umklammerte, um ihre Hüften dort hinzulenken, wo er sie haben wollte.

»Ich habe Pfannkuchen gemacht.«

Sofort sah er sie mit großen Augen an. »Etwa mit Blaubeeren?«

Lächelnd nickte sie. Bei seiner unverhohlenen Freude wurde ihr ganz warm ums Herz.

Seine Miene wurde wieder ernst, während er sie musterte, als habe sie ihm kein Frühstück gemacht, sondern im Büro seine Akten durchwühlt. *Vielleicht hatte sie damit ja ihre Grenzen überschritten. Sollte sich die Unterhaltung am Morgen danach vielleicht lieber auf ein* Ich rufe dich an *beschränken?*

Aber er war eingeschlafen, als er sie nachts in den Armen gehalten hatte. Mit keiner Silbe hatte er angedeutet, dass sie lieber gehen sollte, und auch sein Körper hatte definitiv Lust auf eine weitere Runde signalisiert. Möglicherweise war nur das mit dem Frühstück zu vertraulich gewesen.

Sie hob die Schultern. »Ich hätte fragen sollen.« Sie griff wieder nach dem T-Shirt, denn ihr Hochgefühl war komplett verflogen.

Schnell packte er sie am Arm und hielt sie zurück. »Nein, schon gut. Vielen Dank. Ich wollte nur …«

Was immer er auch hatte sagen wollen, er verstummte und küsste sie stattdessen.

Harley spürte, wie Jack mit den Daumen unablässig ihre Brustwarzen massierte. Sie konnte augenblicklich nicht mehr klar denken.

Sie verdrängte seine verwirrende Reaktion auf die Pfannkuchen, die sie sowieso nur von ihrem aufkeimenden Orgasmus ablenken würden. Entschlossen umfasste sie seine Erektion und befeuchtete ihre Hand zwischen ihren Schamlippen.

Aufstöhnend rollte Jack sich mit ihr herum. Sie saß nun nicht mehr auf ihm, sondern lag mit gespreizten Beinen unter ihm. Feucht und bereit.

Er verharrte und sah ihr tief in die Augen. Sein Gesicht war ihrem so nah, dass Harley seine strahlend blauen Augen nur noch verschwommen sehen konnte.

Leise flüsternd senkte er den Kopf zu ihr hinunter und strich ihr zärtlich das Haar aus dem Gesicht.

Harley war ganz im Zauber des Augenblicks gefangen. Sie wagte es nicht, sich zu bewegen. Der Pfannkuchen und sogar ihr Orgasmus waren vergessen. Wie gebannt erwiderte sie Jacks Blick.

Warme Emotionen, die sie nicht so richtig einordnen konnte, stiegen nun unaufhaltsam in ihr empor. *Spürte Jack es auch?*

Ein Klingeln riss sie abrupt aus dem Zauber. Harley wusste nicht, ob sie darüber erleichtert oder entnervt sein sollte.

Angespannt blickte er zum Nachttisch hinüber, dann sah er kurz entschuldigend zu Harley und fuhr sich durch das Haar, das zerzaust in alle Richtungen abstand.

»Das ist mein privates Handy. Diese Nummer haben nur sehr wenige.«

Sie spürte, wie seine Erektion nachließ, doch er lag noch immer auf ihr und drückte sie rücklings auf die Matratze.

»Schon gut. Du solltest drangehen.« Sie wollte sich unter ihm hervorwinden, aber er hielt sie weiterhin fest und küsste sie wieder auf die Lippen, während er mit einer Hand auf dem Nachttisch nach seinem Handy tastete, bis er es gefunden hatte. Seufzend hob er den Kopf und hielt sich das Handy ans Ohr.

»Ja?«

Seine anfangs noch entnervte Miene verwandelte sich in entspannte Freude, und dann fing er an, rasend schnell auf Französisch zu sprechen.

Selbst wenn sie mehr als nur die paar Worte kennen

würde, die sie durch Jack beim Sex gelernt hatte, würde sie ihm nicht folgen können. Allerdings versuchte sie auch gar nicht, etwas zu verstehen. Ihr Blick hing stattdessen wie gebannt an seinen sexy Lippen, mit denen er sie machtvoll bis zu den Sternen hinaufgetragen hatte.

Mit einer Hand glitt sie ihm über die Schultern und den Rücken. Behutsam berührte sie die silbrige Narbe am Ellbogen, wo er sich mit sechzehn beim Snowboarden den Arm gebrochen hatte.

Lächelnd folgte er der Spur ihrer Finger, dann küsste er sie immer wieder in den kleinen Unterbrechungen seiner Unterhaltung auf den Mund, den Hals und sogar auf ihre Fingerspitzen.

Dann verharrte er, und sein entspanntes Lächeln verwandelte sich in ein Stirnrunzeln, aber kurz darauf redete er lebhaft weiter und lachte.

Harley empfand eine Art Brennen im Magen. *Wer brachte ihn denn da so zum Lachen, und was freute ihn so? Wie wenig sie über sein Leben wusste!* Einmal abgesehen von seiner Arbeit, seinen Fähigkeiten beim Sex und seiner Vorliebe für schmutzige, französische Wörter.

Erneut versuchte Harley, sich von ihm zu lösen, damit er halbwegs ungestört telefonieren konnte, aber Jack verstärkte den Griff an ihrer Taille und küsste sie auf den Mund, sodass sie einfach bleiben musste.

Am anderen Ende konnte Harley jetzt eine Frau hören. Sie atmete tief durch und versuchte, ihre Fantasie zu zügeln, die im Moment vollkommen mit ihr durchging.

Anscheinend spürte Jack ihre Anspannung, denn er löste sich von ihr, zog die Brauen zusammen und überzog ihre Lippen und Wangen mit kleinen Küssen, während er darauf wartete, wieder zu Wort zu kommen.

Ohne den Blick von Harley abzuwenden, sagte er: »Chérie, ich bin gerade nicht allein. Kann ich dich vielleicht zurückrufen?«

Am anderen Verbindungsende wurde etwas auf Französisch geantwortet, und Jack beendete das Telefonat kurz darauf. Er schleuderte das Smartphone achtlos auf den Nachttisch und konzentrierte sich wieder ausschließlich auf Harley. »Es tut mir leid.« Ein sanfter Kuss folgte. »Das war unhöflich von mir.«

Harley wand sich. Sie wollte sich jetzt unbedingt das Ballkleid von gestern Abend anziehen und ihren Chauffeur anrufen, um von hier wegzukommen, damit Jack nichts von ihrer Verwirrung bemerkte und sie ihm am Ende nicht noch ein Geständnis machte.

»Kein Problem. Ich muss sowieso jetzt gehen.«

Stirnrunzelnd ließ er sie los.

Sie schaffte es gerade so bis zur Bettkante. Als sie sich hinsetzte, schlang Jack ihr einen Arm um die Taille, zog sie rücklings an seine feste Brust und drehte sich mit ihr herum, sodass sie wieder unter ihm lag.

Am Schenkel spürte sie, dass er erneut erregt war. Mit einem Kuss erstickte er ihr empörtes Luftholen und jeden Protest. Erst als der lange, innige Kuss endete, hob er den Kopf und sah Harley offen und ehrlich an.

»Das war Isabel. Erinnerst du dich noch an meine kleine Schwester? Diesen Sommer hat sie geheiratet.«

Harley nickte. Sie erinnerte sich noch deutlich an Isabel, die wie eine weibliche Version von Jack ausgesehen hatte.

Seine Lippen verspannten sich, und jede Unbekümmertheit wich aus seiner Miene, als er in Gedanken versunken über Harleys Schulter strich.

»Bist du mit der Hochzeit nicht einverstanden gewesen?«

Er runzelte die Stirn. »Das ist es nicht.« Er rollte sich auf den Rücken und verschränkte die gefalteten Hände hinter dem Kopf.

Harley zog sich das T-Shirt wieder an und holte das Tablett von der Kommode. Wenn Jack auch nur ein bisschen so war wie Ash, dann konnte man ihn mit Essen bestimmt zum Reden bringen. Sie stellte das Tablett auf das Bett, und sofort setzte er sich lächelnd auf, nahm eine der beiden Gabeln und hielt ihr die andere hin. Nach dem ersten halben Pfannkuchen fand er tatsächlich seine Sprache wieder.

»Sie wollte mir nur mitteilen, dass ich Onkel werde.« Nachdenklich blickte er auf den Teller, ohne die Hand mit der Gabel zu bewegen.

»Und deswegen runzelst du die Stirn?«

Er schnaubte und schüttelte den Kopf. Als er sie jetzt ansah, waren seine Augen sehr klar. »Ich mache mir nur Sorgen. Sie scheint so glücklich zu sein, aber …«

Harley musste sich zurückhalten, um ganz ruhig zu bleiben. *Was ging ihm gerade durch den Kopf?* Wenn sie sich nicht rührte, sprach er vielleicht weiter.

Er stieß mit der Gabel in eine Blaubeere. »Das ist sicher alles nur Unsinn, findest du nicht?«

Sie hielt die Luft an und sah auf den halb gegessenen Pfannkuchen. »Was meinst du genau?«

Seufzend legte er die Gabel auf den Teller. »Beziehungen. Schlimm genug, wenn du dieses Risiko für dich selbst eingehst, aber wenn auch noch ein Kind ins Spiel kommt …« Er fuhr sich durch das Haar und sprang dann voller Energie vom Bett auf.

Er ging jetzt zur Kommode, nahm Boxershorts heraus und zog sie sich mit fast ärgerlichen Bewegungen an.

Harley presste die Lippen aufeinander. Ihre Gedanken überschlugen sich, und sie hatte jeglichen Appetit verloren. Sie war mit ihm vollkommen einer Meinung. Nachdem sie entdeckt hatte, dass ihr Vater eine Affäre hatte, waren all ihre Überzeugungen in Scherben zerbrochen, und die Farce, zu der die Ehe ihrer Eltern im Anschluss daran geworden war, hatte Harley nur noch mehr in ihrer Überzeugung bestärkt, dass Liebe nur eine große Illusion war.

In Momenten größter Ehrlichkeit hatte sie sich selbst eingestanden, dass es ihr bei ihren anfänglichen Gefühlen für ihren Verlobten Phil eher darum gegangen war, in die Welt ihres Vaters zu passen als um echte, tiefe Emotionen.

Offensichtlich war Jack ebenfalls verletzt worden. *Lag es daran, dass sie damals ihre naive Teenagerbeziehung beendet hatte, oder hatte es einen anderen Grund?* Unbehaglich zog sie die Schultern hoch.

»Ist sie denn glücklich?« Ihr Blick wanderte zu einem Familienfoto auf der Kommode, auf dem alle vier Lanes in die Kamera lächelten. Isabel lächelte allerdings am strahlendsten.

Wieder schnaubte Jack. Er wandte ihr den Rücken zu, während er in seinen Schubladen wühlte. »Sie ist außer sich vor Freude. Aber so ist die Ehe nun einmal. Eben noch traumhaft schön, und im nächsten Moment zerfällt alles. Sieh dir doch bloß meine Eltern an. Ich hätte angenommen, Isabel habe etwas daraus gelernt.«

»Sind deine Eltern denn geschieden?« Die paar Bissen Pfannkuchen, die sie gegessen hatte, lagen ihr jetzt bleischwer im Magen. Sie hatte die Lanes immer gemocht. Jacks Eltern waren schließlich immer nett zu ihr gewesen, und Isabel, die zwei Jahre jünger war als sie, hatte stets versucht, Harley nachzuahmen, obwohl Harley sich den Grund dafür nie hatte erklären können.

Was war mit ihnen allen geschehen, nachdem die Freundschaft zwischen den Jacobs und den Lanes zerbrochen war? Hatte Joe von der Affäre erfahren? Hatte Amalie es ihm gestanden? War Hal dafür verantwortlich, dass die Familie zerbrochen war?

Jack knallte die Schublade zu. »Allerdings. Was für ein Wunder!«

Er weiß es nicht, denn wenn er das von seiner Mutter und Hal wüsste, könnte er mich jetzt nicht so ansehen. Dann könnte er es nicht ertragen, mich jetzt in seinem Bett zu sehen.

Ihr schmerzte die Kehle, und sie konnte sich selbst kaum noch ertragen.

»Das bedeutet ja nicht, dass Isabels Ehe ebenfalls scheitern wird.« Schließlich gehörten immer noch zwei zu diesem Spiel. Doch das Gift, das Hal ausgestreut hatte, wirkte offenbar lange nach. Harley legte sich eine Hand auf den Mund, um nicht mit etwas herauszuplatzen, was all dies hier im Keim zerstören würde.

Er zog sich ein weißes T-Shirt über. »Ich begreife nur einfach nicht, wieso sie jetzt unbedingt das ganz große Familienglück spielen will.«

Harley wusste instinktiv, dass sie es ihm sagen musste. Ihr Magen zog sich zusammen. Das Wissen lastete unendlich schwer auf ihrem Gewissen. Schon seit Jahren bedrückte dieses Geheimnis sie. Sie wollte sich jemandem anvertrauen, um diese Bürde nicht mehr allein tragen zu müssen, aber ihre Angst vor den Konsequenzen war viel zu groß.

In gewisser Weise war dieses Wissen für sie wie ein Band zu Hal, das er zu niemandem sonst hatte. Sie hatten zwar nie darüber gesprochen, dennoch hatte sie ihn all die Jahre loyal geschützt, weil sie sich so sehr nach seiner Anerkennung gesehnt und vor seiner Enttäuschung gefürchtet hatte.

Ihr kamen die Pfannkuchen jetzt fast wieder hoch. *Wieso sollte sie eigentlich Hals Chaos für ihn aufräumen?* Wenn sie es Jack verriet, würde sie es allerdings ihrer Mutter auch sagen müssen, bevor Dulcie es aus einer anderen Quelle erfuhr.

Es war schlimm genug gewesen, die beiden damals während jenes letzten gemeinsamen Urlaubs in Aspen zu ertappen, denn es war das abrupte Ende ihrer Kindheit gewesen. Harley hatte dabei den naiven Glauben an die Liebe und an Happy Ends verloren.

Letzten Endes hatten die Jahre, in denen sie dieses Geheimnis beschämt gehütet hatte, dazu geführt, dass sie in ihren eigenen Beziehungen immer auf Distanz geblieben war und sich niemals vollkommen in ihre Gefühle hatte fallen lassen können.

Und jetzt? Wieso sollte sie Jack darüber aufklären, aus welchen Gründen ihre Eltern ihre Entscheidungen getroffen hatten? Harley wusste aus erster Hand, wie belastend dieses Wissen sein konnte. Jacks Bild von seiner Mutter wäre für alle Zeiten beschmutzt.

Wenn sie ihm verriet, dass ihr Vater für die Scheidung seiner Eltern verantwortlich war und dass sie das bereits die ganzen Jahre über gewusst hatte, würde er sie womöglich noch mehr hassen als ihren Vater. *War sie wirklich bereit dafür, dass alles, was sie hatten, zu Ende war?*

Harley schluckte. *Es sollte eigentlich keine Rolle spielen, ob er einen Schlussstrich zog, denn schließlich ging es hierbei nur um Sex. Aber wieso wollte sie dann am liebsten weglaufen, damit er in ihren Zügen nicht die Wahrheit erkennen konnte?*

»Vielleicht ist sie ja wirklich glücklich.« Egal, was in Harley vorging, Isabel verdiente es, ihre freudigen Neuigkeiten mit ihrem Bruder teilen zu können. Das Verhalten ihres Vaters durfte darauf keinen Einfluss haben. »Und du freust dich gefälligst für sie.«

Jack war weder sein Vater noch ihrer. Er verdiente es, sein Glück zu finden, und auf seine Rolle als Onkel sollte er sich ebenfalls freuen können.

Er hielt in seiner Suche nach weiterer Kleidung inne und biss die Zähne zusammen, doch die Schultern ließ er resigniert sinken.

»Willst du vielleicht Babysachen mit mir shoppen gehen?«, fragte Harley.

Widerwillig musste er lächeln, als er sich wieder zu ihr umdrehte.

Sie schluckte schwer, denn ihre Kehle tat ihr immer noch weh. »Meinen Glückwunsch, Onkel Jack.«

Jetzt lachte er laut auf, kam zurück zum Bett und zog Harley hoch, um sie zu küssen.

Erleichtert verdrängte sie die Schuldgefühle, die wegen des Geheimnisses ihres Vaters auf ihr lasteten. Doch während sie sich wieder der Lust mit Jack hingab, rief sie sich ins Gedächtnis, dass Emotionen überhaupt nichts in einer Beziehung zu suchen hatten, in der es ausschließlich um tollen Sex ging.

Im Foyer ihres Apartments streifte Harley sich die Schuhe ab, damit wieder Blut in ihre müden Füße strömte, dann ging sie die Treppe hinauf zu Ashs Apartment.

Vor einer halben Stunde hatte er ihr eine Nachricht geschickt, dass er mit ihr reden wolle, daher wusste Harley, dass er zu Hause war. Nachdem sie den ganzen Tag mit Jack zusammen Babysachen kaufen war, sie einen Lunch eingenommen hatte und anschließend im Central Park spazieren gegangen war, wollte sie sich jetzt auf keinen Fall dem Verhör ihres Bruders stellen.

Doch Ash konnte unglaublich stur und beharrlich sein. Am besten ließ Harley ihn einfach sagen, was er zu sagen hatte, und stellte dann die ganze Situation klar. Je eher sie das hinter sich brachte, desto eher konnte sie sich ein Bad gönnen, wovon sie schon seit Stunden träumte. Muskelkater an den seltsamsten Körperstellen war offenbar der einzige Nachteil von fantastischem Sex.

Sie gab den Code in das Türschloss ein und verschaffte sich so Zutritt zum Apartment ihres Bruders, das exakt so geschnitten war wie ihres. Diese Apartments in der Fifth Avenue hatten sie von ihrem Großvater geerbt, der als Einwanderer aus Irland mit dem Immobilienhandel angefangen und Jacobs Holdings gegründet hatte.

»Ash?«

Sie traf ihn in seinem Arbeitszimmer an. Selbst an einem Samstagabend um halb neun arbeitete Ash immer noch. Als leitender Anwalt von Jacob Holdings leistete er zahlreiche Überstunden, doch das machte ihm offenbar Spaß.

Das war auch einer der Gründe, wieso Harley niemals im Familienunternehmen arbeiten könnte. Ihr Vater stellte einfach absurd hohe Erwartungen, die nicht nur ihre schlechten Schulnoten und ihre Berufswahl betrafen.

Lächelnd blickte Ash vom Monitor seines Laptops hoch. »Hey, Harls.« Er stand auf und schaltete die Lichter hinter sich aus, während er sie zurück ins Wohnzimmer führte, wo er sich und ihr den üblichen Schlummertrunk aus Scotch und Soda mixte.

Sie setzte sich in eine Ecke der weichen, rechtwinkligen Sofagruppe vor dem modernen, schlichten Kamin und trank einen Schluck von ihrem Drink. Ihre Nackenhärchen kribbelten, weil sie ahnte, was jetzt kommen würde, doch sie atmete tief durch. Sie liebte ihren Bruder und wollte ihm deshalb nichts vorschnell unterstellen. Leider enttäuschte er sie.

»Ich komme am besten gleich zur Sache und spreche es offen aus.« Er schlug ein Bein über das andere und sah Harley verärgert an. »Was, zum Teufel, denkst du dir dabei?« Er umfasste sein Glas so fest, dass seine Knöchel weiß hervortraten.

Sie seufzte. *Ehrlich jetzt? Ich bin sechsundzwanzig. Willst du tatsächlich immer noch den großen Bruder markieren?* »Worauf spielst du an?« Leicht machen würde sie es ihm nicht. Wenn er sich schon in ihr Privatleben einmischen wollte, dann würde sie ihm dabei nicht auch noch assistieren.

»Du weißt genau, was ich meine. Jacques Lane oder

wie immer er sich jetzt auch nennt! Unser alter Herr wird ausflippen.« Er rieb sich die Stirn und trank einen großen Schluck Scotch.

»Das geht dich genauso wenig etwas an wie ihn.« Sie lockerte ihre Schultern und weigerte sich, sich die gute, entspannte Laune nach der Shoppingtour kaputt machen zu lassen. »Außerdem treiben wir es nur miteinander.« *So! Das sollte ihn zum Schweigen bringen.*

Sie schlug die Beine unter und machte es sich auf dem Sofa bequem. Über die Schulter ihres wütenden Bruders hinweg sah sie auf das flackernde Feuer im Kamin.

Leise fluchend fuhr ihr Bruder sich durch das Haar. »Hast du ihn damals nicht sitzen lassen? Ist in jenem Winter nicht irgendein Mist passiert zwischen seinen Eltern und unseren? Dad hat nie wieder ein Wort über die Lanes verloren, es sei denn, wenn er sich über Joes schlechte Geschäftsentscheidungen lustig gemacht hat. Das habe ich doch richtig in Erinnerung, oder?«

Ausgehend von dem Scotch in ihrem Magen breitete sich Hitze in ihr aus. »Was hat das denn mit uns zu tun? Außerdem ist damals wesentlich mehr passiert, als du weißt … mehr als Hal dir erzählt hat. Der gescheiterte Deal zwischen ihm und Joe war nur ein Teil der Geschichte.«

»Ich weiß genau, was passiert ist. Der gescheiterte Docklands-Deal. Joe Lane hatte einfach nicht genug Rückgrat dafür. Er hat's vergeigt, und der Deal ist geplatzt. Hal hat viel Geld verloren, blablabla.«

Kopfschüttelnd stieß Harley die Luft aus. »Genau, diese Version kennen wir von Hal. Stellst du ihn eigentlich niemals infrage? Unser Vater ist ein rücksichtsloser Geschäftsmann. Meinst du nicht, dass diese Rücksichtslosigkeit auch in sein Privatleben einfließt?«

Sie schluckte, weil ihre Kehle brannte. Während sie gesprochen hatte, hatte sie die Füße wieder auf den Boden gestellt und sich zu ihrem Bruder vorgebeugt. Es machte sie wütend, dass sie aus seiner verschlossenen Miene einfach nicht schlau wurde.

Aber er hatte bei ihr nun einmal einen wunden Punkt berührt. Diese Stelle war wie eine Wunde, die bei der kleinsten Berührung schmerzte. Ihr Vertrauen in Hal war so hauchdünn wie Spinnfäden. Nur weil Joe Lane bei Hal Jacobs kaltblütigen Geschäften nicht mitgemacht hatte, bedeutete das noch lange nicht, dass Jack seinem Beispiel folgte, und Harley fand absolut nicht, dass es sich dabei um einen schlechten Charakterzug handelte. Zum Glück ähnelte Jack, soweit Harley es mitbekommen hatte, weder ihrem Vater noch seinem eigenen.

»Es liegt vielleicht daran, dass du immer schon der Goldjunge warst. Du hast nie Dads ätzenden Sarkasmus und seine gnadenlos offene Ehrlichkeit erleben müssen.«

Ash stieß die Luft aus. »Ich arbeite jeden Tag mit ihm zusammen. Ich habe viel davon erfahren, glaube mir. Mich überrascht nur, dass du es auch erlebt hast.«

Bedrückt lächelte Harley. »Ich bin die Hübsche … weißt du noch, wie er mich das erste Mal so bezeichnet hat? Tja, ich war zumindest klug genug, um zu begreifen, dass er mich in akademischer Hinsicht bereits abgeschrieben hatte. Ich war zu dumm für Harvard …«

»Du hast dich ja nicht einmal dort beworben.«

»Weil ich Angst hatte, wieder zu versagen und ihn zu enttäuschen.«

Ash war sprachlos.

»Seinen Freunden erzählt er immer noch, ich sei das Gesicht von Jacob Holdings, denn es ist ihm zu peinlich, zu sagen, was ich wirklich tue und was ich mir aufgebaut habe. Das alles macht ihn nicht stolz.« Sie knallte ihr Whiskyglas auf den Sofatisch und sah ihren Bruder wütend an. *Sollte er es doch wagen, ihren anmaßenden, oftmals taktlosen Vater auch noch zu verteidigen.*

Kurz nach jenem schicksalhaften letzten Skiurlaub, den sie gemeinsam mit den Lanes verbracht hatten, hatte Hannah es auf die Harvard Business School geschafft, und Ash hatte sein Staatsexamen abgelegt, worüber die Familie natürlich restlos begeistert gewesen war. Harley hingegen hatte sich bei der New York School of Design eingeschrieben, um dort Modedesign zu studieren. Mit seiner unverhohlenen Enttäuschung darüber hatte Hal das Ende seiner Beziehung zu Harley besiegelt. Trotzdem hatten seine bissigen Bemerkungen sie tief getroffen und sie endgültig in die Rolle der Versagerin in der Familie gedrängt.

Ash schüttelte den Kopf und betrachtete das Glas in seinem Schoß, als sei es ungemein faszinierend. »Es tut mir leid, dass du seinetwegen so empfunden hast. Er ist ein Arsch, das wissen wir alle.« Es klang ruhig und bedauernd. »Was genau weißt du denn jetzt, wovon ich nichts ahne?«

Innerlich zuckte Harley zusammen. Sie musste an Jacks Gesicht heute Morgen denken, als er sich an das Auseinanderfallen seiner Familie erinnert hatte. *Nein, sie konnte es Jack nicht erzählen. Aber Ash vielleicht?* Ihr lagen die Worte auf den Lippen, und es war wie ein Zwang, es nach all den Jahren auszusprechen.

»Hal hatte eine Affäre mit Amalie Lane.«

Die Erleichterung, es auszusprechen, war so groß, dass ihr sogar schwindlig wurde, doch gleichzeitig wurde ihr auch fast übel.

Ash schnappte nach Luft. »Bullshit.« Er trank noch einen Schluck Scotch.

Sie nickte nur. Ihr Herz schlug jetzt so schnell, dass sie die Flammen des Kaminfeuers nur noch undeutlich sehen konnte. Jetzt hatte sie es endlich laut ausgesprochen. *Würde es ihr danach vielleicht leichter fallen, es auch gegenüber der Person zu wiederholen, die ein Recht darauf hatte, es zu erfahren?* Dieser Mann litt schließlich immer noch unter den Folgen von Hals Verhalten.

»Ich habe die zwei zusammen gesehen, während unserer letzten Ferien in Aspen.« Seitdem hatte sie ihren Vater nie wieder so wie vorher betrachten können. Ihre ohnehin schon angespannte Vater-Tochter-Beziehung war endgültig beschmutzt gewesen, nachdem Harley in diese uneheliche Liaison hineingestolpert und damit in einen Konflikt unter Erwachsenen hineingezogen worden war.

Damals hatte sie die Wut, den Kummer und die Angst tief in sich verborgen. Sie hatte sich von Jack zurückgezogen, weil das die einzige Art gewesen war, wie sie dieses schreckliche Wissen hatte verarbeiten können. Sie hatte plötzlich alles infrage gestellt, woran sie bis dahin geglaubt hatte. Zum ersten Mal hatte sie ihren Vater als den Menschen gesehen, der er war, und sie hatte schreckliche Angst davor gehabt, dass das Geheimnis gelüftet werden würde.

»Verdammt, weiß Jack davon?« Ash rieb sich den Nacken. »Weiß Hal, dass du es weißt? Weiß unsere Mom davon?«

Harley zuckte mit den Schultern. Die Übelkeit in ihr verstärkte sich. Nach außen hin wirkte die Ehe ihrer Eltern so beständig wie ein Felsen, aber Jack hatte recht: Wer konnte wissen, was hinter geschlossenen Türen ablief? Keine Beziehung war unverwundbar, und Liebe …? Liebe war sowieso nur ein Irrglaube.

»Du hast das die ganze Zeit über gewusst und nichts gesagt?«

»Zuerst hatte ich Angst … und dann …« Sie zuckte mit den Schultern. »Ich stecke in einer Zwickmühle. Wenn ich es erzähle, ruiniere ich damit das Leben anderer, und wenn ich schweige, dann decke ich ihn damit, was mich automatisch zum Mitwisser macht.«

»Das tut mir schrecklich leid für dich. Ich hatte ja keine Ahnung.«

Harley nickte. Genau das war das Problem bei Geheimnissen. Sie fraßen einen von innen auf, und wenn man sie dann doch irgendwann ausplauderte, machte man sie dadurch noch mächtiger und ließ zu, dass andere Menschen ebenfalls mit diesem Gift infiziert wurden.

Als sie tief aufseufzte, hob Ash besänftigend die Hand. »Entschuldige, dass ich meine Nase in dein Privatleben hineingesteckt habe. Ich habe mir nur Sorgen um dich gemacht. Aber wie ich sehe, brauchst du meinen Schutz gar nicht. Ich will nur nicht, dass du noch einmal verletzt wirst. Damit meine ich diesen Idioten Phil.«

»Phil hat mich aber nicht verletzt. *Ich* habe es beendet, schon vergessen?« Sie blickte zu der Glaskaraffe mit Whisky hinüber, die auf dem Tisch stand. Phil und Jack hatten nichts gemeinsam, abgesehen von der Tatsache, dass Harley sich in ihrer Nähe ihrer Schwächen bewusst geworden war. Doch letzten Endes war sie Phil niemals nahe genug gewesen, um von ihm verletzt werden zu können, obwohl sie sogar mit ihm verlobt gewesen war.

Zumindest in diesem Punkt konnte sie Hal dankbar sein. Ihr ganzes Leben lang hatte sie zu ihm aufgesehen und sich nach seiner Anerkennung gesehnt. Als sie schließlich erkannt hatte, dass er ein Ehebrecher war, hatte sie sich geschworen, niemals so zu werden wie er. Sie hatte sich vorgenommen, in Beziehungen niemals verletzlich zu sein, denn sie hatte erkannt, dass Bindungen letzten Endes doch nur zu Lügen, Kummer und Betrug führten.

Doch Ash hatte recht. Sie und Jack hatten nicht über die Vergangenheit gesprochen und über die Rolle, die Harley darin spielte. Vielleicht hatte sie ihn durch die Trennung tiefer verletzt, als ihr bewusst gewesen war, und jetzt würde sie ihn wieder verletzen, wenn sie ihm verriet, was sie über Hal und seine Mutter wusste.

Möglicherweise konnte er ihr verzeihen, weil sie jung und in Gefühlsfragen ungeschickt gewesen war. Wenn sie in der Lage gewesen wäre, über den Vorfall mit ihrem Vater zu sprechen, hätte sie ihre verwirrenden Emotionen bestimmt verarbeiten und Jack erklären können, wieso sie ihn verließ. Das wäre garantiert einfühlsamer gewesen.

Aber jetzt? Wie konnte sie ihm klarmachen, wieso sie ihm etwas so Entscheidendes verheimlicht hatte? Wieso sie sich die ganzen Jahre über keinem Menschen anvertraut hatte? Dieses Geheimnis war bestimmt entscheidend bei der Trennung seiner Eltern und dem darauffolgenden Zerfall seiner Familie gewesen.

Er konnte Hal nicht ausstehen, und wenn er erfuhr, dass sie ihren Vater gedeckt hatte, würde er auch sie hassen.

Zitternd atmete sie ein und rief sich in Erinnerung, dass Jack und sie nur Spaß miteinander hatten. Es war nur eine flüchtige Affäre mit großartigem Sex. *Ihn über den wahren Grund für den Familienstreit und die Scheidung seiner Eltern aufzuklären, wenn sie sich doch nur miteinander amüsierten – was würde das nach all den Jahren nützen?*

Seit damals hatte Jack sich weiterentwickelt, und bald schon würden sich ihre Wege wieder trennen.

Harley rieb sich die Schläfen, um den Druck in ihrem Kopf zu lindern.

»Ich habe mich ein bisschen umgehört.« Ash presste die Lippen aufeinander, wie er es immer tat, wenn er auf einer Vorstandssitzung schlechte Neuigkeiten zu verkünden hatte.

Durchdringend sah sie ihm in die Augen.

Er hielt eine Hand in die Höhe. »Ich weiß, aber ich bin schließlich dein Bruder. Es ist mein Job, auf dich aufzupassen, und hier geht es außerdem auch noch ums Geschäft.« Er seufzte. Sein Blick bekam jetzt einen nachsichtigen Ausdruck.

Natürlich hatte Ash nachgeforscht. Das gehörte zu seinem Job, und darin war er ausgezeichnet. Oft genug hatte er Harley gesagt, dass es für einen guten Anwalt entscheidend war, die Menschen durchschauen zu können.

»Ich kann mich selbst um meine Geschäfte kümmern.«

Er fuhr fort, als habe sie gar nichts gesagt. Diesen Zug hatte er von ihrem Vater geerbt, und Harley hätte deshalb fast mit den Zähnen geknirscht. »Das Morris-Building sollte vor einem Jahr abgerissen werden. Wusstest du das?«

Verdammt!

Sie wandte sich ab und ließ die Schultern sinken. *Wieso hatte sie davon nichts gewusst? Gab es vielleicht noch mehr, was sie übersehen hatte? Hatte sie noch weitere Fehler gemacht?* Der Druck hinter ihren Schläfen wurde stärker.

Ash beugte sich nach vorn und stützte die Ellbogen auf die Knie auf. »Vielleicht verheimlicht er dir ja auch etwas.«

Harley glaubte, in dem Sofa zu versinken. Vor Erschöpfung fühlte sie sich bleischwer. Sie war es unendlich leid, ewig an sich selbst zu zweifeln. Sie wollte nicht mehr ständig damit rechnen müssen, trotz aller Anstrengungen letztlich doch zu versagen.

Ash ergriff ihre Hand. »Wenn er tatsächlich so ein aufrechter Kerl ist, wieso versucht er dann, dir ein Gebäude zu verkaufen, das kurz vorher noch abgerissen werden sollte? Meinst du, er will sich irgendwie an dir rächen?«

Das war eine gute Frage. In ihrem Kopf drehte sich alles, doch das hatte nichts mit dem Scotch zu tun. Schlimm genug, dass sie ständig an sich selbst zweifelte. *Jetzt überprüfte ihr Bruder auch noch ihre Geschäftsentscheidungen? Wann würden die Menschen endlich nicht mehr nur ständig ihre Dyslexie sehen, sondern auch das, was sie sich bereits aufgebaut hatte?*

Sie war keine Anfängerin mehr, die einem Hobby nachging und von den Ersparnissen ihrer Familie lebte.

Ihr Schock verwandelte sich daraufhin in Wut.

»Danke, dass du mich darauf hinweist.«

»Harls.«

»Dafür muss es eine einfache Erklärung geben.« Ihr fehlte heute die Geduld für Ashs Einmischungen, auch wenn er es nur gut meinte. »Aber denkst du, ich hätte nicht gründlich genug nachgeforscht? Glaubst du, ich hätte vor Beginn der Kaufverhandlungen nicht überprüft, welchen Ruf seine Firma genießt? Das habe ich getan, noch bevor ich überhaupt wusste, dass *Demont Designs* Jacques Lane gehört.« So hätte sich jeder halbwegs kluge Geschäftsmann verhalten. Ihr fehlte vielleicht ein Studienabschluss aus Harvard, doch sie hatte sich genug Erfahrung angeeignet, indem sie ihr Leben lang ihre Familie beobachtet und ihr zugehört hatte. Es hatte nur leider nie gereicht, um Hal zufriedenzustellen, und das würde es auch nie, aber von Ash hätte sie mehr erwartet.

Ihre verspannten Schultern zitterten, und jede Streitlust schien aus ihrem Körper hinauszufließen. Ash hatte ja recht. Sie hatte einen weiteren Fehler gemacht, indem ihr entscheidende Informationen entgangen waren. *Wie lange besaß Jack das Morris-Building bereits? War er sich überhaupt darüber bewusst, dass dem Gebäude der Abriss gedroht hatte? Verheimlichte er ihr auch etwas?*

Sie stand auf und fühlte sich viel erschöpfter als noch vor zwanzig Minuten, als sie die Treppe zu Ashs Apartment heraufgekommen war. »Ich gehe jetzt ins Bett.« Es reichte ihr. Ihr Bedarf an Selbstvorwürfen war für den heutigen Tag mehr als gedeckt, und was Jack betraf, drehten sich ihre Gedanken immerzu im Kreis.

Ash versuchte, sie an der Hand festzuhalten. »Es tut mir leid. Ich wollte doch nur dein Bestes.«

Sie nickte. Im Moment bekam sie kein Wort mehr heraus. Ihre Gedanken waren zu verworren, um etwas sagen zu können. *Ich habe doch eigentlich Glück, dass Ash immer für mich da ist*, dachte sie.

»Soll ich mir diesen Vertrag vielleicht mal ansehen? Du hast ja noch nicht unterschrieben, oder?«

Doch, das hatte sie. Der Vertrag steckte in ihrer Handtasche. Gleich am Montagmorgen sollte er abgeschickt werden.

Sie schluckte, um die Übelkeit loszuwerden, die von dem Whisky in ihrem Magen aufstieg, und schüttelte den Kopf. In welche Schwierigkeiten sie sich auch immer hineinmanövriert hatte, es war ganz allein ihre Aufgabe, *Give* vor den Folgen einer schlechten Entscheidung zu bewahren, und sich selbst von Jack zu lösen. *Würde diese Aufgabe auch so leicht zu erledigen sein?*

Sie drückte Ashs Finger, um ihm zu zeigen, dass sie Verständnis für seine Einmischung als Bruder hatte.

Er gab ihr daraufhin einen Kuss auf den Handrücken und sah Harley bedauernd an.

Sie war schon fast an der Treppe, als er leise sagte: »Ich hab dich lieb, Harls.«

Sie nickte. Im Moment konnte sie nichts sagen.

Hastig lief sie die Treppe in ihr Apartment hinunter und ging dann direkt ins Bad. Vielleicht würde das heiße Vollbad, das sie sich selbst versprochen hatte, ja auf wundersame Weise alle nagenden Zweifel und Unsicherheiten von ihr wegspülen.

Doch sie musste sich der Tatsache stellen, dass sie von Jack nichts wusste, außer, dass er im Bett ein Magier war. *Wieso fühlte sich dieses Chaos in ihr dann so verdächtig nach Emotionen an, für die sie absolut keinen Platz hatte? Es waren alberne und naive Emotionen. Hatte sie diese nicht schon längst hinter sich gelassen?*

Seufzend ließ sie sich in das heiße Wasser gleiten.

Egal, was sie empfand: Es war alles rein geschäftlich.

8. Kapitel

Am folgenden Abend zog Harley sich den Träger ihres Kleids zurecht und strich sich durch das Haar. Eine ganze Stunde lang hatte sie immer wieder neue Outfits anprobiert und sich perfekt geschminkt, nur um sich davon abzuhalten, alle fünf Minuten auf ihr Handy zu sehen. Um ganz sicher zu gehen, hatte sie es schließlich nicht nur ausgeschaltet, sondern auch noch in den Kühlschrank gelegt.

Im Laufe des Tages hatte Jack ihr drei Nachrichten geschickt. Bei seinen flirtenden, mehrdeutigen Worten wäre sie gestern noch vor Lust feucht geworden, aber Ash hatte tief in ihr Zweifel gesät. Ihr war klar, dass sie in einem Dilemma steckte, weil sie Jack von der Affäre erzählen musste. Dieses Wissen raubte ihr den letzten Rest an Energie. Am liebsten wollte sie vergessen, was für ein Chaos seit jüngster Zeit in ihrem Leben herrschte. Sowohl privat als auch beruflich.

Das war wahrscheinlich auch der Grund dafür, wieso sie Hannahs Einladung angenommen hatte, einen Abend lang durch die Clubs zu ziehen. Ihre Schwester wollte damit ihre Beförderung bei Jacob Holdings feiern. Hal Jacob glaubte fest daran, dass seine Kinder sich an die

Spitze des Unternehmens arbeiten würden. Vetternwirtschaft wie aus dem Bilderbuch.

Harley zuckte zusammen, als der Türsummer erklang. Offenbar waren ihre Schwester und deren Freundinnen da. Schnell griff sie nach ihrer Clutch.

Hannah hatte sich einen der angesagtesten Clubs von New York ausgesucht, wo sich nur die Elite traf, und als die Frauen aus dem Auto stiegen und an der Schlange der Wartenden entlang zum Eingang gingen, leuchteten sofort die Blitzlichter einiger Fotografen hinter der Absperrung auf.

Bei den seltenen Anlässen, wenn Harley mit ihren Freunden Party machte, ging sie lieber in ruhigere Clubs, wo weniger Prominente verkehrten und deswegen auch selten Paparazzi auftauchten. Aber dieser Abend gehörte ganz und gar Hannah.

Harley wandte das Gesicht ab und zog ihre Schwester schnell mit sich zum Eingang. Je eher sie auf die Tanzfläche kam, desto schneller konnte sie die innere Unruhe loswerden, die momentan in ihr herrschte.

Der Club war voller Menschen, die auf Glamour und Spaß aus waren. Hannah hatte ihnen eine VIP-Lounge reserviert, und Harley versuchte, sich mit der Musik von ihren Zweifeln bezüglich Jack und ihrer Enttäuschung von sich selbst abzulenken. Nach ein paar Shots bemühte sie sich, ihrer Schwester zuliebe zu entspannen, aber ihre Ängste und Unsicherheit schmiegten sich wie eine zusätzliche Kleiderschicht um sie … beengend, kratzig und einfach nicht abzuschütteln.

Nachdem sie eine Zeit lang gemeinsam mit Hannahs Freundinnen getrunken hatte, folgte sie ihnen auf die Tanzfläche. Sie schloss die Augen und gab sich ganz dem dumpfen Beat hin, der den Boden vibrieren ließ und den sie bis in die Knochen spüren konnte.

Wodka und Tanzen wirkten offenbar wie ein Zauber. Harleys Gedanken kamen endlich zur Ruhe, und sie vergaß Jack und den stockenden Verkaufsdeal für kurze Zeit. Jetzt gab es nur noch den hämmernden Beat und die blitzenden Lichter.

Dann spürte sie plötzlich zwei Hände an den Hüften und riss erschrocken die Augen auf. Sie hatte damit gerechnet, Hannahs lächelndes Gesicht vor sich zu sehen, doch sie erstarrte, als sie erkannte, zu wem diese Hände wirklich gehörten.

Phil!

Ihr zog sich der Magen zusammen. Natürlich war er hier. Als ewiger Single sammelte ihr Ex die Schönheiten wie Jagdtrophäen. Mit seinem üppigen Einkommen und seinem Ehrgeiz, auf der Statusleiter ganz nach oben zu gelangen, war dieser Club genau das richtige Jagdrevier.

Sein Lächeln hatte nichts Freundliches an sich. Er würde ihr niemals verzeihen, dass sie die Verlobung aufgelöst hatte. Harley sah in ihm den Erben eines großen Anteils des Jacob-Vermögens. Sein Weg an die Spitze war bereits vorgezeichnet.

Ihre Füße blieben wie angewurzelt stehen. Instinktiv wollte sie sich aus seinem Griff lösen, ohne ein Wort mit ihm zu sprechen, doch gerade als sie das tun wollte, ließ er die Hände von ihren Hüften sinken und entfernte sich tanzend von ihr.

Verdammt! Jetzt würde sie höflichen Small Talk mit ihm betreiben müssen.

Die Tanzfläche war voller Menschen, und die Musik war so laut, dass ein geschrienes »Wie geht es dir?« und ein bisschen Zeichensprache als Kommunikation mit dem Ex ausreichen würden, um dem Anstand zu genügen.

Sie blickte sich um und bewegte sich jetzt eher lustlos zu der Musik, doch als sie ihre Schwester und deren Freundinnen in der Nähe sah, entspannte sie sich sofort wieder.

Langsam tanzte sie näher an die Frauen heran und drängte sich förmlich an ihre Schwester.

Phil folgte ihr zu der Gruppe, nickte Harleys Schwester kurz zu und stürzte sich dann mit seinem schmierigen Lächeln und seinen Anzüglichkeiten sofort auf eine ihrer Freundinnen.

Falls er hoffte, Harley damit eifersüchtig zu machen, hatte er offenbar einiges nicht mitbekommen. Abgesehen von Höflichkeit hatte Harley keinerlei Interesse an ihm gezeigt. Mit ihrem Ex hatte sie schon längst abgeschlossen.

Was hatte sie damals bloß in ihm gesehen? Wahrscheinlich war sie noch zu unreif gewesen. Bei ihrem ersten Treffen war sie gerade mal neunzehn gewesen. Eine Zeit lang hatte Phils Ehrgeiz sie fasziniert, bis sie schließlich erkannt hatte, dass ihm abgesehen davon nichts anderes wichtig war, und mangelnden Ehrgeiz konnte er anscheinend bei niemandem tolerieren, schon gar nicht bei Harley. Im weiteren Verlauf ihrer Beziehung hatte er ihr sogar unterstellt, ihr Drang nach Unabhängigkeit von ihrer Familie sei lediglich Ziellosigkeit. Bei einem Streit von vielen hatte er ihr dann vorgeworfen, es sei dumm von ihr, ihren Platz im Familienunternehmen zurückzuweisen, wenn doch eine Zukunft in Reichtum vor ihr liegen würde. Als er noch hinzugefügt hatte, dass Hal in diesem Punkt völlig seiner Meinung war, hatte Harley sich aus ihrer Unentschlossenheit gerissen und den Schlussstrich gezogen.

Wieder sah sie zu ihm und dachte an die langweiligen Intimitäten mit ihm. Nein, da war gar nichts mehr zwischen ihnen. Ihr Puls beschleunigte sich nicht im Geringsten.

Als der Song endete, gab sie Hannah mit einem Nicken zu verstehen, dass sie die Tanzfläche verlassen würde. Sie würde eine Flasche Wasser trinken, zur Toilette gehen und Hannah danach mitteilen, dass sie sich auf den Heimweg machen würde.

Phil hatte ihr den Spaß geraubt. Durch seine Anwesenheit hatte er ihr wieder vor Augen geführt, wie anders Jack im Vergleich zu ihm war. Dadurch waren in Harley all die Zweifel wieder hochgekommen, die sie am heutigen Abend eigentlich hatte vergessen wollen.

Sie verdrängte das Gefühl. *Es ist nur Sex*, sagte sie sich. *Es kann nur Sex sein.*

War das vielleicht der Grund, wieso sie dem Gespräch mit Jack bisher ausgewichen war? Wollte sie das Unausweichliche nur hinausschieben? Hatte sie tatsächlich solche Angst davor, das zu riskieren, was Jack ihr im Bett zu bieten hatte?

Auf dem Rückweg zu ihrer Sitzecke umrundete sie eine Säule, und Jack versperrte ihr plötzlich wie aus dem Nichts den Weg.

Harley stieß fast mit ihm zusammen, und jede Luft wich aus ihren Lungen.

»Oh. Hi.«

Belustigt sah er sie an. »Das ist aber eine ziemlich oberflächliche Begrüßung für einen intimen Bekannten.« Flüchtig streifte er mit den Lippen ihre Wange.

Mit seiner distanzierten Förmlichkeit reizte er ihre Nerven, die ohnehin vor Unentschlossenheit, Verwirrung und Sehnsucht angespannt waren, nur noch mehr.

Jack kam nun mit seinen Lippen ganz dicht an ihr Ohr heran. »Hast du schon vergessen, wie es ist zu kommen, wenn mein Schwanz in dir steckt?«

Sein Atem strich über die winzigen Härchen auf ihrer Wange, dann richtete er sich wieder auf. Eindringlich sah er ihr in die Augen und trank von seinem Bier.

Harleys Blick schweifte zurück zur Tanzfläche. Phil, der einen Kopf größer als die meisten anderen war, sah eindringlich zu ihr hinüber, während er sich von hinten an die Frau schmiegte, die er von den anderen abgesondert hatte.

Harley sah wieder zu Jack, der sich nicht anmerken ließ, ob er mitbekommen hatte, dass sie mit einem anderen Mann getanzt hatte, oder ob ihn das in irgendeiner Weise störte.

Gut, dachte Harley. *Denn ich gehöre weder Phil noch Jack. Ich kann tanzen, mit wem es mir gefällt.*

Wenn ihr Körper das doch bloß genauso gelassen sehen würde!

»Bist du mit Freunden hier?«

Er nickte kurz. Sein Blick ging zu ihrer Brust und hinunter zu ihren nackten Beinen. »Alex und Libby. Aber vielleicht habe ich dich auch wie ein Stalker hierher verfolgt. So wie du mich am ersten Tag verfolgt hast, um dir zu holen, was du gewollt hast.«

Er hatte sie verfolgt? Spielte das überhaupt eine Rolle für sie?

Harley bekam nun an den Armen eine Gänsehaut und kämpfte gegen den Wunsch an, darüberzustreichen. Ihre Nippel richteten sich auf und pressten sich gegen den dünnen Stoff ihres Tops.

»Was willst du?« Ihre Stimme zitterte. *Hatte sie etwa Angst vor seiner Antwort? Befürchtete sie, er könne ihr dieselbe Frage stellen?*

Doch er erwiderte nur ihren Blick und zuckte kaum merklich mit den Schultern, dann verschränkte er die Finger mit ihren. Seine Hände fühlten sich von der Bierflasche kühl und feucht an.

»Ich … Ich bin mit meiner Schwester hier. Sie feiert.«

Warum glaubte sie eigentlich, sie müsse ihm eine Erklärung geben? Warum war sie gegenüber dem Mann so verunsichert, dem sie ihre Lust und ihren Körper anvertraut hatte? Sie hatte ihn förmlich angefleht, bei ihr bis an die Grenzen zu gehen. Willig hatte sie sich auf jede Art von Sex mit ihm eingelassen. Sie war sich nicht sicher, ob sie ihm trauen konnte, und dennoch war sie verrückt nach ihm. Ergab das überhaupt irgendeinen Sinn?

Wieder nickte er. Mit einer Hand zog er sie an der Hüfte zu sich.

Hingebungsvoll schmiegte Harley sich an ihn. Nur wenige Meter entfernt tanzten Hannah und Phil miteinander. Der Deal über das Morris-Building konnte platzen, ihr gingen die Geheimnisse, Zweifel und mögliche weitere Demütigungen durch den Kopf, doch all das war ihr auf einmal vollkommen egal.

Für sie zählte jetzt plötzlich nur die Wärme von Jacks Körper, die in ihr hochperlende Lust, die Jacks Anblick in ihr auslöste, und das prickelnde Verlangen, für das sie nur seinen sinnlichen, lächelnden Mund anzusehen brauchte.

Zärtlich strich er ihr mit den Lippen dicht hinter dem Ohr entlang.

Vor Verlangen spannte Harley die Zehen an.

»Ich bin kein eifersüchtiger Mensch, ma belle. Entweder willst du mich und das, was ich dir geben kann, oder eben nicht. So einfach ist das.«

Also hatte er sie doch mit Phil tanzen sehen!

Sie erzitterte. Seine Körperwärme und sein männlicher Duft waren berauschender als der Wodka, den sie getrunken hatte. *War es wirklich so einfach? Es sollte es sein. Nur Sex und überwältigende Orgasmen. Keinerlei Verpflichtung.*

Wieso machte sie es sich dann selbst so schwer? Warum unterstellte sie ihm Hintergedanken? Weshalb zweifelte sie an seiner Aufrichtigkeit? Ausgerechnet jetzt, nach all den Jahren, spielte sie mit dem Gedanken, ihm von dem Ehebruch ihres Vaters zu erzählen. Lag es vielleicht daran, dass sie Gefühle für ihn entwickelte, die über die körperliche Befriedigung hinausgingen?

»Es gibt schließlich einen Grund dafür, dass du ihn nicht geheiratet hast.«

Davon gab es Hunderte. Harley rückte etwas von ihm ab. »Du weißt, dass ich mit Phil verlobt war?«

Er zuckte mit den Schultern. »Du gehörst zu den Erben von Hals Imperium. Über die Verlobung wurde überall berichtet.« Er bewegte die Finger an ihrer Taille entlang. »Was ist passiert?«

Aus seiner Miene war keinerlei Neid zu lesen, vielmehr sah er sie so leidenschaftlich an, als wolle er sie jeden Moment küssen. Diesen Blick kannte sie bereits von ihm, und ihr war klar, dass er dieselbe Lust auch in ihrem Blick erkennen konnte.

Sie seufzte leise. Über Phil wollte sie jetzt am allerwenigsten sprechen, allerdings hatte sie auch nichts zu verbergen. »Er … ich habe ihm nicht genügt. Er fand, ich würde mein Geburtsrecht für etwas wegwerfen, was in seinen Augen nicht mehr als ein Hobby war.«

Jack sah abschätzig zur Tanzfläche hinüber, dann konzentrierte er sich wieder ganz auf Harley. Sanft strich er ihr mit den Lippen über die Schläfe.

»Ich freue mich für dich, dass du ihn rechtzeitig durchschaut hast. Ein Mann, der dich niedermacht und es dir nicht richtig besorgen kann, ist es nicht wert.«

»Wie kommst du darauf, dass er es mir nicht besorgen konnte?«

Jack zuckte mit den Schultern. »Nur klug geraten. Wenn er dir deine Bedürfnisse erfüllt hätte, dann wärst du jetzt glücklich mit ihm verheiratet.«

Sie erzitterte. »Ich war naiv. Ich habe Phil nie geliebt. Aber ein Teil von mir wollte sich wohl ins Muster einfügen, und Hal war mit ihm einverstanden.« Im Nachhinein konnte sie über ihre eigene Dummheit nur den Kopf schütteln. Heute sah sie die Ehe genauso zynisch wie Jack, zumindest, was sie selbst betraf. Es war ihr durchaus ernst gewesen, dass sie sich gut vorstellen konnte, dass seine Schwester in ihrer Ehe glücklich werden könne. Aber sie selbst hatte durch Hal und Phil ihre Lektion gelernt.

Immer noch gingen ihr Ashs Worte durch den Kopf. *War sie ein guter Menschenkenner?* Ja, denn letztendlich hatte sie Phil durchschaut und erkannt, dass es ihr bei dieser Beziehung mit ihm eher um die Meinung ihres Vaters gegangen war als um Liebe.

Aber war sie jetzt vielleicht nicht mehr so wachsam oder hypnotisiert durch die Anziehungskraft, die Jack auf sie ausübte? Übersah sie deshalb vielleicht irgendeinen entscheidenden Charakterfehler bei ihm? Hatte er als Geschäftsmann mehr mit ihrem Vater gemeinsam, als sie sich eingestehen wollte?

Ihr Unternehmen und vor allem ihre Schule für Kinder, die unter Dyslexie litten, bedeuteten ihr alles. *Würde sie den Deal einfach so aufgeben, wenn sie herausfand, dass Jack sie vorsätzlich hinterging?* Ash behauptete, Jack würde sie nur benutzen, um sich an ihr zu rächen.

Innerlich zuckte sie zusammen. Wenn Jack es tatsächlich geschafft hatte, sie reinzulegen, weil die Verkaufsunterlagen über das Morris-Building vor ihren Augen verschwammen und ihr Kopfschmerzen bereiteten …

Aber vielleicht gefährdete sie durch ihre Schwächen ja nur selbst alles, was sie sich aufgebaut hatte. Möglicherweise hatte ihr Vater recht. War es eventuell tatsächlich an der Zeit, dass sie mit dem Kinderkram aufhörte und sich in die Sicherheit des Familienunternehmens begab?

Jack kam näher. Seine Erektion streifte ihren Schenkel.

Ihre Beine zitterten, als hätte sie noch mehr getrunken. Ihre Nippel zeichneten sich unter dem Top ab und rieben an Jacks Hemd. Ihr Schoß zog sich erregt zusammen.

Harley schluckte und schloss die Augen. Leise ausatmend lehnte sie die Stirn an Jacks feste Brust.

Was war bloß los mit ihr? Eben hatte sie noch an seiner Aufrichtigkeit gezweifelt, und jetzt wollte sie ihm am liebsten die Kleider vom Leib reißen und Sex mit ihm haben. *War der Sex mit Jack tatsächlich so gut, dass sie nicht von ihm loskam, auch wenn ihre beruflichen Interessen ein Ende dieser Beziehung forderten? Wäre sie dazu wirklich in der Lage, ohne es später zu bereuen? Wenn er sie angelogen und hintergangen hatte …*

Sie presste die Augen zusammen. Der sexy Beat und die Art, wie Jack sie mit dem Daumen rhythmisch an der nackten Taille streichelte, ließ sie in Sinnlichkeit versinken. Im Gegensatz zu Phil, den sie von einem Moment zum nächsten hatte vergessen können, zog Jack sie mit allem, was er sagte, tat und war, in seinen Bann.

Sie wollte, was sie beide sich erschaffen hatten. So etwas hatte sie noch bei keinem anderen Mann finden können. Diese siedend heiße Verbindung, diese explosive Spannung, das war wie eine verbotene Sucht für sie geworden. Solange sie Ashs Anschuldigungen nicht genau untersucht hatte, konnte sie Jack nicht einfach aufgeben, oder doch?

Neun Jahre lang hatte sie keinen Kontakt zu Jack gehabt, aber der Mann, mit dem sie den gestrigen Tag verbracht hatte, konnte in ihren Augen kein Geschäftsmann sein, der gerissene und hinterhältige Pläne schmiedete. Er hatte mit ihr Strampler mit winzigen aufgedruckten Giraffen ausgesucht und einen süßen Stoffschwan für seine schwangere Schwester gekauft. Vielleicht war sie deswegen tatsächlich dumm und naiv. Es war immerhin ein Gefühl, das sie seit ihrer Kindheit kannte.

Wieder berührte Jack sie mit den Lippen an der Schläfe, und Harley öffnete die Augen.

»Du hast gar nicht auf meine Nachrichten geantwortet.«

Es war keine Frage. Er steckte die Nase in ihr Haar und atmete tief ein.

Sie lehnte sich an ihn, folgte seinem leichten Schwanken beim Tanzen und bewegte sich im Einklang zum sinnlichen Beat der Musik. Es kam ihr so vor, als würden sie ganz allein tanzen. »Nein.«

Wieso fühlte dieses langsame Tanzen am Rand der Tanzfläche sich für sie viel intimer an als alles, was sie mit ihrem Ex-Verlobten je erlebt hatte, den sie immerhin beinahe geheiratet hätte?

Sie schob die Finger in die Gürtelschlaufen seiner Jeans, damit ihre Hüften sich exakt wie seine bewegten. Wenn sie die Augen schloss und sich an diesem Moment festhielt, dann konnte sie all ihre Fragen und Selbstzweifel vergessen, die sie innerlich aufzufressen drohten.

Jack blieb stehen, und sie öffnete die Augen. Es fiel ihr schwer, aber sie war Realistin.

Mit unergründlicher Miene sah er sie an. Er wirkte weder verärgert noch gekränkt. Anscheinend störte es ihn nicht, dass sie ihn ohne jede Erklärung ignoriert hatte.

Langsam stellte er sein Bier auf ein Sims ab und ergriff ihre Hand.

Harley brauchte keinen Grund, um ihm zu folgen. Sie spürte ihren eigenen Pulsschlag zwischen den Schenkeln, während sie ihm durch die Menge folgte. Die Hitze in ihr steigerte sich immer mehr. Sie konnte gar nicht sagen, ob es Scham war, weil sie ihre Bedenken einfach so beiseitegeschoben und ihrer Lust auf Jack verfallen war, oder ob das die Hitze war, die sie immer empfand, wenn er in ihrer Nähe war. Wie auch immer, sie sträubte sich nicht und fand sich kurz darauf in einem dunklen Flur außerhalb des Clubs wieder.

Die Luft war kühl, und die dumpfe Musik verdrängte alles außer Jack. Warm und fordernd presste sein Körper sich an ihren.

Er drängte sie rücklings an die Wand, und Harley zog ihn noch dichter an sich.

Sanft schob er ihr das Haar von der Schulter und berührte ihre Haut, während er ihr durchdringend in die Augen sah.

»Sag mir …«, eine kleine Falte zwischen seinen Brauen dämpfte die Glut in seinem Blick. »Habe ich mir deine Schreie und deine Befriedigung gestern nur eingebildet?«

Er schob ihr ein Bein zwischen die Schenkel. Überdeutlich spürte sie den rauen Stoff seiner Jeans an den nackten Innenseiten. All ihre Nerven waren plötzlich hellwach und überreizt.

Schamlos rieb sie sich an ihm und bewegte ihre Hüften.

Mit dem Mund fand er die empfindsame Stelle hinter ihrem Ohr und küsste sie dort, während er auf ihre Antwort wartete.

Harley stieß mit dem Hinterkopf an die Wand und verdrehte die Augen. »Nein«, flüsterte sie.

Es war ihr egal, wie sehnsüchtig ihre Stimme klang, und dass sie sich verzweifelt an seine Schultern krallte, während er sie an die Wand drückte.

Mit einer Hand glitt er ihr jetzt zwischen ihre Schenkel.

Unwillkürlich spreizte sie die Beine und ließ zu, dass Jack ihr den hauchdünnen Slip zur Seite schob.

Mit den Fingerspitzen klopfte er gegen ihre erregte Klitoris.

Harley zog ihn noch enger an sich und presste die Lippen auf seine. Das sehnsüchtige Ziehen zwischen ihren Beinen wurde jetzt immer stärker. Sie wollte ihn! Hier und jetzt. Jeden Moment konnten ihre Schwester oder ihr Ex nach ihr suchen kommen, doch Harley sehnte sich brennend danach, Jack in sich zu spüren. Er sollte es hier an der Wand mit ihr treiben. Sie wusste, dass er sie in Ekstase versetzen würde. Der Sex mit ihm war so wunderbar unkompliziert.

Im Moment war es das einzig Unkomplizierte in ihrem Leben.

Sie kniff die Augen zu und sehnte sich nach dem lustvollen Rausch, der zum Greifen nah war, doch ihr Verstand wehrte sich gegen die Sehnsüchte ihres Körpers, und ausnahmsweise gewann er den Kampf. Ihr war klar, dass ihr Timing grauenhaft war, doch Antworten waren ihr momentan noch wichtiger als ihre körperlichen Bedürfnisse.

»Was ist los, Chérie?« Sein Blick klärte sich, und er bewegte die Finger nicht mehr.

Langsam zog er die Hand zurück, strich ihr den Rock glatt und legte ihr die Hand auf die Hüfte.

Harley wich seinem Blick aus. Sie war vollkommen durcheinander. Es kam ihr vor, als würde sie auf einem Drahtseil balancieren und sich nicht trauen, nach unten zu sehen. Langsam schüttelte sie den Kopf.

Abgesehen von dem geschäftlichen Deal hatte sie kein Recht, ihn auszufragen, doch nach der Unterhaltung über Isabel und durch ihre Zweifel wegen des Morris-Deals waren ihr nun einmal Fragen gekommen.

Hasste er ihre Familie wirklich so sehr, dass er ihr bewusst Fakten über das Morris-Building verheimlicht hatte? Sie öffnete den Mund und schloss ihn dann wieder. Anschließend verschränkte sie die Arme vor der Brust. *Wie konnte sie Antworten von ihm verlangen, wenn sie selbst Geheimnisse vor ihm hatte, und wollte sie diese Antworten überhaupt hören, wenn dies das Ende vom besten Sex ihres Lebens bedeutete?*

»Ich …« Ihre Kehle fühlte sich plötzlich rau an. *Wie konnte sie Jacks Motive hinterfragen, ohne ihm die ganze Wahrheit über das Zerwürfnis zwischen ihren Familien zu verraten? Konnte sie tatsächlich völlige Ehrlichkeit von ihm einfordern, wenn sie gleichzeitig etwas so Entscheidendes vor ihm verbarg?*

Seufzend schob er seine Erektion in eine bequemere Position, bevor er die Hände in die Taschen steckte. Als er Harley wieder ansah, lief ihr ein Schauer den Rücken hinab.

»Machst du dieses Mal etwas behutsamer mit mir Schluss?«

Seine Lippen pressten sich aufeinander, aber vielleicht bildete sie sich das auch nur ein, denn sein Tonfall war gelassen.

»Hast du jetzt genug von unserem kleinen Spiel?« Seine Stimme verriet nichts darüber, was gerade in ihm vorging. Es wirkte, als sei ihm alles vollkommen egal, so als könne er einfach so gehen und nichts bereuen.

Wäre Harley dazu auch fähig?

Er rieb sich über die unrasierte Wange, als wolle er noch etwas sagen, doch dann schwieg er. *Was hatte er sagen wollen? Wir hatten unseren Spaß? Au revoir?*

Alles in ihr zog sich zusammen.

Eine Sekunde lang biss er die Zähne zusammen, dann lächelte er halbherzig und zuckte mit den Schultern. »Es ist deine Entscheidung.«

Flüchtig küsste er sie auf die geöffneten Lippen, und dann drehte er sich um und ging ohne einen Blick zurück.

Verwirrter denn je blieb Harley zurück.

9. Kapitel

Trent öffnete Harley per Knopfdruck die Tür, und Sekunden später stürmte sie in Jacks Büro, nachdem sie nur kurz angeklopft hatte, ohne auf eine Reaktion zu warten.

Es war Viertel nach acht am Morgen, und Harleys grüne Augen blitzten fast goldfarben. Sie reckte das Kinn entschlossen vor und kündigte dadurch ihre Kampfbereitschaft an.

Jack stand auf und kam um seinen Schreibtisch herum. *Wie elegant und verdammt sexy sie aussah!* Er bekam augenblicklich einen Ständer, obwohl Harley offenbar vor Wut schäumte.

Aber konnte er ihr das wirklich verübeln? Gestern Abend hatte er ihr schließlich alles vor die Füße geworfen und war einfach gegangen. In seinem Kopf hatten sich die Gedanken überschlagen bei der Vorstellung, dass jetzt alles zwischen ihnen aus sein könnte. Er hatte sie gut genug kennengelernt, um zu erkennen, dass sie ihm etwas verheimlichte, aber was immer sie auch vor ihm verbarg, ging ihn nichts an. Trotzdem wollte er sie aushorchen, wobei er seine eigenen Gefühle im Zaum hielt und alles nur auf den fantastischen Sex beschränkte.

»Trent hat mir gesagt, dass du gerade allein bist.«

Das war alles, was er von ihr als Erklärung bekam. Allerdings ging er nicht davon aus, dass sie hergekommen war, um mit einem Quickie am Montagmorgen die Arbeitswoche zu beginnen.

Er lehnte sich an die Schreibtischkante und spreizte entspannt die Beine. Langsam musterte er Harley von Kopf bis Fuß. Der enge Rock betonte ihre sinnlichen Hüften, und die Nippel zeichneten sich unter ihrer Bluse ab. Sie war wütend, aber auch erregt.

Mit einer Hand fuhr er in die Hosentasche und rückte unauffällig seine Erektion zurecht. »Was kann ich für dich tun?« *Abgesehen davon, dir den Rock abzustreifen und deinen hinreißenden Po über den Schreibtisch zu beugen, damit wir beide uns besser fühlen und den unausweichlichen Showdown noch ein bisschen aufschieben können.*

Schon als er heute früh allein im Bett aufgewacht war und sich einsam gefühlt hatte, hatte er gewusst, dass dieser Tag schrecklich werden würde.

Sie hielt ihm die Dokumente hin, die er ihr letzte Woche in ihre Filiale gebracht hatte. »Die wollte ich dir persönlich bringen. Es ist alles unterschrieben.« Sie ließ den Arm sinken. Ihr Blick wurde noch wütender. »Jetzt sag mir: Hast du gewusst, dass das Morris-Building noch vor einem Jahr abgerissen werden sollte?« Herausfordernd hob sie das Kinn und neigte die Hüfte zur Seite, ohne den wütenden Blick von seinen Augen abzuwenden.

Anscheinend hatte sie ein bisschen nachgeforscht. *Zweifelte sie etwa seine Motive an? Dachte sie, er lasse sich bei seinen geschäftlichen Entscheidungen von der Vergangenheit beeinflussen?* Doch er hielt die Erwiderung zurück, die ihm auf der Zunge lag, und sah sie an, ohne sich irgendetwas anmerken zu lassen. Schließlich bemerkte er, dass Harley am Hals errötete.

Sein Magen zog sich zusammen. Er hatte von Anfang an gewusst, dass es ihnen beiden an Vertrauen fehlte, dennoch kränkte ihn ihr Misstrauen. Er ballte die Faust in der Tasche. *Wieso machte ihm das etwas aus? Hatte er das alles nicht überhaupt erst angefangen, um seine Rache zu bekommen? Genau das war doch sein Antrieb gewesen, als er das Knistern zwischen Harley und sich näher erkundet hatte. Konnte er jetzt noch behaupten, unschuldig zu sein?*

»Weißt du …« Er rieb sich die Wange. Es kribbelte ihn in den Fingern, trotz der Mauer der Abweisung zu ihr durchzudringen. »Ich kann mich nicht entscheiden, ob ich dich jetzt rauswerfen soll …« Er stützte sich mit den Händen auf die Tischplatte hinter sich. »… oder ob ich es mit dir auf meinem Tisch treiben soll, bis dieser trübe Montagmorgen für uns beide nicht mehr so grauenhaft ist.« Das war eine Lüge, denn er hatte sich längst für Plan B entschieden.

Verächtlich stieß sie die Luft aus und schüttelte den Kopf. »Beantworte zuerst meine Frage.«

Jack stieß sich vom Schreibtisch ab und kam auf Harley zu. Er nahm den unterschriebenen Vertrag über das Morris-Building und überflog die erste Seite, auf der seine eigene und Harleys Unterschrift standen. In Jack herrschte ein Mix aus Erregung und Frustration und noch zahlreichen anderen Emotionen, die er momentan nicht ergründen wollte.

Langsam hob er den Vertrag auf Augenhöhe und hielt Harleys durchdringendem Blick stand, dann riss er das Dokument mitten durch. *War es krank, dass er bei Harleys erschrockenem Blick Genugtuung empfand?*

»Was ... Was in aller ...«, stotterte sie.

Auf dem Rückweg hinter seinen Schreibtisch warf er den zerrissenen Vertrag in den Papierkorb. Dann setzte er sich, lehnte sich in dem Lederstuhl zurück und zwang sich zur Ruhe. Im Job verlor er normalerweise niemals seine Gelassenheit und die Kontrolle, aber Harley trieb ihn bis an seine Grenzen, privat und auch beruflich.

Er zuckte mit den Schultern und stützte die Finger aneinander. »Ohne Vertrauen«, wieder zuckte er mit den Schultern, »hat das Ganze keinen Wert.«

»Dann bist du also wieder an dem Punkt, an dem du dich weigerst zu verkaufen?«

Natürlich kam sie zu diesem Schluss, und es fühlte sich wie ein Boxhieb in die Magengrube an. Vielleicht konnten sie ja nur körperlich gut miteinander kommunizieren. In dieser Hinsicht hielten sie beide nämlich nie etwas zurück.

Er lehnte sich auf seinem Stuhl zurück und kämpfte gegen den Drang an, sie zu küssen. »Nein, ganz und gar nicht. Ich werde einen anderen Vertrag aufsetzen lassen, aber darin werde ich festhalten, dass ich meinen Worten auch Taten folgen lassen werde.«

»Du könntest auch einfach meine Frage beantworten.«

»Ich lasse lieber meine Taten sprechen, Chérie. Betrachte diesen Vertrag als null und nichtig.« Seufzend rieb er sich das Kinn. »Um Sie zu beruhigen, Miss Jacob, das Morris-Building ist sicher. Dem Vorbesitzer ging es einfach nur eher um das Grundstück als um das alte Gebäude.« Das kurze Zögern, das er bei ihr bemerkte, erleichterte ihn nicht.

»Ich wollte das Gebäude eigentlich selbst sanieren, aber dann habe ich wegen anderer Projekte nicht die Zeit dafür gefunden.«

Sie gab ihre aggressive Haltung nun auf, ließ ihn jedoch noch weiter zappeln. »Einem potenziellen Kunden gegenüber hättest du das aber vielleicht mal erwähnen können.«

Nachdenklich neigte er den Kopf zur Seite. Verdammt, sie war einfach umwerfend … klug, entschlossen … und sie ließ sich nichts vormachen. »Ich wollte bestimmt niemandem etwas verheimlichen.« Dass er die gegenseitige Anziehungskraft dazu benutzt hatte, um nach all den Jahren mit ihr quitt zu sein, war ihm jetzt plötzlich unangenehm. Das wollte er ihr lieber nicht verraten. Denn wenn er zugab, wie tief sie ihn vor neun Jahren verletzt hatte, dann würde es zwischen ihnen schlagartig nicht mehr nur um unbeschwerten Sex gehen, dann würde er gefühlsmäßiges Neuland betreten, und für ihn war dieses Land ein einziges Minenfeld.

»Diese Information ist allseits bekannt. Vielleicht hättest du dein Team gründlicher recherchieren lassen sollen. Diese Fakten sind jedermann leicht zugänglich.«

Sie wurde rot, und Jack zuckte innerlich zusammen. *Mist, er hatte die Qualifikation ihrer Anwälte anzweifeln wollen, aber sie nahm das natürlich wieder persönlich.* Sofort fuhr er in nachsichtigem Tonfall fort: »Ich werde dir einen neuen Vertrag aufsetzen lassen.«

Worum ging es hier eigentlich? In den Unterlagen, die er ihr zusammen mit dem Kaufvertrag ausgehändigt hatte, waren sämtliche baulichen Mängel aufgelistet gewesen. Dass sie so schnell an anderen und sich selbst zweifelte, musste tief reichende Gründe haben.

Versuchte er gerade etwa schon wieder, sie zu analysieren? Was spielte es denn für eine Rolle, ob sie ihm vertraute oder nicht? Wieso berührte es ihn so tief, was sie empfand? »Ich verkaufe das absolut standsichere Morris-Building an *Give*, wenn du mich mit ins Team holst, damit ich es gratis für dich renovieren kann.«

Entnervt verdrehte sie die Augen. »Das ist absolut unnötig.«

Aber nicht für ihn. »Meine Integrität ist mir sogar zehn Mal so viel wert!« *Und dein Vertrauen*, fügte er in Gedanken hinzu.

Verdammt, da war es wieder! Sie verheimlichte ihm etwas! Aber außerhalb des Bettes sollte es ihm doch egal sein, ob sie ihm vertraute. Jack konzentrierte sich auf ihren misstrauischen Blick und versuchte, seine Motive zu ignorieren.

»Würde ich dir ein baufälliges Gebäude verkaufen und damit meinen Ruf als Bauträger riskieren?« *Würde sie tatsächlich eine berufliche Partnerschaft mit ihm eingehen, so wie ihre Väter vor all den Jahren? Das wäre wirklich eine Ironie des Schicksals. Für ihn stand viel auf dem Spiel … und für Harley?* Er hatte keine Ahnung, was gerade in ihr vorging.

Sie erwiderte seinen Blick so lange, dass Jack schon damit rechnete, dass sie einfach wieder gehen würde. Doch dann ließ sie die Schultern kaum merklich sinken. »Nein, ich glaube nicht, dass du mir etwas Baufälliges verkaufen würdest.«

»Aber trotzdem zweifelst du noch immer an mir?« Es konnte ihm egal sein. Dennoch fühlte sich seine Brust wie eingeschnürt an. Ja, ihre Familien waren verfeindet, und anfänglich war er nur auf Rache aus gewesen, weil sie ihn vor neun Jahren so abrupt verlassen hatte. Zugegeben, er hatte etwas mit ihr gespielt und die Anziehungskraft ausgenutzt, um ihr zu zeigen, dass er heute viel mehr Mann war als damals. *Aber jetzt?*

Er konnte kaum schlucken. Er hatte Angst, dass sie ging.

»Ich …« Sie presste die Lippen aufeinander, als fürchte sie sich vor dem, was sie sagen könnte.

»Hast du nichts zu sagen?«

Widersprüchliche Gefühle zeichneten sich auf ihren Zügen ab. Ihre Schultern sackten herab, und schließlich stand sie so ehrlich und aufrichtig vor Jack, wie er sie sonst nur beim Sex erlebt hatte. Doch er sehnte sich danach, dass sie ihm gegenüber auch außerhalb des Schlafzimmers so offen war.

Schließlich seufzte sie, und erleichtert hörte Jack, wie sie aus tiefstem Herzen antwortete: »Ich will dich!« Wieder schüttelte sie kaum merklich den Kopf. »Ich bin nicht bereit dafür, dass es zu Ende ist.«

Sie vertraute ihm also nicht vollkommen, aber sie wollte ihn trotzdem. Die Begeisterung, die ihn daraufhin durchströmte, ließ seine Muskeln vor Anspannung schmerzen. Jack brannte darauf, zu handeln. Er musste sie jetzt einfach daran erinnern, wie fantastisch es zwischen ihnen beiden war. Sie sollte sehen, wie es sein könnte, wenn …

Nein. Mehr durfte zwischen ihnen nicht sein. Schweigend verdrängte er seine gefährlichen Gedanken.

Harley streifte sich nun die Schuhe ab, schleuderte ihre Handtasche auf einen Stuhl und begann, sich die Bluse aufzuknöpfen.

Jacks Glied drückte gegen den Reißverschluss seiner Hose. Es war gerade einmal neun Uhr früh. *Spielte er tatsächlich mit dem Gedanken, es hier in seinem Büro mit Harley zu treiben?* Schnell ging er im Kopf seine Termine des Vormittags durch. Da war nichts, was sich nicht aufschieben ließ.

Ohne auf seine Reaktion zu warten, schloss Harley die Tür ab, durch die sie erst vor wenigen Minuten hereingestürmt war. Langsam ging sie auf Strümpfen auf ihn zu und wiegte bei jedem Schritt sinnlich die Hüften.

Jack schluckte schwer, als sie sich mit ihrem hinreißenden Po direkt vor ihm auf die Schreibtischkante setzte. Unwillkürlich spreizte er die Beine, als sie sich den engen Rock höher zog. Sein Blick schweifte zum Spitzensaum ihrer Strümpfe.

Verdammt, er war ihr ganz und gar verfallen! Körperlich stimmte es absolut zwischen ihnen, aber das war auch schon alles, was sie hatten. Jack konnte das akzeptieren, doch zum ersten Mal kam ihm flüchtig der Gedanke, ob da nicht vielleicht noch mehr sein könnte.

Er stand auf, und Harley zog an seiner Krawatte, um seinen Mund auf ihrem zu spüren. Fordernd küsste sie ihn, drang aufstöhnend mit der Zunge in seinen Mund ein, und Jacks Lust kochte höher und höher. Doch der kleine Gedanke in seinem Hinterkopf sehnte sich nach mehr.

Seine Rache hatte er nun bekommen. Immer wieder hatte er Harley bewiesen, wie gut er als Lover war, aber er hatte noch lange nicht genug. Sein Verlangen nach ihr war gerade im Umbruch. Allmählich verwandelte es sich offenbar in etwas anderes.

Wild erwiderte er den Kuss, um das leise »Warum« in seinem Kopf zum Verstummen zu bringen. Wenn nötig, würde er Harley eben Stück für Stück dazu bringen, ihm zu vertrauen.

Er ergriff ihre Hüften und zog Harley am Po bis zur Tischkante nach vorn, direkt an seine harte Erektion.

»Haben wir einen neuen Deal?« Dieses Mal würde er nicht zulassen, dass sie sich innerlich zurückzog. Er presste die Hüften an ihre, umfasste mit einer Hand ihre Brust und reizte mit dem Daumen ihren aufgerichteten Nippel. Er war nicht ihr Spielzeug, das sie benutzen konnte, wann immer ihr danach war. *Wollte Harley etwa immer noch spielen?* Dann musste sie ihm zumindest in Bezug auf den Deal vertrauen. Das wäre immerhin ein Anfang.

Sie ließ den Kopf in den Nacken fallen, spreizte die Schenkel noch weiter und drängte ihren heißen Schoß enger an ihn. »Ja, es tut mir leid.«

Regungslos verharrte sie und blickte ihm in die Augen. Genau wie er, schien sie zu spüren, dass sie an der Schwelle zu etwas Neuem standen.

Jack war genau wie sie, seinem Verlangen hilflos ausgeliefert. Er presste den Mund auf ihren und versuchte, mit dem Kuss alles auszudrücken, was er fühlte. All seine ehrenhaften Absichten und seine Leidenschaft.

Harley stöhnte auf. Voller Ungeduld lockerte sie seine Krawatte und öffnete seine Hemdknöpfe.

Mit einer Hand strich Jack ihr zwischen die Schenkel und spürte ihren vor Lust feuchten Slip. Aufreizend rieb er ihre erregte Klitoris und löste schließlich aufstöhnend den Mund von ihrem. »Vertraust du mir? Lässt du mich beim Aufbau deiner Schule helfen?«

Verdammt, was war bloß los mit ihm? Wieso war ihm das so wichtig? Harley brannte vor Lust und flehte ihn mit jedem Blick und jeder Geste um mehr an.

»Ja.« Sie strich mit den Lippen an seiner Wange und seinem Hals hinab bis zwischen seine Brustmuskeln. Aufstöhnend schmiegte sie das Gesicht an sein Brusthaar. »Ja, Jack, das tue ich.«

Fürs Erste zufrieden, riss er den Reißverschluss nach unten. Der Duft von Harleys Lust erregte ihn und machte ihn so hellwach, wie der stärkste Kaffee am Morgen es nicht vermochte. Viel länger konnte er sich nicht mehr beherrschen.

»Schnell … beeile dich.« Ihre Finger zitterten, als sie ihm die Boxershorts abstreifte. Ungeduldig zerrte sie ihm die Hose über die Hüften hinab, während sie ihn unablässig küsste.

Jack war jetzt ganz kurz davor, jede Kontrolle über seine Lust zu verlieren. Er verließ Harley einen Moment lang und ging in sein privates Bad, um ein Kondom zu holen. Schon während er zu ihr zurückkam, riss er die kleine Packung mit den Zähnen auf. Er sah, dass Harley sich bereits den Slip abgestreift und den Rock bis zur Taille hochgezogen hatte.

Von ihrem kultivierten Look war jetzt nicht mehr viel übrig, doch das schien ihr nichts auszumachen. Genauso wenig störte es Jack in diesem Moment, dass Harley mit ihrem nackten Po ein paar Bauskizzen zerknitterte und dass sein Laptop jeden Moment vom Tisch fallen konnte.

Keine paar Sekunden darauf war er schon tief in ihr. Zeitgleich stöhnten sie auf und atmeten keuchend, als hätten sie viel zu lange die Luft angehalten.

Das hier kam ihm so absolut richtig vor. *Harley* war für ihn richtig. Bei dem Gedanken daran wurde ihm schwindlig, und er konnte nicht sagen, ob es Euphorie oder Verunsicherung war. Er wollte auch nicht näher darüber nachdenken.

Unablässig drang er in sie ein. Immer stärker fachte er ihre Lust an. Unaufhaltsam drifteten sie beide auf den erlösenden Höhepunkt zu. Harley schrie nun so laut auf, dass man sie bestimmt im gesamten Gebäude hören konnte, und Jack schwor sich, dass er herausfinden würde, was sie vor ihm zurückhielt. Seine eigenen Motive zweifelte er im Moment auch an.

Zwei Tage später verabschiedete sich Harley von Belinda, kurz bevor die Boutique schloss. In Gedanken war sie wie üblich bei Jack.

Er war direkt an dem Tag, an dem sie ihn in seinem Büro zur Rede gestellt hatte, nach Paris geflogen, weil er dort unbedingt bei einem Meeting anwesend sein musste.

Noch vor seiner Abreise hatte er ihr den überarbeiteten Vertrag für das Morris-Building zuschicken lassen, und die beigefügte persönliche Notiz hatte Harley zugleich beruhigt und verärgert.

Ich freue mich schon auf die neue Zusammenarbeit. In einer Woche muss ich wieder in Paris sein, aber ich hoffe, ich komme bis dahin dazu, mit den Plänen für das Morris-Building anzufangen.

Je länger sie darüber nachdachte, desto unruhiger wurde sie. *Hatte sich die Sache mit Jack bereits zu mehr als Sex entwickelt?* Wann immer sie an ihn dachte, verspürte sie ein Ziehen in der Brust. Sobald eine Nachricht einging, schlug ihr Puls sofort schneller, und sie zählte die Stunden, bis er wieder zu ihr zurückkam.

Als sie auf die Straße hinaustrat, wappnete sie sich innerlich gegen die kalte Abendluft, doch dann blieb sie abrupt stehen.

Jack lehnte an seinem Wagen, das Telefon in der einen und einen Blumenstrauß in der anderen Hand. Bei Harleys Anblick steckte er das Handy schnell in die Tasche und kam auf sie zu.

Bei seinem Lächeln wurde ihr sofort von innen heraus warm, und sein sexy Blick ließ sie innerlich erzittern.

Reichte ihr das nicht als Antwort auf ihre Frage? Harley erstarrte, nur ihr Herz raste weiter.

»Bon anniversaire, ma belle.« Er reichte ihr die Blumen und gab ihr einen Kuss auf die kühlen Lippen, der für Harleys Geschmack allerdings viel zu schnell endete.

Ihr fiel das Schlucken auf einmal schwer. »Du hast wirklich an meinen Geburtstag gedacht?« Ihr wurde noch wärmer. In ihrem Kopf überschlug sich alles. *Sie hatte sich in ihn verliebt! Noch nie zuvor war sie sich einer Sache so sicher gewesen. Wie hatte es dazu kommen können, und was sollte sie jetzt mit dieser Erkenntnis anfangen?*

Er neigte den Kopf auf seine typisch französische Art. »Selbstverständlich.«

Mit keinem Wort hatte er jemals angedeutet, dass er mehr als nur Sex wollte. Auf das Glück seiner Schwester hatte er mit Zynismus reagiert, genau wie auf die Auswirkung, die die Scheidung seiner Eltern und der Niedergang des Unternehmens seines Vaters auf ihn gehabt hatte. Für Harley stand fest, dass er über feste Beziehungen genauso dachte wie sie. Doch im Moment schien er sie mit seinem Blick bis in ihr Innerstes zu durchleuchten. Harley fühlte sich entblößt.

Sie musste wieder an ihren siebzehnten Geburtstag zurückdenken. Damals waren sie im Haus ihrer Eltern in den Hamptons gewesen. Jack hatte gewartet, bis alle irgendwo im Haus beschäftigt waren, ehe er Harley gefragt hatte, ob sie Lust habe, mit ihm einen Spaziergang am Strand zu machen. Dort hatte er ihr nicht nur ein Buch über das Leben ihrer größten Modeheldin Coco Chanel geschenkt, das heute immer noch bei Harley im Regal stand, sondern er hatte sie auch zum ersten Mal geküsst.

Sie presste die zitternden Lippen aufeinander. »Wie lange wartest du hier schon?«

Er kam näher, legte ihr eine Hand an die Taille und sah

sie an, als wolle er gleich hier vor den Augen von halb Manhattan über sie herfallen.

»Das spielt keine Rolle.« Er suchte ihren Blick, und Harley blinzelte, weil sie sich nicht sicher war, was er aus ihren Augen las, und weil es sie verunsicherte, wie eindringlich er sie ansah. »Hast du schon Pläne?«

Sie schüttelte den Kopf. Mit Hannah und Ash hatte sie gestern Abend in ihren Geburtstag hineingefeiert, und heute hatte sie nur etwas essen gehen, ausgiebig baden und früh schlafen wollen. Aber da Jack jetzt einen Tag früher als geplant zurück war …

Es ist schließlich mein Geburtstag, dachte sie, *da finde ich bestimmt noch die Energie für das, was sich Jack überlegt hat.*

Zärtlich streifte er mit den Lippen über ihre Schläfe, als er einen Arm um sie schlang und sie seitlich an sich drückte und dadurch vor dem kalten Wind schützte.

»Schick deinen Chauffeur nach Hause. Ich werde dir etwas zu essen spendieren und es dir dann gehörig besorgen, und zwar genau in dieser Reihenfolge. Ich habe dich vermisst.«

Fast hätte sie ihm bestätigt, dass es ihr genauso gegangen war, doch sie verkniff sich die Antwort aus Angst, etwas zu sagen, denn jetzt hatte sie Gefühle für ihn, und dadurch änderte sich alles, denn Gefühle bedeuteten eine zusätzliche Verantwortung.

Die Last des Geheimnisses, das sie ihm nicht erzählen durfte, ließ sie auf dem Fußweg wie gelähmt verharren.

Sollte sie es ihm nicht sagen, bevor sie noch tiefer in ihren Gefühlen versank? Bevor noch mehr Zeit verstrich? Denn dann würde er ihr niemals verzeihen können, dass sie ihm etwas so Entscheidendes vorenthalten hatte.

Sie konnte diese Last einfach nicht mehr länger tragen. Sie weigerte sich, so wie Hal zu sein. Das Schweigen machte sie nämlich zu seiner Komplizin, und Jack verdiente die ganze Wahrheit.

Aber den passenden Moment dafür zu finden …

Erwartungsvoll sah Jack sie an.

Was die Auswahl eines Geburtstagsgeschenks anging, lag er mit seinem Angebot ganz weit vorn. Harley zwang sich zu einem Lächeln und verkniff sich feige ihr Geständnis. Sie telefonierte kurz mit ihrem Fahrer und ging dann zu Jack hinüber, der bereits hinten in seiner Limousine saß.

Er hatte ihr Lieblingsrestaurant ausgewählt. In dem kleinen eleganten Restaurant in SoHo saßen sie nebeneinander in gedämpftem Licht in einer Sitznische, und Harley entspannte sich mehr und mehr und genoss einfach nur den Moment.

Jack berührte sie immer wieder, mal am Knie, mal an der Hand, oder er strich ihr eine Strähne aus dem Gesicht, während er ihr von seiner Heimreise erzählte und sich erkundigte, wie sie das Morris-Building renovieren wollte.

Bei ihrem absoluten Lieblingsdessert – Mousse au Chocolat – zog er auf einmal ein Geschenk aus seiner Brusttasche.

Harley leckte sich etwas Schokocreme von der Lippe und konnte kaum noch schlucken.

Er reichte ihr die exquisit eingepackte kleine Geschenkbox. »Diese Pariser Designerin hat mich irgendwie sofort an dich erinnert. Ich denke, ihr habt beide eine Vision.« Lächelnd übergab er ihr die Schachtel und strich ihr unter dem Tisch über das Knie.

Harley riss das Papier weg, aber mehr als ein heiseres »Danke« brachte sie nicht über die Lippen.

Voller Vorfreude sah er zu, wie sie die Schachtel öffnete. »Sie benutzt für ihre Designs recycelte Edelmetalle und Steine aus ethisch einwandfreien Quellen.«

Harley strich über das zierliche Goldarmband, dann hob sie den Blick und sah zu Jack. Ihr brannten die Augen. Dass er das Geschenk so umsichtig ausgewählt hatte, rührte sie zutiefst. Sie ließ sich von ihm beim Anlegen des dünnen Goldarmbandes helfen, und als sie beide mit der winzigen Schnalle kämpften, mussten sie unwillkürlich lachen.

Er hätte ihr Diamanten schenken und dabei mehr Geld ausgeben können, als eine ganze Familie für ein Jahr brauchte, aber er verstand Harley und wusste deshalb genau, dass er mit diesem schlichten Armband viel eher ihren Geschmack traf als mit protzigem, auffälligem Schmuck. Genau wie ihre Mode und Accessoires traf dieses Armband eine Aussage zum gesellschaftlichen Bewusstsein.

Harley küsste ihn. Die Emotionen machten ihr das

Sprechen unmöglich. Sie schmiegte sich an ihn und hatte nur noch Augen für das schlichte Armband, das an ihrem Arm funkelte, während sie versuchte, ruhig zu atmen und ihre Gefühle im Zaum zu halten.

So verließen sie schließlich das Restaurant, Arm in Arm und eng beieinander.

Erst die Blitzlichter rissen Harley unsanft aus ihrer Träumerei heraus. Zwei oder drei Paparazzi standen auf dem Fußweg vor dem Restaurant, zückten die Kameras und bombardierten sie mit Fragen, während sie immer wieder Harleys Namen riefen.

Jack hielt sie daraufhin noch enger an der Taille fest und führte sie zum Auto hinüber, das bereits mit laufendem Motor auf sie wartete. Mit dem freien Arm schirmte er sie gegen den beharrlichsten Fotografen ab, während sie zum Auto eilten.

»Losfahren«, rief er Will zu, während er sich nach den Fotografen umdrehte. Dann ergriff er Harleys Hand. »Alles okay bei dir? Passiert dir so etwas öfter?«

Er sah aus, als wolle er den Paparazzi den Kiefer brechen. Harley zuckte mit den Schultern. Die Anspannung verflog, und sie fühlte sich plötzlich bleischwer. In ihrem Kopf drehte sich alles. Von einer Sekunde zur nächsten war die traumhafte Geburtstagsstimmung verflogen. »Nur wenn es gerade nichts gibt, was eine noch größere Sensation sein könnte.«

Jack zog sie zu sich auf den Schoß und schob die Nase unter ihr Ohr. Sein Atem ging wieder vollkommen normal. »Du wirkst erschöpft.« Sanft küsste er sie. »Mit dem Geburtstagssex können wir auch noch warten.«

Gekränkt schob sie die Unterlippe vor und wand sich auf seinem Schoß hin und her, bis Jack aufstöhnte und den Kopf nach hinten auf die Lederlehne sinken ließ.

Sie kniete sich über ihn und ließ den Mund aufreizend über seinen gleiten. »Aber ich will meinen Geburtstagssex! Du hast es mir versprochen. Von Mal zu Mal wird es besser, hast du gesagt … schon vergessen?«

Sie hatte ihn schrecklich vermisst, auch wenn sie es nicht zugeben würde. Die vier Tage ohne seine körperliche Nähe waren ihr wie ein Jahr vorgekommen.

Verlangend rieb sie sich an seinem Schoß. Ihr Mund war leicht geöffnet, und das begehrliche Jucken breitete sich von ihrem Schoß bis in ihren Bauch aus.

Mit beiden Händen hielt er ihr Gesicht umfasst. »Verdammt, Frau, was tust du nur mit mir?«

Lachend zog sie ein paar Küsse von seiner Wange bis zum Ohr und saugte dann an seinem Ohrläppchen.

Er umfasste ihre Hüften und krümmte die Finger. Energisch schob er sie von sich, um sie voller Leidenschaft anzusehen. »Zieh deinen Slip aus.«

Es kam rau und befehlend heraus, und Harley gehorchte ihm sofort. Sie glitt auf den Sitz neben ihm und räkelte sich, bis sie sich den Slip über die Schenkel hinabgezogen hatte. An einem Finger ließ sie ihn kreisen und konnte kaum atmen, so heiß und begehrlich sah Jack sie an.

Er nahm ihr den Slip ab, presste ihn sich unter die Nase

und atmete tief ein, bevor er das winzige Stück Stoff in seiner Hosentasche verschwinden ließ.

»Jetzt berühr dich selbst.« Entspannt und selbstbewusst lehnte er sich zurück und genoss Harleys Fügsamkeit.

Durch die Trennscheibe warf sie einen Blick zu Will. Ihr wurde so heiß, dass es sich wie Fieber anfühlte. Der Fahrer konnte sie zwar nicht sehen oder hören, aber es kam ihr dennoch unerhört und verboten vor, sich selbst zu befriedigen, während sie durch die dunklen Straßen von Manhattan fuhren. Vor Erregung konnte es ihr gar nicht schnell genug gehen.

Jack strich sich über das Kinn, als warte er auf eine Konferenzschaltung. Nach außen hin gelangweilt zeigte er keine Regung, doch als Harley sich mit den Fingerspitzen am Schenkel hinaufstrich, hielt er ihre Hand fest. »Langsam. Noch nicht kommen«, stieß er tief und heiser hervor. Dann lehnte er sich wieder zurück und sah ihr weiter zu.

Sein intensiver und leidenschaftlicher Blick wich nicht eine Sekunde von ihren Fingern, während sie langsam an ihrem Schenkel hinaufstrich.

Doch Harley fürchtete, ihn enttäuschen zu müssen. *Wie schaffte er das bloß? Jetzt machte er sie schon zur Exhibitionistin!* Doch als sie ihre Klitoris berührte und ihm dabei tief in die Augen sah, vergaß sie alles außer Jack.

Es war die längste und zugleich auch die kürzeste Fahrt nach Hause. Als sie in Harleys Apartment ankamen und Jack nur »Schlafzimmer« ausstieß, wobei er ihr die Kleidungsstücke vom Leib zerrte, sich selbst auszog und sie bis zur Besinnungslosigkeit küsste, war Harley bereits so erregt, dass sie bezweifelte, dass Jack noch eins mit ihr werden würde, bevor sie kam.

Als er sie bis auf die Strümpfe und die Strumpfhalter ausgezogen hatte, hörte er mit der überhasteten Eile auf. Er trat hinter sie und umfasste ihre Brüste. Fordernd presste er sich zwischen ihre Pobacken. »Vertraust du mir?«

Sein Atem strich ihr durch die Nackenhärchen. Harley lehnte sich an ihn. Es kam ihr so vor, als sei ihr Blut vor Verlangen so dick wie Sirup. »Ja«, antwortete sie, ohne zu zögern.

Geschickt reizte er ihre Nippel, bis sie sich verlangend aufrichteten … fest, beharrlich und mit genug Druck, um lustvolle Wellen bis hinab zu ihrer Klitoris rasen zu lassen.

Wie verzweifelt klammerte sie sich an ihn. Sie wollte jede Berührung auskosten, jede Liebkosung genießen, und zugleich versank sie im Rausch ihrer Erregung.

Mit einer Hand umfasste er eine ihrer Pobacken, massierte sie und strich über die warme feste Haut. »Ich will deinen fantastischen Arsch sehen, während ich es dir besorge.«

Ihre Knie wurden weich, als er sie mit einem Arm an der Taille umfasste. Mit einem kleinen Stoß drängte er sie zum Bett hinüber, wo sie sofort auf alle viere ging.

Erwartungsvoll sog sie die Luft ein. Ihr Magen flatterte. Sie hörte das leise Knistern der Alupackung, und ihr Herz schlug augenblicklich doppelt so schnell, dann gab die Matratze nach, als er sich über sie beugte. Am Rücken spürte sie jetzt seine Brust.

Mit einer Hand reizte er weiterhin ihre Nippel, und wie eine läufige Katze drückte Harley sich an ihn.

Er stöhnte tief auf.

»Bald … gleich.« Seine Stimme klang beinahe hypnotisch.

Jack zog sie hoch, sodass sie vor ihm kniete. Sie drückte den Rücken an seine Brust.

Wie bei einer lustvollen Folter massierte er zuerst ihre Brüste und strich mit den Zähnen über die empfindsame Haut in ihrer Halsbeuge.

Sie schwankte in seine Richtung. In ihrem Kopf drehte sich alles. Sie fühlte sich vollkommen kraftlos. *Wie sollte sie das nur überstehen, was er mit ihr tat, ohne mit ihren Gefühlen herauszuplatzen oder mit dem, was sie ihm gestehen musste?* Sie biss sich auf die Lippe, um die Worte in sich zu behalten.

Er ergriff nun ihre Hand und führte ihre verschränkten Finger über ihren Bauch hinab zu dem Streifen von Härchen, und dann zu den feuchten Lippen zwischen ihren Schenkeln.

»Streichle dich.« Gemeinsam mit ihren Fingern bewegte er auch seine. Er gab den Rhythmus vor, und Harley stieß stöhnend seinen Namen aus.

Mit der freien Hand umklammerte sie seinen Arm. Er war für sie wie ein Anker.

»Mach weiter.« Er drückte sie wieder nach vorn.

Harley stützte sich mit einem Arm ab und folgte seinen heiseren Anweisungen. Unablässig reizte sie ihre Klitoris, so wie Jack es von ihr verlangte.

»Beeil dich, Jack.« Sie würde jeden Moment kommen, doch sie wollte ihn dabei in sich spüren. Ohne ihn wäre alles in ihr nur leer und einsam.

Mit beiden Händen umfasste er ihre Hüften und drang unendlich langsam in sie ein.

Harley drückte den Rücken durch. Jack füllte sie jetzt ganz und gar aus. Immer schneller reizte sie ihre Klitoris, um das brennende Drängen zu stillen, das Jack tief in ihr auslöste.

»Langsam, Harley. Noch nicht«, warnte er sie und bewegte sich ruhig in ihr.

Sie spürte ihn jetzt noch tiefer in sich und rang nach Luft.

»Verdammt, ich liebe deinen Arsch.« Wieder umfasste er mit einer Hand ihre Hüfte, streichelte mit der anderen ihre Pobacke und drang immer wieder tief in sie ein. »Das ist einfach nur perfekt. Ich brauche dich nur gehen zu sehen, sehen wie diese fantastischen Hüften schwingen, und schon werde ich hart.« Unablässig drang er in sie ein, füllte sie mit seiner Erektion aus und redete leise und erregend auf sie ein.

Er ließ ihre Hüfte jetzt los und strich ihr von den

Schultern hinab bis zum Ansatz ihres Pos. Besitzergreifend ließ er die flache Hand dort liegen, und Harley schloss die Augen und ließ sich vollkommen in den Moment fallen.

Mit einer Fingerkuppe glitt er jetzt tiefer zwischen ihre Pobacken und drückte dicht über der Rosette leicht zu.

Harley riss die Augen auf.

»Kennst du diese Spielart?« Federleicht umkreiste er zwischen den runden Backen ihre kleine Rosette.

Hilflos stöhnte sie auf. Diese neuen Empfindungen fühlten sich so unfassbar gut an, dass sie kein einziges Wort mehr herausbekam. Sie konnte nur noch den Kopf schütteln. Die Erregung raubte ihr komplett die Stimme. Ihr Körper und ihr Geist, all ihre Sinne waren von Jack ausgefüllt, er erweckte ihren gesamten Körper zum Leben.

Was er jetzt ausstieß, klang wie ein Knurren. Es musste wohl ein französischer Fluch sein. Immer noch umkreiste er ihre empfindsame Stelle.

»Willst du es ausprobieren? Es tut auch nicht weh.« Sanft verstärkte er den Druck der Fingerkuppe, und Harley erwiderte ihn. Keinen Moment lang hörte sie auf, sich selbst zwischen den Schenkeln zu streicheln.

»Ja. O bitte … Ja.« Sie schloss wieder die Augen. Die Sinneseindrücke überfluteten sie jetzt. Jeder Nerv in ihrem Körper war gereizt. Jack, der sie von hinten nahm, ihre feuchte Klitoris, die zwischen ihren Fingern pulsierte und seine heisere, tiefe Stimme, die sie in Versuchung brachte, noch eine weitere Grenze zu überschreiten.

Doch in seinen Händen fühlte sie sich unfassbar sicher.

»Sag mir, wenn du kurz davor bist«, stieß er hervor.

Mit seinen Hüften brachte er das ganze Bett zum Schwanken. Mit der Fingerkuppe verharrte er zwischen ihren Pobacken und reizte sie jetzt dort im Rhythmus seiner Hüften.

Er fing nun an, in einem Mix aus Französisch und Englisch zu reden. Seine Stimme klang undeutlich. Es waren offenbar Worte der Bewunderung für sie, und wie sehr sie ihn erregte. Harley verlor nun auch noch die letzte Beherrschung.

»Jack!« Im Moment des Höhepunkts, der von allen Seiten auf sie einstürmte, schob er sanft die Fingerkuppe in sie hinein.

Harley schrie ihre Lust so laut hinaus, bis ihr die Kehle brannte. Welle um Welle überkam sie. Der intensive Orgasmus sorgte dafür, dass sie mit dem Streicheln ihrer Klitoris aufhörte. Mit beiden Händen stützte sie sich auf das Bett ab und vergrub die Finger in den Laken.

»Perfekt. Du bist einfach nur perfekt.« Dann stieß er ebenfalls einen tiefen Schrei aus und spannte sich hinter ihr an. Mit seinen stahlharten Schenkeln presste er sich an sie und zog ihre Hüften noch enger zu sich.

Gemeinsam sanken sie nun Seite an Seite auf das Bett, verschränkten die Beine miteinander, und nur ihr angestrengter Atem war in der Stille zu hören.

»Und? War es noch besser?« Behutsam küsste er sie auf die Stirn.

Sie konnte nichts darauf antworten. Es gab so viel, was ihr wild klopfendes Herz ihr zu sagen befahl, doch sie konnte lediglich stumm nicken.

10. Kapitel

Das erste Morgenlicht ließ Harleys Haar silbern schimmern, während sie sich auf ihm wiegte. Jack genoss den Anblick, wie sie ihn ritt. Eng und warm umspannte sie ihn und trieb ihn vor Lust fast in den Wahnsinn.

Ohne sich aus der Wärme ihres Körpers zu lösen, rollte er sich mit ihr herum und verschränkte die Finger mit ihren. Seitlich von ihrem Kopf drückte er ihr die Hände auf das Bett.

Harley schien von einem Schimmer umgeben zu sein. Das Grün ihrer Augen wirkte hypnotisch, und ihr Blick war durchdringend.

Jack biss sich auf die Zunge, weil er befürchtete, das auszusprechen, was er für sie empfand. Doch das wäre viel zu viel und zu früh.

Verdammt, er wusste ja nicht einmal, woher diese Gefühle kamen, aber sie waren unleugbar da und ließen sich auch nicht wieder vertreiben. Das alles war kein Spiel mehr, und über den Rachesex war er längst hinaus. Allerdings sträubte er sich dagegen, zu benennen, was zwischen Harley und ihm geschah. Er hatte unsagbare Angst davor. *Wenn er ihr gegenüber ein Geständnis ablegte, sollte er dann nicht zuallererst zuge-*

ben, dass er ihre Zuneigung anfänglich nur ausgenutzt hatte?

Nein, denn diesen Schritt wollte er auf keinen Fall gehen. Er konzentrierte sich jetzt voll und ganz auf ihren Körper unter sich. Mit den Lippen umschloss er ihren erregten Nippel und saugte daran, bis Harley sich vor Lust noch stärker anspannte. Sie war so eng, dass er tief aufstöhnte, und befand sich ganz dicht vor dem Höhepunkt. Noch zwei Mal drang er in sie ein, bis sie kam. Rhythmisch spannte sie sich an, hielt ihn fest umschlungen und stieß seinen Namen aus. Anschließend wandte sie den Blick ab und kostete die überwältigende Erfüllung aus.

Jack folgte ihr kurz darauf. All seine Lust entlud sich, während er die Lippen dicht an ihrer Schulter aufeinanderpresste, um die Gefühle, die er aus Angst nicht offenbaren wollte, nicht laut herauszuschreien.

Nach einem kurzen Abstecher in Harleys angrenzendes Badezimmer kehrte er zum Bett zurück und zog Harley auf sich. Ihr Körper bedeckte ihn nun ganz, ihr Haar umrahmte sein Gesicht, und einige Strähnen blieben in seinen Bartstoppeln hängen. Ihr Duft umgab ihn wie ein Mantel. Jack wollte sich am liebsten nie mehr bewegen.

Sie schmiegte sich nun an ihn. »Ich muss jetzt leider aufstehen.«

Er nickte nur, denn auch er hatte um acht Uhr früh ein Meeting. Zum Glück war er gestern Abend nach seiner Rückkehr aus Paris direkt vom Flughafen zu ihrem

Geschäft gefahren, deshalb lag sein Gepäck noch im Kofferraum. Doch im Moment konnte er sich nicht vorstellen, ihr Bett zu verlassen. Er wollte sie am liebsten für immer nackt an sich spüren.

Allmählich verlangsamte sich Harleys Atem, sie hob den Kopf und sah ihn inmitten von ihrem zerzausten Haar an.

In Jacks Augen war sie atemberaubend schön. Er umfasste ihre Wangen und strich ihr das seidige Haar hinter die Ohren.

Fragend sah sie ihm in die Augen, dann senkte sie den Blick. »Kann ich dich vielleicht um einen Gefallen bitten?«

Er würde ihr jeden verdammten Gefallen erfüllen, war ihr das denn nicht klar? Doch er nickte nur, weil er nicht wusste, was jetzt aus seinem Mund kommen würde, wenn er sprach.

Als sie lächelte, erinnerte sie ihn einen Moment lang an das Mädchen von damals, dann stand sie auf und verließ splitternackt das Zimmer. Bei jedem Schritt wiegte sich ihr göttlicher Po hin und her. Innerlich stöhnte Jack auf, und sein Glied zuckte verlangend.

Er verschränkte die Hände hinter dem Kopf. Er war zutiefst befriedigt, doch seine Haut kribbelte dennoch am ganzen Körper, weil sich alles so neu anfühlte.

Kurz darauf kehrte sie mit einem Ordner unter dem Arm und zwei Bechern mit dampfendem Kaffee zurück.

Jack verdrängte jetzt seine innere Unruhe. Harleys

zögerliches Lächeln machte ihn glücklich. Er freute sich, dass sie ihn um Hilfe bat, und dass eine nackte Frau ihm Kaffee ans Bett servierte, daran könnte sich wohl jeder Mann leicht gewöhnen.

Bei der Erkenntnis, in welche Richtung seine Gedanken drifteten, bekam er einen Moment lang kaum noch Luft.

»Ich habe mich gefragt, ob du das mal Isabel zeigen könntest.« Sie reichte ihm den Ordner, setzte sich auf die Bettkante und trank von ihrem Kaffee. »Seit wir vor Kurzem shoppen waren, habe ich immer wieder überlegt, auch Schwangerschafts- und Babymode in mein Sortiment aufzunehmen. Es gibt so viele wunderbare Stoffe dafür.« Sie strich über ein paar Stoffproben neben den Entwürfen.

Er betrachtete die Zeichnungen und fühlte sich wie erdrückt von dem wachsenden Respekt, den er für Harley empfand. Sie wandte den Blick ab und biss sich auf die Lippe. Am liebsten hätte er sie geküsst und nie wieder damit aufgehört, bis sie begriff, wie wunderschön und talentiert sie tatsächlich war.

Sie litt offenbar immer noch unter ihrer Dyslexie. Trotz allem, was sie schon erreicht hatte, und trotz der selbstbewussten Art, die sie nach außen hin präsentierte, geriet ihr Selbstwertgefühl schon bei den geringsten Anlässen ins Wanken. Sie hatte erwähnt, dass sie in ihrer Kindheit oft allein gewesen war. Sie hatte bestimmt schwere Zeiten durchlebt, als sie permanent versucht hatte, die

Erwartungen ihrer Eltern zu erfüllen und dem Vergleich mit ihren Geschwistern standzuhalten.

Was würde Jack nicht alles dafür geben, dass Harley sich so akzeptieren konnte, wie sie war! Sie brauchte doch nur an sich selbst zu glauben.

Doch Vertrauen war zwischen ihnen immer noch ein wunder Punkt. Er wäre sicher der letzte Mensch auf der Welt, dem sie glauben würde. *Hatte er überhaupt ein Recht, ihr Ratschläge zu geben?* Schließlich kämpfte er ja selbst gerade gegen Veränderungen an, die er sich nicht eingestehen wollte.

Er hielt den Blick gesenkt, als er leise fragte: »Willst du auch meine Meinung hören?«

Sie zuckte mit den Schultern. Ihr Blick war so ängstlich, dass es beinahe rührend wirkte, doch dann nickte sie zaghaft.

»Die sind wirklich gut.«

Sie verdrehte die Augen. »Es sind doch bloß Zeichnungen.« Sie schnaubte. »Als ich Hal zum ersten Mal gesagt habe, dass ich Designerin werden möchte, war ich fünfzehn. Er hat meine Entwürfe daraufhin als Gekritzel bezeichnet. Ich glaube, das war das letzte Mal, dass ich ihn um Rat gefragt habe.«

Er griff nach ihrer freien Hand. Innerlich tobte er vor Zorn. »Hal ist ein Arschloch.« Als sie gegen ihren Willen lachen musste, lächelte er. »Das hier sind nicht nur Zeichnungen. Es ist deine Leidenschaft … dein Talent. Aus diesen Zeichnungen spricht dein Herz.« Fast brach ihm die Stimme. »Es … es macht mich sehr, sehr stolz, dass du sie mir als Erstes gezeigt hast.«

Er musste sich zwingen, die Muskeln zu entspannen. Wenn er Hal Jacob jemals in die Finger bekam, würde er ihn schlagen. Aus seinem Magen stieg ein bitterer Geschmack auf, doch Harley zuliebe zwang er sich zu lächeln.

Sie stellte ihren Kaffee auf den Nachttisch, schlang Jack die Arme um den Nacken und küsste ihn dann so leidenschaftlich, dass er die Entwürfe schnell zur Seite schob, damit sie sie nicht zerknitterten.

Als sie den Kopf hob, sah sie ihn begeistert an. »Ich dachte, wir könnten biologisch angebaute Baumwolle für die Babysachen verwenden, Merinowolle aus Neuseeland zum Beispiel, und mit dem Gewinn könnten wir dann eine Organisation unterstützen, die Kleinkinder in Afrika impfen lässt.«

Er konnte ihr einfach nicht widerstehen. Zweifellos sah das Lächeln, das sich gerade auf seinem Gesicht ausbreitete, äußerst dümmlich aus.

Ihr Handy gab nun ein Ping von sich, und sie beugte sich nach vorn, um danach zu greifen.

Ihre Brüste waren jetzt ganz dicht vor seinem Gesicht. *Nur einmal kurz schmecken*, dachte er. *Es wäre schließlich unhöflich, wenn ich es nicht tue.*

Gerade noch hatte er die Lippen um eine der köstlichen Knospen geschlossen, als Harley über ihm erstarrte. »Diese Schweine!«

Schlagartig legte sich seine Lust. Er ließ Harley los und richtete sich auf. »Was ist denn los?«

Sie hielt ihm das Handy hin und deutete auf die Schlagzeile.

Immobilienerbin hat neuen Beau gefunden

Abrupt stand sie vom Bett auf und streifte sich einen Morgenmantel aus weißer Seide über. Er verhüllte alles, und doch empfand Jack sofort wieder Lust auf sie. Jede Kontur ihres Körpers zeichnete sich darunter ab, und Jacks fotografisches Gedächtnis erledigte den Rest.

Sie ging aufgebracht im Zimmer auf und ab und klopfte sich immer wieder mit den Fingerspitzen gegen den Schenkel.

Es gefiel ihm zwar nicht, dass sein Gesicht in den Klatschspalten auftauchte, doch Harleys Reaktion passte nicht dazu, dass sie einfach nur beim Verlassen eines Restaurants fotografiert worden waren und dass in ein paar Zeilen über eine Beziehung zwischen ihnen gerätselt wurde.

»Mach dir deswegen keine Gedanken. Wen kümmert es schon?« Er warf das Handy auf das Bett und hielt Harley an der Hand fest, als sie wieder an ihm vorbeilief.

Sie kaute nervös auf ihrer Lippe. »Was immer ich auch tue, es ist niemals genug. Wenn ich eine Charity unterstütze, bin ich nur die verwöhnte Göre.« Sie zeichnete Anführungszeichen in die Luft. »Wenn ich mit Freunden ausgehe, verschwende ich mein Vermögen. Wenn ich …«

Er drückte ihr die Hand und zog sie zurück auf die Bettkante. »Harley, worum geht es hier denn wirklich? Machst du dir Sorgen darum, wie deine Familie darauf reagiert?« In seinem Magen rebellierte es.

Sie wich seinem Blick aus und spielte mit einem losen Faden an ihrem Morgenmantel. »Du etwa nicht? Ich bin immerhin eine Jacob, schon vergessen? Tu doch nicht so, als könntest du auf solchen Tratsch nicht auch verzichten.« Sie deutete auf das Handy.

Er zuckte mit den Schultern und verschränkte die Finger mit ihren. »Das geht niemanden außer uns beide etwas an.« Er hob ihre Hand an den Mund und küsste sie zärtlich auf jeden Knöchel.

Wieder wandte sie den Blick ab, und er fühlte ein Brennen im Magen. *Machte sie sich etwa immer noch Sorgen, was ihre Familie darüber denken würde? War sie immer noch fest entschlossen, ihn vor aller Welt zu verheimlichen?*

»Ich … ich muss dir dringend etwas erzählen.« Sie sah überall hin, nur nicht zu ihm. Wieder biss sie sich auf die Lippe, und Jack ließ ihre Hand los, um ihr Gesicht zu umfassen. Er atmete tief ein und aus und wünschte sich, er könnte diesen Morgen noch einmal ganz anders ablaufen lassen.

Als sie ihn schließlich ansah, hielt er unwillkürlich den Atem an.

»Erinnerst du dich noch an unsere letzten Ferien in Aspen?« Ihre Stimme war kaum lauter als ein Flüstern.

Verwirrt versuchte er, ihr zu folgen, dann nickte er knapp. *Wieso fing sie jetzt ausgerechnet damit an?* Lieber ließ er beim Zahnarzt eine Wurzelbehandlung über sich ergehen, als an dieses Jahr zurückdenken zu müssen ... jetzt, wo sein Gehirn bereits zu begreifen anfing, was sich in ihm verändert hatte ...

»Ich ...«

»Harley ...« Sie machte Schluss mit ihm! Schon wieder! Gerade wenn seine Gefühle anfingen, sich zu entfalten.

Entschlossen schüttelte sie den Kopf. »Ich habe dich damals verletzt, und ich möchte dir gern den Grund dafür erklären.«

Er drückte ihre Finger. »Das ist doch eine uralte Geschichte.« Er war ein naiver Junge gewesen, gesteuert von seinen Hormonen, verletzlich und empfindsam. Er biss die Zähne zusammen. Daran wollte er auf keinen Fall mehr erinnert werden.

Sehr ernsthaft nickte sie. »Aber die Presse findet oft Wege, alte Geschichten wieder auszugraben, und ich ... ich will nichts mehr vor dir verheimlichen.«

Ihm richteten sich die Nackenhärchen auf. Er ließ ihre Hand los und stand vom Bett auf, um durch die Bewegung die innere Unruhe loszuwerden.

Was für Geheimnisse? Hastig zog er sich Hemd und Hose an. Was immer sie ihm auch erzählen wollte, er brauchte dafür eine Art Rüstung. Ihr verwundbarer Blick, die Schuldgefühle und der Schmerz drückten wie eine zentnerschwere Last auf seine Schultern.

»Dann erzähl es mir.« Er wandte sich ihr wieder zu. Seine Haut kribbelte, als würde er am liebsten aus seinem eigenen Körper entfliehen.

Ihre Augen schimmerten. »Deine Mutter und mein Vater hatten eine Affäre, und ich habe sie zusammen gesehen. In Aspen.«

So ein verdammter Mist!

Er vergrub die Hände in den Haaren und ging unruhig im Zimmer auf und ab. Der Schock hatte ihn tief getroffen. Seine Gedanken rasten. »Soll das etwa ein verdammter Scherz sein?« Rasend schnell schossen ihm Bilder durch den Kopf. Ihm wurde fast übel.

Sie schüttelte den Kopf und senkte den Blick.

Eine Affäre? All die Jahre über hatte er geglaubt, es seien die finanziellen Auswirkungen gewesen, die die ungünstigen Geschäftsentscheidungen nach sich gezogen hatten, die mit dem geplatzten Deal mit Jacob Holdings ihren Anfang gefunden hatten, die die Ehe seiner Eltern zu schwer belastet hatten, und zu allem Übel war er auch noch belogen und getäuscht worden.

Er ballte die Fäuste, bis seine Hände schmerzten. Rasende Wut durchströmte ihn. Wut auf Harley, auf Hal, auf seine Eltern und auch auf sich selbst. Wie hatte er nur so verdammt dumm sein können! Sie hatte es vor ihm verheimlicht, damals und auch bis gerade eben noch.

Vor neun Jahren war er noch ein dummer Junge gewesen, der naiv jedem vertraut hatte. *Und jetzt?* Er hatte sich eingeredet, dass er niemals so einen Schmerz erleben würde, wie er ihn bei seinem Vater mitbekommen hatte, der so gut wie alles verloren hatte. Aber wie ein Idiot hatte er irgendwann in seiner Wachsamkeit nachgelassen und … Gefühle für Harley entwickelt.

»Du hast das gewusst? All die Jahre, und hast nichts gesagt?« Er wurde die unbändige Energie, die ihn durchströmte, einfach nicht los. Seine Stimme klang rau und seltsam kühl. Harley hatte offenbar nur mit ihm gespielt. Er hatte ihr seine Sorgen wegen Isabel anvertraut und ihr auch den Grund dafür verraten. Alles lag an der gescheiterten Ehe seiner Eltern, und die ganze Zeit über hatte Harley den wichtigsten Grund für die Scheidung gekannt.

Sie zog sich den Morgenmantel vor der Brust zusammen und hielt die Aufschläge fest. »Ich war damals noch ein Kind. Was ich gesehen hatte, hat mich unfassbar schockiert, und ich habe es nicht verstanden. Ich habe mich zu sehr geschämt und war zu verängstigt, um es irgendjemandem zu sagen. Ich wollte doch niemandem Ärger machen.« Sie stieß die Luft aus. »Damals hatte ich ohnehin schon genug Ärger mit Hal.«

Dieser verdammte Hal! Wann begriff Harley es endlich, dass sie seine Anerkennung erst dann bekommen würde, wenn sie aufhörte, darum zu betteln, sondern einfach nur an sich selbst glaubte?

»Und deshalb hast du einfach gar nichts gesagt? Du hast Hals Geheimnis bewahrt und tust es noch immer?« Er setzte sich an das Fußende des Bettes. Während er sich Socken und Schuhe anzog, wich er Harleys Blick aus.

»Jack …«

Entnervt fuhr er zu ihr herum und verlor endgültig die Beherrschung. »Wir haben jetzt Wochen miteinander verbracht, und du hast nie die Gelegenheit gefunden, mir das zu sagen?«

»Was hätte das denn gebracht?« Flehend sah sie ihn an. »Ich wollte dich nicht verletzen. Ich wollte deine Beziehung zu deiner Mutter nicht beschädigen.«

»Und wieso hast du es dann heute getan?«

Eindringlich erwiderte sie seinen Blick, und eine Sekunde lang weitete sich seine Brust, die sich wie einzementiert anfühlte.

»Ich … ich bin es leid, über das zu schweigen, was Hal getan hat. Wieso sollte *ich*, wieso sollten *wir* weiter unter den Entscheidungen leiden müssen, die unsere Eltern getroffen haben?«

Ihre Worte durchdrangen langsam die Wut in seinem Kopf. Er erkannte jetzt den Sinn darin, doch für ihn hatten sie trotzdem einen üblen Nachgeschmack. *War es zu wenig? Kam es zu spät?* Er rieb sich das Gesicht. Er brauchte jetzt dringend Zeit zum Nachdenken.

Er nahm sein Jackett vom Stuhl, griff nach ihrem Handy und warf es vor ihr auf das Bett. »Hasst du Hals

Entscheidungen wirklich so sehr? Dann pass lieber auf, dass du nicht genauso wirst wie er, Chérie.«

Auf dem Weg aus ihrem Apartment sah er vor seinem inneren Auge noch immer ihr entsetztes Gesicht, doch letzten Endes war es die Angst, die ihn von ihr wegtrieb.

11. Kapitel

Drei Tage später betrat Harley die helle, gemütliche Küche ihrer Kindheit und umarmte ihre Zwillingsschwester Hannah. Ein paar Sekunden zu lang hielt sie sie in den Armen und kostete das Gefühl der bedingungslosen Geborgenheit aus. Sie hatten sich immer sehr nahegestanden, auch wenn ihr Vater ihnen ständig die Unterschiede zwischen ihnen eingetrichtert hatte. Es hätte einen Keil zwischen sie treiben können, aber Harley hatte sich stets geweigert, sich diese Beziehung von ihrem Vater kaputt machen zu lassen.

Seit ihrem Geständnis hatte sie nichts mehr von Jack gehört. Sie hatte es vermeiden wollen, doch sie hatte ihn trotzdem verletzt, genau wie sie es vorhergesehen hatte, aber keine Sekunde länger hätte sie ihm dieses Geheimnis vorenthalten können. Sie hatte sich in ihn verliebt, und je tiefer ihre Gefühle für ihn geworden waren, desto stärker hatte ihr schlechtes Gewissen sie belastet.

Sie respektierte seinen Wunsch natürlich und ließ ihm Zeit, auch wenn es sie innerlich zerriss, denn jede Sekunde, in der sie nichts von ihm hörte, fühlte sich für sie wie eine tickende Zeitbombe an. *Wie viel Zeit würde er brauchen? Würde sie so lange aushalten können, oder würde sie irgendwann zu ihm laufen und ihm noch andere Dinge gestehen, die er wahrscheinlich gar nicht von ihr hören wollte?* Besonders jetzt nicht, nachdem er von ihr diese entsetzlichen Neuigkeiten erfahren hatte.

Dulcie begrüßte ihre beiden Töchter mit Wangenküssen und reichte Harley eine Mimosa, bevor sie sich zu Ash und Hannah an den Küchentresen setzte, wo sie alle gemeinsam die *New York Times* lasen. Der Brunch am Wochenende war bei den Jacobs eine feste Tradition. Wenn sie mal eine Woche ausließen, beschwerte Dulcie sich immer darüber, dass ihre Kinder die gemeinsame Zeit mit der Familie nicht wertzuschätzen wüssten. Obwohl die Zeitung über den Marmortresen ausgebreitet war, waren geschäftliche Themen bei diesen Treffen strikt untersagt.

Was das betraf, hatte Harley ohnehin nichts Gutes zu berichten. Der Morris-Deal stockte immer noch, genau wie ihre Beziehung zu Jack. Mehr als ein paar Renovierungspläne, die Trent ihr gemailt hatte, hatte sie aus Jacks Büro nicht bekommen.

Ash blickte nun von dem Artikel hoch, den er gerade las. »Dad möchte dich übrigens sprechen.«

Beim Anblick der Sorgenfalte zwischen seinen Brauen zog sich Harleys Magen sofort zusammen. Sie trank einen großen Schluck von ihrer Mimosa. Aus Erfahrung wusste sie, dass Sätzen wie diesem niemals etwas Gutes folgte.

»Worüber denn?« *Hatte Hal vielleicht das Foto von ihr und Jack beim Verlassen des Restaurants an ihrem Geburtstag gesehen?*

Ihre Geschwister und ihre Mutter sahen sie mitfühlend, aber ratlos an. Was immer ihr Vater auch von ihr wollte, sie musste sich ihm offenbar allein stellen und konnte nur raten, worum es dabei ging.

»Er ist in seinem Arbeitszimmer«, sagte Ash.

»Hier, bring ihm eine davon.« Dulcie drückte Harley die Schulter und reichte ihr eine zweite Mimosa. »Sag ihm, der Brunch ist in fünf Minuten fertig.«

Widerstrebend verließ Harley die anderen und begab sich auf die Suche nach ihrem Vater, während sie sich innerlich bereits gegen die Kritik wappnete, die unweigerlich erfolgen würde.

Sobald sie die Schwelle des Arbeitszimmers überschritt, nahm sie all ihren Mut zusammen. Heute war also der Tag der Aussprache gekommen. Sie stellte ihm den Drink auf den Schreibtisch. »Mum sagt, es dauert noch fünf Minuten bis zum Brunch.«

»Setz dich, Harley.«

Seufzend kämpfte sie gegen die alten Ängste an und lockerte die Schultern. »Ich stehe lieber. Du wolltest mit mir über etwas sprechen?«

Wenn sie stehen blieb, konnte sie nämlich schneller weg. Ihr kribbelte die Kopfhaut, genau wie früher, wenn sie als Kind eine besonders schlechte Schulnote bekommen hatte oder ins Büro des Direktors zitiert worden war, weil sie beim *Träumen* oder *Trödeln* ertappt worden war.

Hal verzog die Lippen, wie er es immer tat, wenn ihm etwas missfiel. Als Mädchen hatte ihr immer davor gegraut, seit sie damals erkannt hatte, dass sie anders war als ihre Geschwister. Als Teenager hatte es sie tief getroffen, wenn er Ausreden für ihre schlechten Noten zu finden versucht hatte. Das hatte sie noch stärker verletzt als jede Kritik.

Doch jetzt ärgerte es sie nur noch. Sie war kein Kind mehr, das sich verzweifelt nach seiner Anerkennung sehnte und so gelobt werden wollte wie ihre älteren, erfolgreichen Geschwister.

Ohne jede Vorrede kam Hal plötzlich auf den Punkt. »Wie ich höre, hast du geschäftlich mit Jack Lane zu tun, oder Demont, wie er sich jetzt nennt.«

Sie presste die Lippen aufeinander. Auf keinen Fall würde sie jetzt anfangen, sich zu rechtfertigen. Sie zuckte nur mit den Schultern. *Nur nichts Unnötiges preisgeben*, das hatte sie von ihm gelernt.

Doch er gab nicht auf. »Verdammt, Harley! Diese Familie hat keinen Ehrgeiz und kein Gespür für das Geschäft. Wieso lässt du dich denn ausgerechnet mit ihm ein? Schlimm genug, dass du dein Geld für dieses verkommene Gebäude verschwendest.«

Harley biss sich auf die Zunge. Sie musste weder sich noch Jack verteidigen. *Wie kam ihr Vater überhaupt dazu, ein Urteil über andere zu fällen?* »Ich weigere mich, mein Leben wegen eines uralten Deals umzustellen, der für dich nicht gut ausgegangen ist. Jack Demont hat ein sehr erfolgreiches globales Unternehmen aufgebaut, und wen ich mir als Geschäftspartner aussuche, geht dich nun wirklich nichts an.«

»Von allen Männern in Manhattan …« Er fuhr fort, als habe sie überhaupt nichts gesagt. »Und dann noch der ganze Aufwand wegen … einer Schule? Wirklich? Bei all den Möglichkeiten, die du bereits verpasst hast.«

»Möglichkeiten?« Fast hätte sie verbittert aufgelacht. »Ich will eine Schule für Kids gründen, die so sind, wie ich es war. Sie sollen eine Umgebung haben, in der sie beschützt lernen können. Wo sie verstanden und ermutigt werden, wo man ihre Fähigkeiten fördert und wo sie ihre Schwierigkeiten überwinden können, ohne deswegen ständig herabgesetzt zu werden.«

Seine Lippen formten eine schmale Linie. »Ich habe immer nur das Beste für dich gewollt, Harley.«

Sie schnaubte. *Wenn das sein Bestes war …* »Indem du meine Lernschwierigkeiten einfach geleugnet hast? Indem du die Tests für die Diagnose aufgeschoben hast? Indem du die Tatsache ignoriert hast, dass deine Tochter ein einsames Kind ist, das in der Schule kämpfen musste und auch zu Hause, wo man sie eigentlich hätte ermutigen und akzeptieren sollen?«

»Du bist aber jetzt kein Kind mehr, und ich spreche von den Projekten, mit denen du dir momentan die Zeit vertreibst. Als du dich mit Phil verlobt hast, hatte ich angenommen, du wärst mittlerweile längst mit ihm verheiratet. Dass ihr ein paar Kinder hättet …«

Für ihre aufgelöste Verlobung wollte sie sich bestimmt nicht rechtfertigen. Bei dieser Beziehung hatte sie lediglich gehofft, für ihren Vater endlich die Tochter zu sein, auf die er stolz sein konnte.

»Du hast recht, mit sechsundzwanzig brauche ich deine Anerkennung nicht mehr, und ich versuche es auch gar nicht. Ich habe mir meine eigenen Möglichkeiten geschaffen, die zu mir passen.«

Er sah sie durchdringend an. Harley wollte bereits gehen, weil sie keinen Sinn in dieser Unterhaltung sah. Im Grunde genommen sollte sie ihrem Vater dankbar sein, denn diese Aussprache war schon lange überfällig gewesen. Sie glaubte zu schweben, so leicht fühlte sie sich nach dieser Auseinandersetzung.

»Hast du etwa … auch persönlich mit ihm zu tun?« Abfällig schob er die Lippen vor. »Den Fotos nach zu urteilen, wirkt es zumindest so. Die Lanes haben da ja einen gewissen Ruf. Du solltest also etwas diskreter sein.«

Was denn für einen Ruf? So etwas sagte ausgerechnet er? All die Jahre über hatte Harley geschwiegen, um *seinem* Ruf nicht zu schaden.

Sie schluckte und kämpfte gegen die Wut an, die in ihr aufstieg. Jack hatte recht. Sie hatte ihn als ihr schmutziges, kleines Geheimnis bewahrt, weil sie sich einem Mann gegenüber loyal hatte verhalten wollen, der überhaupt keine Skrupel kannte. Hal war es nicht wert, dass sie sich nach seinem Respekt sehnte.

Sie senkte die Stimme zu einem Zischen, damit niemand im Haus aus Versehen mithören konnte. »Willst du mir jetzt ernsthaft Beziehungstipps geben?«

Hals Nasenflügel weiteten sich, was immer ein sicheres Zeichen dafür war, dass er gleich die Beherrschung verlor. Diese Unterhaltung lief nämlich überhaupt nicht so, wie er es sich gedacht hatte.

»Was meinst du damit?«

»Ich weiß von dir und Amalie Lane!«

Hal verzog den Mund, als habe er in etwas Bitteres gebissen. »Du darfst nicht glauben, was die Lanes sagen. Genau deswegen rate ich dir ja davon ab, dich mit einem von ihnen einzulassen.«

»Ich habe euch zwei damals zusammen gesehen, Vater.«

Ganz allmählich begriff er. Zumindest hatte er den Anstand, knallrot zu werden und den Blick abzuwenden. Der mächtige Hal Jacob war also doch nur ein Mensch mit Fehlern.

Er lehnte sich jetzt auf seinem Sessel zurück, und sofort setzte er wieder die unergründliche Miene, die er zeit seines Lebens gezeigt hatte, auf. Er sah Harley so lange durchdringend an, dass sie fast vor ihm zurückgewichen wäre, aber nur fast, denn diese Zeiten waren endgültig vorbei.

»Hast du jemandem davon erzählt?«

Noch nie hatte sie ihn so berechnend und kalt wie jetzt erlebt. Es sah so aus, als sei der letzte Schleier gefallen. »Ich habe es Jack erzählt.«

Kopfschüttelnd stieß er die Luft aus. Das hatte er immer getan, wenn Harley ihn frustriert hatte.

»Tja, das erklärt wohl auch, wieso er mich sprechen will …«

»Warte, *was?*« Sie stützte sich mit beiden Händen auf den Schreibtisch auf. *Jack hatte ihren Vater kontaktiert? Aus welchem Grund? Wollte er ihn etwa wegen der Affäre zur Rede stellen?*

»Das wusstest du nicht? Dann hat er ja anscheinend auch seine Geheimnisse.« Einen Moment lang wirkte ihr Vater gehässig, und sofort erkannte Harley ihren Fehler.

Niemals Schwäche zeigen.

In ihrem Kopf überschlugen sich jetzt die Gedanken, doch einer kristallisierte sich dabei ganz deutlich heraus. Sie vertraute Jack. Was immer er auch für Gründe haben mochte, er würde fair bleiben und angemessen handeln. Denn darin war er das genaue Gegenteil von Harleys Vater. Vielleicht war es ja sogar der Grund, wieso sie sich in Jack verliebt hatte.

»Wieso hast du es ihm verraten? Um Ärger anzuzetteln?« Hals Blick ging zur Tür hinter Harley.

Seufzend sah sie auf die Uhr und rechnete nach, wie lange sie bei dem Sonntagsverkehr brauchen würde, um zu Jacks Apartment zu gelangen. »Ich habe es ihm gesagt, weil ich ihn liebe und weil er ein guter Mensch und ein ehrenhafter Mann ist. Wenn er mich will, bin ich anscheinend doch gut genug.«

Wollte er sie denn noch? Sie wagte es nicht zu hoffen, dass er ihre Gefühle erwiderte, aber sie war bereit, ihm ihr Vertrauen zu schenken. Sie würde alles herauslassen, was sie bisher zurückgehalten hatte.

Abfällig stieß Hal die Luft aus, und jetzt sah Harley endgültig rot.

»Ich weiß, dass ich mich nicht mit Ash und Hannah messen kann. Das konnte ich noch nie. Aber weißt du was? Ich brauche deine Anerkennung nicht. Nach meinen eigenen Maßstäben bin ich sehr erfolgreich. Meine Stiftung hat letztes Jahr mehr als zehn Millionen an Wohltätigkeitsorganisationen gespendet. In drei Monaten wird meine Dyslexie-Schule eröffnet werden, und dort werden nicht nur Schüler angenommen, deren Eltern sich horrende Aufnahmegebühren leisten können, und Jack Demont hilft mir dabei, diese Schule aufzubauen. Wir haben vielleicht nicht den rücksichtslosen Biss, den du so sehr schätzt, aber dafür helfen wir anderen und nicht nur uns selbst. Kannst du das von dir auch behaupten?«

Verblüfft schwieg er, und Harley drehte sich auf dem Absatz um und verließ sein Arbeitszimmer. Sie fühlte sich auf einmal federleicht.

Was spielte es denn für eine Rolle, wenn ihr beim Lesen die Buchstaben und Zahlen vor den Augen zu tanzen schienen und wenn sie sich keine Listen einprägen konnte? Sie würde bei Tests niemals gut abschneiden, und sie würde auch niemals aus Spaß lesen. Trotzdem hatte sie sich etwas aus dem Nichts aufgebaut; aus eigener Kraft hatte sie etwas Wertvolles erschaffen.

Es war dringend an der Zeit, dass sie anfing, an sich selbst zu glauben.

Ihr Herz klopfte wild, als sie zu ihrer Familie zurückkehrte und den gemeinsamen Brunch absagte, indem sie vorgab, Kopfschmerzen zu haben. Als ihre Euphorie nachließ und sie in Gedanken wieder Jacks zutiefst verletzten Blick vor sich sah, spürte sie tatsächlich die ersten Anzeichen von Kopfschmerz.

Sie hatte eine Erkenntnis gehabt, doch das bedeutete noch lange nicht, dass Jack bereit war, ihr zu verzeihen, oder dass er dieselben Gefühle für sie hegte.

Dulcie begleitete sie zur Tür und sah ihre Tochter entschuldigend an. »Ich freue mich schon auf deine Show heute Abend.«

Innerlich zuckte Harley zusammen. An ihre Modenschau im Rahmen der New York Fashion Week hatte sie in letzter Zeit kaum noch gedacht. Sie nickte nur. Sie konnte momentan an nichts anderes als an Jack denken. Sie musste unbedingt zu ihm und ihm alles erklären. Wenn nötig, würde sie ihn auch anflehen.

An der Tür blieb Dulcie stehen und strich Harley über die Schulter. »Der Pullover gefällt mir. Ist der auch von dir?«

Wieder nickte Harley nur. Sie war zu abgelenkt für eine Antwort.

Ihre Mutter seufzte. »Ich weiß, wie er manchmal sein kann.« Sie ergriff Harleys Hand. »Mach dir bitte nichts aus dem alten Narren. Das habe ich auch schon seit Jahren nicht mehr.« Eindringlich sah sie ihre Tochter aus ihren intelligenten Augen an.

Harley stockte der Atem. »Du weißt es, oder?«

Dulcie wich ihrem Blick aus.

In all den Jahren hatte Harley dieses schreckliche Geheimnis für sich behalten. Ihr brannte die Kehle, und Tränen traten ihr in die Augen. Sie hatte sogar zugelassen, dass die Untreue ihres Vaters ihre eigenen Beziehungen beeinflusst hatte. Vor Angst, Scham und Zynismus hatte sie ihren Gefühlen selbst nicht mehr getraut.

Am allerschlimmsten aber war es, dass sie das gefährdet hatte, was sie bei Jack gefunden hatte. Es war das Aufrichtigste, was sie jemals erlebt hatte. *War es jetzt zu spät, um es wiedergutzumachen?*

»Ich hatte keine Ahnung, dass du auch davon weißt, Darling. Ich wollte euch alle doch nur beschützen.« Dulcie strich sich über die makellose Frisur.

»Tja, das hast du nicht. Ich habe zwar nicht das richtige Diplom in der Tasche, aber ich bin dennoch eine intelligente Frau. Er ist dein Ehemann, es ist deshalb allein deine Sache, dass du zu ihm gehalten hast. Aber bis du bereit bist, mich und meine Karriere wirklich ernst zu nehmen, ist es vielleicht das Beste, wenn du nicht zu meiner Show kommst.«

Ohne auf den Zorn und den Kummer im Blick ihrer

Mutter zu achten, ging Harley. Ihr Magen fühlte sich wie ein Stein an, doch gleichzeitig kam sie sich so befreit wie noch nie zuvor vor.

Voller Energie und Entschlossenheit lief sie die Straße entlang und rief ihren Chauffeur an. Sie konnte jetzt nur noch an Jack denken.

Konnte sie ihm klarmachen, dass das, was sie beide miteinander hatten, etwas Außerordentliches war? Dass es ein Fundament war, auf dem sie etwas Dauerhaftes aufbauen konnten, falls er sich das auch wünschte? Sie war eine Jacob, und er war ein Lane, aber das bedeutete doch nicht, dass sie sich nicht von der Vergangenheit ihrer Eltern lösen konnten. Sie konnten einfach sie selbst sein. Es stand ihnen frei, ihr Vertrauen in etwas zu setzen, das so zerbrechlich wie zarte Spitze wirkte, aber in Wirklichkeit so belastbar wie Stahl war.

Als sie an seinem Haus angekommen war, lief Harley zu Fuß die Stockwerke zu seinem Apartment hinauf. Sie hatte einfach nicht die Geduld, auf den Fahrstuhl zu warten.

Aus mehr als nur einem Grund war sie vollkommen atemlos, als sie so schnell an seine Tür hämmerte, wie ihr das Herz in der Brust schlug.

Die Sekunden schienen sich zu Stunden zu dehnen. Harley gaben vor Erleichterung die Knie nach, als die Tür endlich aufschwang. Alles, was sie Jack sagen wollte, lag ihr schon auf der Zunge.

Fassungslos verharrte sie auf der Stelle, und das Herz

in ihrer Brust wurde bleischwer. Sie presste die Lippen aufeinander.

Es war zu spät.

Denn eine schöne, zierliche Brünette stand an Jacks Tür und wirkte so entspannt, als sei sie dort zu Hause.

Harleys Puls setzte erst wieder ein, als sie die Frau erkannte. »Isabel?«

»Oui, Harley! Enchantée! Das ist ja schon eine Ewigkeit her.«

Isabel zog Harley mit einem Arm an sich und gleichzeitig über die Schwelle ins Apartment hinein, während sie mit der anderen Hand die Tür schloss. Sie hieß Harley willkommen, als habe sie schon mit ihr gerechnet und als hätten sie sich erst gestern das letzte Mal gesehen.

Isabel wedelte mit ein paar Papieren herum, die sie in der Hand hielt. »Ich bin nur hier, um Jacques ein paar Unterlagen zuzuschicken, die er zurückgelassen hat. Trent reist mit ihm, deshalb bin ich jetzt sozusagen seine Ersatzassistentin, und das auch noch an einem Sonntag!« Sie verdrehte die Augen. »Aber jetzt erzähl mal: Wie geht es dir denn? Du siehst fabelhaft aus.«

Isabel sprach rasend schnell und mit einem starken französischen Akzent, während sie Harley ins Wohnzimmer führte.

Harley konnte ihr kaum folgen, aber sie bekam dennoch das meiste mit, und ihre Hoffnung erlosch daraufhin. »Jack ist gar nicht hier?«

Isabel machte eine kurze Pause und sah Harley stirnrunzelnd aus ihren großen braunen Augen an. »Nein, er ist in Paris. Hast du das nicht gewusst?«

Sie schüttelte den Kopf und ließ sich auf das weiche Ledersofa sinken. Alle Energie verließ sie nun. Richtig, er hatte ja erwähnt, dass er ins Ausland musste. Sie hatte sich so darauf konzentriert, das Chaos, das sie angerichtet hatte, wieder auszubügeln, ihre Gefühle zu sortieren und alles für die Show heute Abend vorzubereiten, dass sie komplett den Überblick über Jacks Terminplan verloren hatte.

»Weißt du, wann er wieder zurückkommt?« Sie hatte ihm Karten für ihre Show geschickt, aber als Antwort hatte sie nur eine kurze E-Mail von Trent erhalten. Nichts Persönliches.

Es war offenbar alles zu spät.

Isabel setzte sich zu ihr auf das Sofa. »Übermorgen, glaube ich.« Die jüngere Frau zog die Brauen zusammen. »Möchtest du vielleicht einen Kaffee?«

Harley schüttelte den Kopf, schloss die Augen und kniff sich in die Nasenwurzel. *Wieso hatte sie nur nicht eher erkannt, was sie zu tun hatte?* Sie hätte begreifen müssen, wie wundervoll das, was sich mit diesem unglaublichen Mann in ihrem Leben entwickelt hatte, war.

Schniefend rückte sie an die Sofakante und straffte die Schultern. »Es wirkt sicher so, als würde ich ihn stalken.« Fast hysterisch lachte sie auf, als sie an den ersten Tag zurückdachte, als er wieder in ihr Leben getreten war. Da hatte sie ihn tatsächlich verfolgt. »Aber könntest du mir vielleicht Jacks Adresse in Paris geben?«

Sie würde die Show heute Abend hinter sich bringen und anschließend sofort nach Paris fliegen. Danach würde sie zu seinem Apartment fahren und ihm sagen, was sie für ihn empfand. Sie würde sich dafür entschuldigen, ihn verletzt zu haben. Er wollte es vielleicht nicht hören, aber sie war es leid, ihre Gefühle zu unterdrücken, nur um irgendjemandem einen Gefallen zu tun.

Isabel lachte auf. »Natürlich.« Belustigt berührte sie Harleys Arm. »Du weißt doch hoffentlich, dass mein Bruder ein ziemlicher Idiot sein kann, oder?« Sie neigte den Kopf, genau wie es Jack immer tat, wenn ihm etwas wichtig war. »Ich meine, ich verstehe schon, dass die Scheidung unserer Eltern ihn sehr getroffen hat. Er hat zwar immer versucht, alles richtig zu machen, doch ich fürchte, er sieht Liebe lediglich als große Lüge.« Verächtlich schnaubte sie. »Kannst du dir vorstellen, wie oft ich mir diesen abfälligen Vortrag von ihm anhören musste? Bis zum letzten Jahr auf der Uni hatte er nicht einmal eine richtige Freundin, und auch die ist nicht lange geblieben …«

In Harley verkrampfte sich alles. Bei dieser Entwicklung hatte auch sie eine große Rolle gespielt. Sie hatte ihn damals weitaus tiefer verletzt, als ihr bewusst gewesen war. Tiefer, als er hatte zugeben wollen.

»Aber ich bin so froh, dass du nun wieder in seinem Leben bist. Er ist jetzt so viel glücklicher.«

War er das tatsächlich? Sein Gesicht, als sie ihn das letzte Mal gesehen hatte … hatte sie ihm nicht nur noch mehr Kummer bereitet? Sie hatte all die Emotionen aufgewühlt, die er mit der Vergangenheit verband, und hatte zusätzlich noch Salz in seine Wunden gestreut.

»Du hast doch heute Abend eine Modenschau, oder? Hoffentlich stört es dich nicht, dass Jack mir die Karten gegeben hat, die du ihm geschickt hast. Ich war übrigens begeistert von den Entwürfen, die er mir gezeigt hat. Er hat recht, du bist wirklich unglaublich talentiert.«

Richtig, ihre Show.

Im Moment war ihr nur wichtig, dass sie das Ganze hinter sich brachte, damit sie zu Jack konnte.

»Du musst unbedingt kommen. Die meiste Zeit bleibe ich zwar hinter der Bühne, aber ich halte nach dir Ausschau.« Die Stunden, bis sie nach Paris konnte, würden sich endlos hinziehen, doch sie schuldete es sich selbst. Jahrelang hatte sie hart für den Erfolg gearbeitet, und für ihr Label gab sie immer hundert Prozent.

Ungeduldig stand sie auf. »Meinen Glückwunsch übrigens. Du wirst bestimmt eine fantastische Mutter sein.« Sie zwang sich, zu lächeln. *Konzentriere dich*, sagte sie sich. *Du und dein Team, ihr habt so viel Zeit investiert, da darfst du jetzt nicht den Fokus verlieren.*

Aber was kam nach dem heutigen Abend? Das stand wohl noch in den Sternen.

»Ich schicke dir jetzt eine Nachricht mit seiner Adresse.« Isabel zog ihr Handy hervor, und Harley gab ihr ihre Nummer. Währenddessen überlegte sie bereits, was sie ihm sagen würde. Sie überschlug den Zeitunterschied zwischen New York und Europa.

Die nächsten dreizehn Stunden konnten für sie gar nicht schnell genug vergehen.

12. Kapitel

Jack verzog das Gesicht. Die Lautstärke und der hämmernde Beat der Musik verursachten Schmerzen in seinen Ohren. Es kam ihm so vor, als würde der Bass in seinem Schädel nachhallen.

Er ließ den Blick über das Publikum wandern, aber die vertrauten Umrisse von Harleys zierlichem, sinnlichen Körper konnte er nirgendwo entdecken.

Verdammt! War sie etwa schon gegangen? Hatte er seine Chance verpasst? Er hätte niemals abreisen dürfen, ohne ihr zu sagen, was er für sie empfand.

Er ballte die Fäuste, um sich daran zu hindern, den nächstbesten, leeren Stuhl gegen die Wand zu schleudern. Allerdings gab es gar keine unbesetzten Stühle. Die New York Fashion Week war komplett ausgebucht. Es gab nur noch Stehplätze, aber dagegen hatte Jack nichts einzuwenden. Er war ohnehin nicht wegen der Mode hier.

Er war nur wegen Harley da.

Vor Frust war sein ganzer Körper angespannt. Er stürmte aus dem Zuschauerraum und suchte im Foyer nach einer Tür, durch die er hinter die Bühne gelangen konnte.

Mit einem kurzen Anruf bei Harleys Schwester Hannah hatte er sich nach ein paar überzeugenden Selbstvorwürfen einen VIP-Backstage-Pass gesichert.

Jetzt umklammerte er die Plastikkarte, die ihm um den Hals hing, wie einen Lebensretter und hielt sie dem Türsteher hin, der den Zutritt zum Bereich hinter der Bühne bewachte.

Er folgte einfach dem Lärm und ging vor Ungeduld immer schneller, bis er schließlich in dem absoluten Chaos ankam, das in keiner Weise dem Glamour auf dem Laufsteg ähnelte.

Hier musste sie irgendwo sein.

Er zwängte sich zwischen halb angezogenen Models, Designern und Helfern hindurch, die sich gegenseitig Anweisungen zuriefen und hastig Outfits abnähten. Er stieg über Kleider und Schuhe hinweg, die achtlos auf dem Boden herumlagen, und schob sich an übervollen Kleiderständern vorbei.

Kein Zeichen von ihr.

Mit beiden Händen rieb er sich das Gesicht und verfluchte sich innerlich für seine Dummheit. *Wie konnte ein erwachsener, intelligenter Mann bloß so engstirnig und stur sein?*

Er hatte sich vor weiterem Schmerz schützen wollen, aber dann hatte er bei diesem Spiel das Ziel aus den Augen verloren und sich Hals über Kopf in Harley verliebt. So sehr, wie ein Mann sich nur verlieben konnte. Doch dann hatte er alles ruiniert, indem er ihr immer wieder unterstellt hatte, sie würde ihm nicht genug vertrauen. Dabei hatte er letztendlich nur Angst davor gehabt, seinen eigenen Gefühlen zu vertrauen.

Wie ein Idiot hatte er beharrlich versucht, die Kontrolle zu behalten. Immer wieder hatte er sich eingeredet, es sei nicht mehr als fantastischer Sex, aber darüber ging das zwischen Harley und ihm schon längst hinaus. Er hatte sich nur davor gefürchtet, es sich einzugestehen.

Ihm schmerzte die Brust, als er sich in dem hektischen Getümmel nach ihr umsah.

Dann entdeckte er sie endlich.

Schlagartig wich sämtliche Luft aus seinen Lungen.

All seine Nervenenden kribbelten, als er ihr aufgeregtes Gesicht sah. Sie lachte gerade zusammen mit einem Model, dem sie beim Ankleiden half. Sie kämpften beide mit einem riesigen Kopfgesteck, das zu den gewagten Dessous passte, die das Model trug.

Doch Jack konnte den Blick einfach nicht von Harley abwenden. Energisch kämpfte er sich seinen Weg zu ihr frei. Jetzt war der Zeitpunkt, ihr zu sagen, was er für sie empfand.

Ihm war klar, wie schlecht sein Timing war, aber er konnte einfach keine Sekunde länger mehr warten. Vielleicht war es ja sogar bereits zu spät.

Sie entdeckte ihn nicht und richtete konzentriert das Outfit des Models, das vor ihr stand. Für Jack sah sie leicht zerzaust, aber umwerfend schön aus.

Dann blickte sie hoch, direkt in seine Augen.

Es war wie ein Schlag gegen seine Brust, der ihn verharren ließ.

Langsam wich die Freude aus ihrem Gesicht, und ihr Blick bekam einen misstrauischen Ausdruck.

Dieser Schlag tat sogar noch mehr weh.

»Ich muss mit dir reden.« Seine Kehle fühlte sich so beengt an, dass seine Worte wie ein rauer Befehl klangen.

Sie sah ihn an. Die Models um sie herum reihten sich gerade in eine Schlange ein, um auf den Laufsteg zu gehen. Langsam blickte Harley über Jacks Schulter hinweg und zog die Brauen zusammen.

Er stellte sich direkt vor sie. »Bitte.«

Sie schluckte schwer. »Was tust du hier? Wie hast du mich gefunden?«

Seine Lippen zuckten. Er musste an den ersten Tag zurückdenken, als sie buchstäblich wieder in sein Leben gestolpert war. Die Erinnerung daran drückte ihm wie eine Last auf die Brust. »Ich habe deine Adresse recherchiert, und dann habe ich den Portier bestochen.« Er wedelte mit dem VIP-Pass, und sein Lächeln verstärkte sich, als er merkte, dass Harley sich auch ein Lächeln verkniff. *Ja, auch er konnte als Stalker sein Ziel erreichen.*

Aber bisher war seine Entschuldigung noch alles andere als überzeugend, denn Harley lag nicht in seinen Armen, wo er sie spüren wollte. Er holte tief Luft und kratzte alle Geduld zusammen, die er aufbringen konnte.

Harley arbeitete, er musste auf sie warten, so lange es auch dauern mochte.

»Ich werde hier auf dich warten, bis nach der Show.« Seine Muskeln zuckten, so sehr sehnte er sich danach, Harley zu berühren, aber das hier war ihr großer Moment, und er würde sie immer bei allem unterstützen, was ihr etwas bedeutete.

Sie nickte nur und ging dann an ihm vorbei.

Sein gesamter Körper sackte in sich zusammen, als er sich umdrehte und ihr hinterhersah.

Doch dann war sie plötzlich wieder bei ihm, warf sich ihm in die Arme und presste die Lippen auf seinen Mund. Ihr Kuss ließ Jack vor Freude innerlich fast platzen, doch es war sofort wieder vorüber.

»Drück mir die Daumen.« Sie umklammerte kurz seine Arme, und widerstrebend lockerte er den Griff an ihrer Taille und ließ sie wieder auf den Boden hinab.

»Viel Glück.« Er stahl sich noch einen schnellen Kuss. Es war ihm egal, dass er jetzt wahrscheinlich mehr Lipgloss am Mund hatte als sie. »Aber wieso brauchst du das überhaupt?«

Sie lächelte ihn so begeistert an, dass es ihm schier den Atem raubte.

»Ich gehe dieses Mal auch auf den Laufsteg. Schließlich ist es mein Label.« Sie trat einen Schritt zurück und strich sich ihr makelloses Outfit glatt.

In Jacks Augen war sie eine Göttin.

»Ich bin stolz darauf und werde mich nicht mehr für das entschuldigen, was ich bin.« Sie zwinkerte ihm zu und lief ihren Models hinterher.

Jack glaubte, ihm würde das Blut in den Adern kochen, und er konnte den Blick einfach nicht von ihrem sensationellen Po abwenden.

Fast ehrfürchtig zog Jack sie aus. Mit jeder Berührung lernte er eine Stelle ihres Körpers neu kennen. Immer wieder hielt er inne und küsste sie so leidenschaftlich, als brauche er es mehr als die Luft zum Atmen. Viel zu lange hatte er alles zurückgehalten, und jetzt sprach er es endlich aus. Es war zwar auf Französisch, und sie konnte es nicht verstehen, doch er hoffte, dass sie die Bedeutung dennoch aus seiner Miene und seinen Handlungen herauslesen konnte.

Harley blieb allerdings auch nicht untätig. Stück für Stück zog sie ihn aus, bis sie nackt voreinander standen. Sie hatten jetzt nichts mehr zu verbergen.

Er umfasste ihr Gesicht, blickte ihr tief in die Seele und strich ihr durch das Haar. Er würde sie nie wieder loslassen. »Je t'aime. Es tut mir leid, dass es so lange gedauert hat, bis ich es erkannt habe.«

Wie hatte er jemals glauben können, dass er sie einfach wieder verlassen könnte? Er hatte sich selbst zum Narren gehalten, als er gedacht hatte, dies hier sei nur körperlich. Wie war er nur auf den Gedanken gekommen, dies könne ihm reichen?

»Ich liebe dich auch, und bitte entschuldige, dass ich dich verletzt habe.«

Er schüttelte den Kopf. Die Vergangenheit war für

ihn jetzt ein abgeschlossenes Kapitel. Er war nicht wie sein Vater, und er war auch nicht wie Harleys Dad. Das Einzige, was jetzt noch zählte, waren sie beide ... zusammen.

Jede Minute an jedem Tag würde er ihr fortan zeigen, was sie ihm bedeutete. Alles andere würden sie gemeinsam klären; auf ihre eigene Art.

Sie zog ihn am Hals zu sich, und seine Lippen schmiegten sich auf ihre. Mit beiden Händen umfasste er ihre Brüste, bis er tief aufstöhnend den Kuss unterbrach und einen ihrer perfekten Nippel mit den Lippen umschloss.

Sie drängte sich ihm entgegen und umklammerte seine Schultern. Jack saugte an der erregten Knospe, und Harley wurden sofort die Knie weich.

Verdammt, wie sehr er sie liebte! Sie war einfach perfekt und wie für ihn geschaffen.

Zwischen hungrigen Küssen und leidenschaftlichem Streicheln taumelten sie zum Bett hinüber, wo Jack sich über Harley schob. Ihre Beine drängten sich an seine, ihre Brüste pressten sich an seine Brust. Jack glaubte, in ihrem Duft zu versinken. Ihr zerzaustes Haar kitzelte ihn im Gesicht, und ihr keuchender Atem machte ihn rasend vor Lust.

Er fühlte sich endlich zu Hause.

Mit jedem Kuss zeigte er ihr seine Gefühle. Immer wieder fuhr er ihr durch das Haar. Ihre Lippen glänzten dunkelrot, und schließlich konnte er sich nicht mehr länger beherrschen.

Mit einer Hand glitt er zwischen ihre Schenkel und spürte sofort, wie feucht und bereit sie war.

Aufstöhnend löste er sich von ihr und tastete nach dem Kondom auf dem Nachttisch.

Sie nahm ihm das kleine Päckchen ab und strich sanft an seinem Glied entlang, bevor sie seine Erektion in Latex hüllte.

Er ergriff ihre Hände und verschränkte seine Finger mit ihren. Tief und fordernd drang er in ihre Wärme ein. Hingebungsvoll nahm sie ihn in sich auf und unterbrach keine Sekunde lang den Blickkontakt.

Harley war alles, was er sich je hätte erträumen können. Das hier fühlte sich so unglaublich richtig an, dass ihm die Luft aus den Lungen entwich. *Doch wer brauchte schon Sauerstoff, wenn er so etwas erleben konnte?*

Jack schob sich höher. Keine Regung von ihr entging ihm. Im Rhythmus ihrer Herzen bewegten sie sich. Erst langsam, dann immer schneller drang er in sie ein.

Mit den Schenkeln umklammerte sie ihn. Sie verschränkte die Füße hinter seinem Rücken und hielt ihn mit ihren Blicken fest. Gemeinsam mit ihm ritt sie auf den überwältigenden Wellen der Lust.

Sie kamen gleichzeitig. Harley stieß seinen Namen aus, als der Orgasmus sie mitriss. Tief aufstöhnend presste Jack den Mund auf ihre Lippen und raubte ihr so die Luft. Er nahm auch ihr letztes Zittern in sich auf. Immer wieder zuckten seine Hüften vor, bis er keuchend auf sie sank.

Nur noch Harleys angestrengtes Atmen war jetzt zu hören.

Die Zeit verstrich.

Jack erschlaffte und glitt aus ihr heraus. Er drehte sich kurz zur Seite und entfernte das Kondom, das er achtlos auf den Boden warf, ehe er wieder auf Harley sank.

Eine kleine Ewigkeit lagen sie so in der Dunkelheit.

Zärtlich streichelten sie sich gegenseitig und berührten sich genießerisch im Nachglühen der Lust.

Jack presste die Lippen auf ihren Bauch, und sie ließ ihm die Finger durch das Haar gleiten und strich ihm ein paar Strähnen aus dem Gesicht.

»Danke, dass du zu meiner Show gekommen bist.«

Er gab nur einen tiefen Laut von sich. Er war viel zu befriedigt und entspannt, um sich zu bewegen. »Du warst toll. Ich fühle mich geehrt, die Frau zu kennen, zu der du dich entwickelt hast.«

Sie wand sich unter ihm und umfasste sein Gesicht mit beiden Händen. »Du bist ein unglaublicher Mann. Zu dir kann ich aufsehen, ohne jemals befürchten zu müssen, von dir herabgesetzt zu werden.«

»Harley.« Rau stieß er ihren Namen aus, dann küsste er sie wieder.

Als er nach Luft rang und den Kopf hob, streifte seine Erektion Harleys Schenkel.

Sie riss die Augen auf, und neues Verlangen durchströmte sie.

Würde er wohl jemals genug von ihr bekommen?

»Was ist mit unserem Spiel?« Mit einem Fuß strich sie ihm hinten am Bein entlang, und er ließ sich noch tiefer zwischen ihre Schenkel sinken. In seinem lustverklärten Verstand versuchte er zu begreifen, was sie ihn gerade gefragt hatte. Er spürte ihre Lippen an seinem Ohrläppchen, als sie flüsterte: »Dass es mit jedem Mal besser wird?«

Lächelnd presste er die Hüften an ihre. »Das spiele ich liebend gern weiter, wenn du magst.« Er saugte an einem ihrer Nippel, und Harley wand sich, bis sie von ihm loskam, doch sie entfernte sich nicht aus seiner Reichweite.

Sie presste die Lippen aufeinander, um ein Lächeln zu unterdrücken. »Das kann ja nicht mehr weitergehen. Nichts könnte besser sein als das letzte Mal.« Langsam strich sie ihm über die Brust und tiefer über den Bauch. Sie umfasste ihn und massierte ihn aufreizend.

So schnell, dass Harley erschrocken nach Luft schnappte, zog er sie wieder unter sich und drückte ihre Hände auf das Bett. Mit den Knien schob er ihr die Schenkel auseinander. »O Mann, du glaubst gar nicht, wie sehr ich solche Herausforderungen liebe.«

Ihr glückliches Lachen ging in ein Seufzen über, als er ihr mit dem geöffneten Mund über den Hals und die Brust strich.

Ausgiebig leckte und reizte er ihre Nippel, bis er schließlich ihre Hände losließ und sich auf das Bett sinken ließ.

Er scheute keine Mühe und setzte all seine Energie ein, um Harley für eine Weile sprachlos zu machen, bis sie am Ende seinen Namen ausstieß und ihm bestätigte, dass er es erneut geschafft hatte.

Von Mal zu Mal besser!

Epilog

Einen Monat später

»Oh, Jack, das wird fabelhaft.«

Harley wippte aufgeregt auf den Fersen, als sie sich in dem renovierten, weitläufigen Raum umblickte. Immer noch war alles mit Folien abgedeckt, und aus der Decke hingen Kabel.

Überall war Staub, der im Sonnenlicht glitzerte. Sogar die Spitzen von Harleys taubengrauen Wildlederboots waren staubig, doch das machte ihr nichts aus. In dem Gebäude, das sich vor ihr erstreckte, sah sie in Gedanken bereits ihre Schule entstehen. Es war schließlich ihre Vision, die hier zum Leben erweckt wurde.

Als Jack sie zum Lunch eingeladen hatte, hatte sie begeistert eingewilligt. Im Laufe der vergangenen Woche hatte sie ihn nämlich kaum zu Gesicht bekommen, weil er zwischendurch nach London gereist war. Aber als er dann mit ihr über die Brücke ans andere Flussufer gefahren war, hatte sie schon vermutet, dass er ihr den Fortschritt in der Morris Street School zeigen wollte.

»Das hier wird dein Empfangsbereich.« Jack trug einen seiner üblichen makellosen Anzüge, die Harley so sehr an ihm mochte. Er streckte die Arme aus und drehte sich langsam im Kreis, um ihr zu zeigen, was sie bislang nur von Plänen kannte.

»Behindertenwaschräume werden dort drüben sein, dahinter eine Krankenstation, und durch diese Türen wird man auf den Schulhof gelangen.« Er nahm sie an die Hand, und gemeinsam stiegen sie über Kabel und Werkzeug, während sie auf die großen Glastüren zugingen, die noch mit Schutzfolie beklebt und so staubig wie alles andere waren.

»Ich bin absolut begeistert.« Sie zog an seiner Hand und blieb stehen. »Und ich liebe dich. Danke, dass du mir hilfst, das alles hier wahr werden zu lassen.«

Er zuckte mit den Schultern und zog einen Mundwinkel hoch.

So typisch Franzose, und so verflucht sexy!

»Du hättest es auch ohne mich geschafft. Aber es ehrt mich, dabei sein zu dürfen.«

Sie hatte Schmetterlinge im Bauch, und eine wohlige Wärme breitete sich in ihrer Brust aus. Mit geschlossenen Augen lehnte sie sich an ihn und fand mit dem Mund seine Lippen. Sie fuhr ihm durch das Haar und neigte den Kopf zur Seite, um Jack besser halten und den Kuss vertiefen zu können.

Stöhnend drückte er seine wachsende Erektion an ihren Bauch.

Sie schob die Hände in sein Jackett. *Wo gab es hier eine halbwegs saubere Fläche?* Sie zermarterte sich das Hirn, wo sie das Ganze mit Jack vertiefen konnte. Schließlich zog sie sich frustriert zurück.

Das ganze Gebäude war eine einzige gefährliche Todesfalle. Nichts war hier romantisch, doch Harleys Lust war viel zu groß, um sich daran zu stören.

»Brauchen wir wirklich etwas zu essen? Wir könnten unsere Lunchpause doch auch anders verbringen.« Sie packte seinen festen Po, der sich unter ihren Fingern anspannte, als Jack die Hüften vorschob und sich an ihr rieb.

Mit den Lippen strich er an ihrem Hals entlang. Seine Stimme war leise wie ein Flüstern. »Du findest also, du hast einen besseren Plan als ich, Chérie?«

Sie neigte den Kopf zur Seite. »Ich will immer nur dich.«

Lächelnd küsste er sie auf die Stirn und ließ die Hitze in ihr behutsam abklingen. »Lass mich dir zuerst den Schulhof zeigen. Die Landschaftsgärtner sind gestern fertig geworden.« Er dämpfte ihre Enttäuschung, indem er ihr aufreizend über den Po strich. »Dann verspreche ich dir, dass ich es mit dir treibe und dir anschließend auch noch etwas zu essen besorge. Einverstanden?«

Begeistert lächelnd nickte sie. *Gab es eine schönere Art, den Nachmittag zu verbringen?*

Jack ging zur Tür und schob die sich aufbauschende Plastikfolie zur Seite.

Harley folgte ihm nach draußen. Als sie über die Türschwelle trat, blieb sie mit dem Absatz an einer Folie hängen und stieß einen Schrei aus, als sie stolperte.

Doch sie fiel nicht hin. Jack umfing sie mit einem Arm und zog sie eng an seine Brust. Er hob sie hoch, sodass sie von den Schultern bis zu den Schenkeln an ihn geschmiegt war.

Beide mussten daraufhin lachen, bis Jack schließlich ernst wurde. Er glitt mit den Lippen über ihre und nutzte die Situation schamlos aus, doch Harley beschwerte sich mit keiner Silbe. Der Mann, den sie liebte, faszinierte sie viel zu sehr, als dass sie der Landschaftsgärtnerei große Beachtung schenken konnte.

Er hob den Kopf. »Ich wollte dir etwas sagen.« Seine Miene wurde auf einmal sehr ernst, und er spannte die Schultern an.

Harley nickte und stützte sich gegen seine Oberarme, doch er verstärkte den Griff und weigerte sich, sie loszulassen.

»Dieses Projekt ist fast beendet, und deshalb möchte ich etwas Neues wagen.«

Die kleine Falte zwischen seinen Brauen trieb sie fast in den Wahnsinn. *Was war denn aus ihrem charmanten, entspannten Franzosen und seinen Versprechungen für die Mittagspause geworden?* Sie wollte schlucken, aber ihre Kehle war zu trocken.

Mit einer unergründlichen Miene sah er sie an. »Ich brauche dafür allerdings einen Geschäftspartner, und da unsere Zusammenarbeit so gut verlaufen ist, habe ich mich gefragt, ob du vielleicht Interesse hast.«

Sie berührte ihn an der Wange und atmete tief aus.

»Einen Moment lang hast du mir wirklich Angst gemacht.« Sie lachte auf. »Ich hatte schon befürchtet, du sagst mir jetzt, dass du dauerhaft nach Frankreich umziehen willst.«

Zitternd schlang sie ihm die Arme um den Nacken und stellte sich auf die Zehenspitzen, um den Mund auf seinen zu pressen. »Ich würde liebend gern wieder mit dir zusammenarbeiten. Aber wie sieht denn dein Zeitplan aus? Meine zweite Filiale wird bald eröffnet, und ich muss auch noch eine weitere Fashion Week planen.« Sie strich ihm einen Fussel von der Schulter seines Anzugs.

Enttäuscht presste er die Lippen aufeinander. »Der Zeitplan ist sehr eng. Ich brauche deine Antwort deshalb noch heute.«

Seufzend trat sie einen Schritt zurück, damit er den Griff um ihre Taille löste. »Wieso hast du mir das denn dann nicht eher gesagt? Ich glaube nicht, dass ich im Moment noch für irgendetwas anderes Zeit finde. Aber wann haben wir denn dann noch Zeit füreinander?«

Sie hatten beide sehr viel zu tun, und sie wollte nicht noch weniger Zeit für Jack haben. Er war in diesem Punkt doch eigentlich ganz ihrer Meinung gewesen. *Warum schmollte er dann jetzt?*

Heiß und durchdringend sah er ihr in die Augen. »Findest du nicht, du solltest mich fragen, was das genau für ein Projekt ist, bevor du es ablehnst? Ich habe sogar schon mit Hal über die ganze Sache gesprochen.«

»*Was?* Du hast mit meinem Vater über Geschäfte gesprochen?« *Wieso sollte Jack einen Rat von Hal annehmen? Was war denn überhaupt so unfassbar wichtig?*

Jack nickte. »Er ist bei diesem Projekt ganz auf meiner Linie.«

Empört stieß sie die Luft aus und stemmte ihre Fäuste in die Hüften. »Hal kann mich mal am …«

Jack drückte ihr die Finger auf die Lippen und brachte ihre Tirade zum Schweigen. »Ich finde wirklich, du solltest dir das noch einmal überlegen.«

Er ergriff ihre Hand, presste die Lippen an ihre Knöchel und sah ihr lustvoll in die Augen.

»Seit wann seid Hal und du denn Partner?« Das war ihr vollkommen neu. Sie hatte mit ihrem Vater zwar einen Waffenstillstand geschlossen, um den Familienfrieden zu bewahren, und er hielt sich jetzt auch aus ihrem Leben heraus, während sie ihrer Mutter zuliebe ihm gegenüber höflich und respektvoll war, aber Jack und Hal? *Und sie sollte da auch noch mitarbeiten? Hatte er etwa den Verstand verloren?*

»Sieh dir meinen Vorschlag doch einfach mal genauer an.« Er griff in seine Brusttasche. »Wenn es nichts für dich ist …« Wieder zog er mit französischer Gelassenheit die Schultern hoch, doch dieses Mal sprachen Verlangen und Belustigung aus seinen Augen.

Sie senkte den Blick.

Jack hielt ihr den Arm hin und öffnete langsam die Hand.

Ihr Verstand setzte komplett aus, und ihr Herz hämmerte ihr bis in den Hals hinauf.

Mitten auf seiner Handfläche lag ein exklusiver Goldring mit einem großen Solitär.

Harley brannten Tränen in den Augen, als sie den Blick hob. In Jacks Augen erkannte sie Liebe, Versprechen und noch viel mehr.

»Harley, du warst meine erste Liebe, willst du auch meine letzte sein? Willst du mich heiraten?«

Die Tränen machten sie vorübergehend blind, doch dann lag sie in seinen Armen. Dort, wo sie hingehörte.

Harley überzog Jacks lachendes Gesicht mit unzähligen, fiebrigen Küssen. »Ja, ja. Das will ich.«

Er nahm ihre Hand und steckte ihr den Ring an. »Er hat meiner Großmutter gehört. Sie war die Erbin eines Vermögens, hat die Menschen geliebt und war eine Kämpferin, genau wie du. Wage es nicht, dich jemals zu ändern.«

Er küsste sie, und Harley ließ sich in den Kuss hineinfallen. Sie wollte nie mehr irgendwo anders als bei Jack sein.

Er hielt sie eng an sich gepresst und zog ihren Kopf unter sein Kinn. Der Edelstein funkelte an ihrem Finger. Er passte perfekt zu ihr.

»Dann hast du also nicht vor, Geschäfte mit Hal zu machen?«

Leise lachte er, und Harley spürte die Vibration in seiner Brust an der Wange.

»Nein. Abgesehen davon, dass ich sein Schwiegersohn werde.«

Harley hob den Kopf. »Aber du warst bei ihm und hast mit ihm geredet? Das war sicher nicht leicht für dich.«

Er hob die Schultern. »Du bist es mir wert.« Schlagartig wurde er wieder ernst. »Ich will nicht im Krieg mit der Familie der Frau sein, die ich liebe. Das ist nichts für mich. Ich mag keine schmutzigen Spielchen.«

»Gut, denn ich will auch nicht, dass du schmutzig wirst.« Sie schmiegte die Lippen an seine. »Jedenfalls nicht außerhalb des Schlafzimmers.«

Er lachte, und sein Blick wurde sofort heiß. Er zog sie noch enger zu sich, und sein Tonfall war jetzt ein tiefes und sexy Knurren: »Ich kann so schmutzig sein, wie es dir gefällt, ma belle.«

»So mag ich es am meisten«, flüsterte sie zurück.

Diesen Deal besiegelten sie mit einem Kuss.

– ENDE –